チームFについて

あさのあつこ

角川春樹事務所

目次

第一章　チームF結成秘話　7
第二章　極楽温泉町の決戦　197
第三章　チームF出動　299

チームFについて

第一章　チームF結成秘話

その一●県立極楽高等学校の三人

ランニングシューズの紐を固く結ぶ。

それだけのことで、気持ちが引き締まる。身体も心も強く絞られた気がするのだ。

ふいっと風が吹き付けてきた。

春の風だ。

甘やかな花と澄んだ水の匂い、冬の名残の冷たさを等分に含んでいる。

「やっぱ、いいな」

香山芳樹は呟いていた。独り言だ。ほとんど声にはならず、口の中で淡々と消えてしまう。誰に聞かせるつもりもないから消えてしまっても一向に構わない。

芳樹は顔を上げ、深く息を吸い込んだ。

風は止んでいたけれど、空気はまだ仄かに甘い。

極楽高校二年F組の教室は春の気配と匂いに満ちていた。窓が一枚だけ開いて、そこから、風や気配や匂いが流れ込んでくる。窓を開け放ったのは、芳樹自身だ。窓を開け、深呼吸してみた。そのときは別段なにも感じなかったのに、ランニングシューズに足を入れ、紐を結んだとたん風と風が運んできたものを感じた。五感がふいに鋭くなったようだ。

「やっぱ、いいな」

もう一度、呟いてみる。

「何がいいって？」

背後からの声に、振り向く。振り向かなくても、声の主はわかっているけれど、わかっているからといって知らぬ振りはできない。振り向いて、ちらりと黒目を動かす。場合によっては黒目といっしょに眉を動かしたり、軽く手を挙げたり、にやっと笑ったりもする。あなたのことをちゃんと確認しましたよ、のサインだ。誰であっても、たとえそれが嫌でたまらぬ相手であったとしても完全無視などできない。もっとも、嫌でたまらぬ相手など生まれてから一度も出会っていないけれど。

芳樹はそういう性格だった。

友人S・Kは「おまえ、ほんま律義つーか、誠実つーか、要領悪いつーか、ダサいつーか、いっしょにいると嬉しいような、歯痒いような、面倒くさいような、イライラするような、かわいそうなような、ヘンテコな気分になる」と、様々な感情が入り混じった実に複雑な表情で、芳樹の性格を分析する。もう一人の友人I・Kによれば、「いや、そこが芳樹の芳樹たる所以やないか。芳樹が要領よくて、ダサくなくて、面倒くさくなかったら、そりゃあ芳樹じゃなくなるでな」となる。

褒めているのか貶しているのかわからない。芳樹が、

「それ、褒めてんの、貶してんの？」

と尋ねると、I・Kは真顔で「わからん」と答えた。その数秒後、「たぶんどっちもだろうな。芳樹のええとこと悪いとこって同じとこにあるような気がするし」と、やはり真顔で続けたりもした。

芳樹自身は、自分の律義さや誠実さを美点としてより重荷として感じることが多い。もう少し要領がよかったら、もう少し軽いノリでやっていけたら、もう少し不真面目になれたらと、ため息を吐(つ)くことも度々ある。ため息ほど、現役高校生男子に不似合いなものはないと重々承知しながら、気が付くと、三連発で吐いていたりするのだ。自分の性格をあれこれ悩んで、ついため息を吐いてしまう男子高校生。そんなシチュエーションにもうんざりして、さらにため息を上積みしそうになる。

今も「何がいいって？」と背後から尋ねてきた相手が誰かも、一々答える必要がないとも、よぉくわかっている。それなのに、振り向き黒目を動かし、あまつさえ「あぁ、久喜(くき)か」と名前まで呼んだ。

おまえ、ほんと律義だな。

S・Kこと坂上(さかがみ)久喜が、嬉しいような歯痒いような面倒くさいような……ともかく、複雑な笑みを浮かべて立っていた。

芳樹は軽く肩を竦(すく)め、立ち上がる。

芳樹の身長は一七四センチある。この数値は、一月ほど前、極楽温泉館町湯に久喜たちと〝お湯借り〟にいったとき、脱衣場の測定器で計ったものだ。腰に巻いたタオルを引っ張って外そうとする、久喜がそんな中学生レベルの悪戯をしかけてくるものだから、前を押さえるのに必死でやや前屈みになってしまった。ちゃんと計れば、もう少し高いかもしれない。

因みに〝お湯借り〟とは、極楽温泉に古くから伝わる風習で、男は十四歳、十七歳、二十七歳、三十二歳、五十八歳、六十四歳、女は十二歳、十六歳、二十九歳、三十三歳、五十六歳、六十二歳の年齢限定で、町湯（観光温泉館に隣接した地元民のための温泉施設で、建物は観光温泉館ほど新しくないが、湯質は格段によく、源泉掛け流しである）に無料で入ることができるというものだ。さらに因みに、男女とも六十五歳からは全員無料となる。さらにさらに因みに、建物と湯船に入る前にタオルを首に掛け、「お湯借ります。お湯借ります。お湯神さま、お湯をお借りいたします」と唱える習わしとなっていた。

前町長師仕氏（しししとなるので、微妙に言い難い）が職について間もなく、財政難を理由に〝お湯借り〟と六十五歳以上無料入浴の制度を撤廃しようとする動きが一時、活発化したが、一時で終わった。各種団体、つまり老人クラブ、農協婦人部、極楽文化倶楽部、子ども会、スポーツ愛好会、猟友会、お田植え祭り保存会がそれぞれ反対声明を露にしたし、団体のみならず一般の人々からも、「〝お湯借り〟を何と心得とるのか」と非難の声があがったのだった。

今のご時世である。いくら温泉町とはいえ、たいていの家に風呂はついている。無料だからと温泉に入り浸る者は年代関係なく、そう多くはない。〝お湯借り〟がなくなったからといって格別困窮する者はいないはずだ。だから、各種団体、個々人が〝お湯借り〟を守るために声をあげたのは、ひとえにこの風習に愛着を持つがゆえに他ならない。

〝お湯借り〟は、ただの無料入浴サービス制度ではない。はるか古より受け継がれてきた極楽温泉町を極楽温泉町たらしめている習わしの一つである。それをあっさり廃止しようなどとは言語道断、呆然自失、怒髪衝天、遺憾千万である。このような暴挙を見過ごすことができようか。否、できるわけがない。

どのような手段に訴えても我らは断固、暴挙を阻止する。我らの〝お湯借り〟に対する想いを軽んじ、蔑ろにするつもりなら、行政側にはそれ相当の覚悟をしてもらわねばならない。

我々の抵抗を軽視すると、後悔する日が必ずくると思い知らねばならないだろう。

これは、極楽文化倶楽部の会報に袴田吾平翁（次節で詳しく紹介する）が寄稿した檄文の一部抜粋である。一部であるにもかかわらず、翁の激烈な怒りが伝わってくる。まさに檄文と呼ぶに相応しい迫力だ。もっとも、翁は師仕氏（言い難い）追い落としの機会を虎視眈々と狙っていたので、『ここぞとばかりに、無理やり攻め立てましたね、あなた』感は否めない。

ともかく、なんだかんだ、すったもんだ、あれやこれやの短い騒動の末、〝お湯借り〟

の廃止案はメタンガスの泡のごとく消え去り、〝お湯借り〟年齢ぴったしの芳樹、久喜、Ｉ・Ｋの三人は、十八歳になるまで無料で町湯に浸かることができるのだった。

　因みに、これも一時ではあるが極楽高校生の間（主に男子）でアルファベット・トークが流行った時期がある。去年の晩秋から年度末あたりまでで、

「よう、Ｈ・Ｈ（早瀬久志）、元気かや」

「Ｏ・Ｓ（太田悟流）、昨日、会うたばっかやないか。それより、おまえＫ・Ｋ（加山清美）と付き合うとるてほんまか？」

「げげっ、そっ、そんな噂があるんか」

「あるある。Ｔ・Ｍ（田中真梨）が知ったら、えらいことやぞ」

「げげ……」

　というような会話が飛び交っていた。春の訪れとともに廃れていったが、何故熱病の如く急に流行り、急に終息していったかについて、インフルエンザとの関連性を疑う者もいたが、今に至るまで不明である。なお、Ｏ・ＳとＴ・Ｍの関係がどのように拗れたかも明らかになっていない。

　話を町湯内に戻そう。脱衣場で前を隠しながら計った芳樹の身長はぴったし一七四センチ。十七歳男子としては、平均以上の高さだろう。しかし、久喜は余裕で見下ろしている（〝しかし〟以降は、極楽高校二年Ｆ組の教室内となる。舞台があちこちして、ごめんなさい）。

「……おまえ、また、でっかくなったんじゃないか」

久喜をちらりと見やり、芳樹は首を軽く振った。

「そうか、昨日と変わってねえだろう」

「いや、かなりでかくなってる」

「昨日と比べてか」

「うん」

「そりゃあねえだろう。朝顔じゃあるまいし。一日でそんなに伸びるかよ」

「計ってみろよ。ぜったい、一九〇近くあんぞ」

「そうかぁ。そういやあ」

久喜は腰に手を当て、軽く背伸びをした。

「昨日、なんかこの辺りで、めきめきって音がしたんだよな。ちょっと、ビビるぐれえの音だった」

「音って……久喜、それヤバくねえか。骨がどうにかなっとんのと違うか。ビョーイン行けよ、ビョーイン」

半分本気で言う。久喜は眉を動かしただけで何も言わなかった。その大きな身体の後ろから、顎のとがった細面がのぞく。

「で、芳樹くん。何がいいんだって?」

I・Kこと犬山健吾(いぬやまけんご)が問うてくる。

今ならイケメン、一昔前なら二枚目あるいはハンサム、さらに昔なら紅顔の美少年あるいは白皙（はくせき）の美少年と呼ばれてもおかしくないイケメンだ。アイドルグループの一員だと言われれば、百人中八十五人ぐらいは信じるだろう。もっとも健吾本人によれば、日に当たっても当たっても一向に褐色に焼け込まない肌や、細くさらさらした髪ほど悩み深いものはないとのことだ。

「おまえら、ええよなぁ。久喜はもろ男って感じのイカツ顔やし、芳樹はフツーに日に焼けて、歯が白くて、何か爽やか少年っぽいし。あぁ、ほんま、羨ましいでな」

謙遜でも皮肉でも裏湯自慢（相手を褒めているように見せかけて、何気に自分を誇っている自慢話を極楽温泉町では、こう呼ぶ。裏湯の意味は定かではないが、温泉を装ってはいるものの、その実、温泉としては役に立たない偽物とのニュアンスが含まれているらしい。露骨な自慢話より、こちらの方が何倍も忌み嫌われる場合が多い）でもなく、心底から健吾は芳樹たちを羨み、我が身を嘆くのだった。

悩みや嘆きの種というものは、多種多様、人それぞれ、実に個性的なものだと芳樹はしみじみ思う。

芳樹にだって、悩みはある。

押し潰されるほどの重圧ではないし、嘆き悲しむところまではいかない。ただ、消えない。いつも心の隅に引っ掛かって、ときにため息や、軽い頭痛を誘う。重いと感じる。ふっと、「あぁ、胸の内に重いもん、あるよなあ」と感じるのだ。

厄介なことに、芳樹は〝胸の内の重いもん〟をどのようにも表現できない。どんな言葉に置き換えられるのか、どうしたら誰かに伝えられるのか、見当がつかないのだ。さらに厄介なのは、〝胸の内の重いもん〟を伝えるに適切な言葉を、たとえ手に入れたとしてもそれを口にしていいかどうか新たに悩まねばならないという負のスパイラル、負の連鎖反応、負のモグラ叩き状態に陥っていることだ。

芳樹は不安だった。

押し潰されるほど重くなく、完全に忘れられるほど軽くもない不安だ。指先の傷に似ている。いつもはさして気にもしないのに、触れた瞬間だけ、鋭い痛みを生み出す。

おれ、どうなるんだろうな。ていうか、おれ自身、おれの将来をどうしたいんだろうか。

芳樹は痛みに眉を顰めながら考える。

それは束の間に消えることもあったし、かなりの時間、胸にわだかまっていることもあった。どちらにしても後味はよくない。だからため息を吐いて、舌に残った苦味なり渋味を押し出そうと試みる。

あ〜ぁ、なんか、見えてこないって感じだよなぁ。いくら悩んでも、見えてこなけりゃしかたないもんなぁ。はは、おれ、なにやってんだか、まったく。

ため息の後、少しだけ薄まった苦味、渋味を唾といっしょに飲み込みながら、芳樹は自嘲やら苦笑やらを浮かべてしまうのだ。

思春期特有の漠とした不安。

心理学の専門家なら、そんな風に決めつけるのかもしれない。

十代の後半は、子ども時代の終焉が間近に迫っていることを実感するころである。子ども時代の終焉。それは、保護された場所から間もなく否が応でも出て行かなくてはならないこと、自分の力で生を切り開いていかなければならないことを意味する。一人で生きていく日々への期待、高揚、怖れなどの感情が綯い交ぜになり、漠とした不安を作り出すのだ云々。

ちがうよなぁ。漠でもバク（ウマ目バク科の哺乳類。あるいは、悪夢を食べると言われる想像上の生き物）でも、ないんだよなぁ。

芳樹には、自分の内にポコッリン（擬音化するとこんな音になる。ポコッでもポコリンでもない。どうしてポコッリンなのか芳樹自身にもちゃんと説明できない。感覚的と言ってしまえばそれまでだが、ほんと説明できないことが多過ぎるかも、おれ、と、つい独り言つことがこのところ、ちょっと増えた）と湧き出す不安の因が、ある程度は見えていた。全てではないが、摑んでいるつもりだ。

極楽高校の行く末が、危うい。その現実に、芳樹の心が反応し、自分の将来をも危うく感じてしまう、便乗不安というか、なんとなく影響されちゃって不安なのだ。

極楽高校は、極楽温泉町唯一の高校だ。百二十年に及ぶ歴史を持ち、最盛期は、老若男女極楽温泉町民の実に七割がＯＢ、現役生徒であったとか。

前身は高等女学校で、戦後まもなく、この辺り一帯（政令指定都市になるのならないのと騒いでいる県庁所在地である都市の一部も含めて）で最も早く共学となり、新しい時代、戦後民主主義の象徴と騒がれたりもした。

「やはり、温泉によって培われた先進性が昔から極楽高校には漲っていたということでしょうかね。その精神は、これからも受け継がれていくものと信じております」

極楽高校の百周年を記念して刊行された『極楽高校百年史』の巻末を飾るリレーインタビュー〝わたしと極楽高校〟で、当時のPTA会長（むろん極楽高校OB）は、誇らしげにそう答えている。会長の発言が、「どうやったら、温泉で先進性が培われるんやで。そんな話、聞いたことねえでの」と、問題視されることは一度もなかった。誰もが「やっぱ、温泉の効能かや」と納得したわけではない。十センチ五ミリの厚さ、三キロを超える重さ、箱入り、その箱に一度納めると、振っても回しても引っ張っても壁にぶつけても二階から落としても、簡単に取り出せない作り等々の特徴から、『極楽高校百年史』を手にしたほとんどの者が、表紙すら開こうとしなかっただけである。

その華やかな歴史に彩られた極楽高校が廃校になるとの噂が流れ始めたのは五、六年も前になる。最初は、耳にしたほとんどの者が「まさか、そんなことあるわけないがや」と笑い飛ばした。

なにしろ、百二十年の歴史と伝統を誇る極楽高校（『極楽高校百年史』より）である。廃校などあまりに非現実的だ。

「ただの噂やろ。噂」

「そうそう、噂」

「噂なんて、あんた、あれほど甲斐のない、当てにならないもんはないからよお。極楽高校が極楽温泉町から無うなるなんて、そんなん、ただのデマやで」

「そうよなぁ。噂っちゃあ当てにならんもんねえ。みんな、勝手に好きなこと言いよるし」

「ほんま、ほんま。なぁ、ところで梶原の奥さんのこと知っとる？」

「梶原さんて、市役所に勤めとる梶原さんのこと？」

「いやいや、観光協会の事務しとる梶原さん。あの人の奥さん、コレができて家を出たらしいで」

「なんやの、その小指？」

「あ、間違えた。親指、親指。ほらこれ。ええ男ってこと」

「ええっ、あの梶原さんの奥さんに、ええ男ができたん。つまり、なに、不倫して家出したってわけ？　旦那を捨てて？」

「そうなんよ。噂なんやけど」

「いやぁ、その話、詳しく聞かせてや。聞きたいわぁ」

　これは極楽温泉館前広場での女性二人の立ち話の一部だが、このように、町民の多くは極楽高校廃校の噂をまるで信じていなかった。

　しかし、一年後には、もはや噂とは呼べない、かなり現実的な問題として町民の前に立ちはだかることになった。

県下でいち早く共学となり、百年を超える歴史と伝統を持ち、多くの多くの若い学徒が研鑽を積んだ極楽高校が廃校となる。時代の趨勢とは、いつの世も過酷にして露骨である。

少子高齢化、過疎化は我が国の地方市町村に共通の悩ましき問題だが、極楽温泉町もむろん例外ではない。年々、町人口、特に若い世代（極楽温泉町では四十代はまだ、若嫁さんとか、若衆とか呼ばれる）の減り方が目立つ。反面、高齢化率が鰻登りという状態だ。

極楽高校の生徒数も時代の波をもろに被り、人口減と歩調を合わせるように減り続けている（しかも、かなりの急降下）。募集定員割れが続き、一時は、七百人を超える生徒たちで賑わっていた校舎には、今、空き教室ばかりが目立つ。今年度の生徒数はついに二百人を切ったという惨憺たる状況である。

効率化の名のもとに、公立高校の統廃合を進めていた県（その背後には国が控えている）から標的にされるのは、当然と言うべきか無念と嘆くべきか、宜なるかなと諦めるべきか……。もっとも、一部には極楽温泉町民が国の推進する市町村合併を断固として拒んだ、その報復ではないかという噂もあるにはある。が、噂は、かの女性二人の言葉通り「あれほど甲斐のない、当てにならないもんはない」ので、真偽のほどは定かではない。

ともかく、芳樹たち極楽高校生にすれば、自分たちの卒業後幾ばくの時も経ないうちに、母校が消滅するかもしれない現実を生きているわけである。

「しょうがないっしょ。別に母校なんてナクっても、卒業したらンなにカンケーなくなるし」

性格が少しクールっぽい健吾は、少しクールっぽく言う。大らかというか大雑把というか、人にも物にも拘りのない久喜は、「まあな」とあっさり同意をする。芳樹はうなずけない。しかたないと割り切ることができないのだ。

「芳樹、おまえ、そんなにウチのガッコが好きだったんかや」

健吾が意外という口調と顔つきを芳樹に向けた。

去年の晩秋、夕焼けのころ（かのアルファベット・トークが流行の兆しを見せ始めたころでもある）だった。夕焼け色に顔を染めながら、三人は町内に一軒しかないコンビニの前で肉マンを頬張っていた。

このコンビニの二百メートル先に十字路がある。芳樹はそこを真っ直ぐに、久喜は右に、健吾は左に帰る。別れる一歩手前のコンビニで夕食前の空腹を何とか宥めようと腹の足しになるものをぱくつくのが、芳樹たちの定例行事となっていた。だから、決して別れを惜しんでの飲食ではない。明日になったら嫌でも顔を合わす仲間だ。幼稚園のときからずっとつるんでもきた。女の子たちほどべたべたひっついているわけではないが、これまでの人生のかなりの時間をいっしょに過ごしてきたやつらと、今さら別れを惜しむ気にはなれない。

明日がないというのなら、明日、長い別れが訪れるというのなら、クールでも大雑把でもない芳樹は別れ難く、久喜や健吾といつまでもいたいと望むだろう。涙ぐんだりするかもしれない（それだけは全力で自制するつもりだが、自信はない）。

そういう日がいつかくる。

「じゃあな、バイ」

「あぁ、また明日な」

「おう、明日」

決まり切った一言、二言の後、さらりと手を振って背を向ける。そして翌日、二年Ｆ組の教室で、

「はようっす」

「うっす」

「久喜、口の端に黄身がついてんぞ。おまえ、顔洗ってないんかよ」

「あ、すっかり忘れてた。芳樹、舐めてくれ」

「あほか。冗談でもキモいわぃ」

なんて挨拶もどきを交わす。

永遠にも思われた日々は意外に短く、狐に気づいた雀の群れのように、ばたばた、あっという間に飛び去ってしまう。

別れは、確実にやってくるのだ。

かといって、芳樹は感傷的になっているわけでも、高校生として過ごす時間をかけがえのないものと認識しているわけでもない。極楽高校を誰より愛しているわけでも、むろん

ない。

「なぁ、愛校心満載ってわけか」

肉マンを食べ終わり、ペットボトルの水を飲み干すと、健吾が再び問うてきた。

「愛校心なんてねーよ。そういうんじゃなくて……」

「ふむ。そういうんじゃなくて、なに？」

健吾は未練たらしく指の先を舐めている。昼食が終わり夕食が始まるまでのこの時間帯を芳樹たちは〝魔の飢え時間〟と呼ぶ。腹が空いて、空いて、冗談でなく大袈裟でなく、死にそうな気がするのだ。男子高校生の飢えを満たすのに、肉マン一つはあまりにささやか過ぎる。飢えを一瞬宥める効果はあっても、満たすことはほぼない。匂いの移った指先を舐めたい気分にもなる。しかし、芳樹や久喜、いや、健吾以外の誰かの、肉マンを食べ終わった後の指を未練たらしく舐める姿はみっともないとしか言えないだろう。なのに、健吾だとそれなりに決まっているから不思議だ。

「そういうんじゃなくて、足場が悪いみたいな……」

芳樹はもごもごと答える。もごもご舌を動かすたびに、肉マンの残り味が口中に広がった。

「足場？」

久喜が手のひらで口周りを拭った。

「うん。もし、もしやけどな、極高が廃校になるとしたら、おれら、何か沈んで行く船に乗っかってるつーか……、足場が悪くて前に進めないつーか、何かそんな気がするんじゃけど」

「いや、別におれらは陸にいるわけで、沈んだりはせんやろ。第一、おれらが卒業するまでは極楽高校は極楽高校のまんまなわけで、高校卒業の資格はちゃんと貰(もら)えるんやから、問題ない」

久喜が言い切る。言い切られると、芳樹は黙り込むしかなかった。

久喜の言っていることはよく、わかる。

高校の行く末と自分たちの未来とは別物だ。ただ、芳樹は軽んじられていると思うのだ。定員数とか進学率とか単なる数字ではないか。大人たち(大人の中でも偉い者、高い地位にいる者、地方や国を自分の思惑で動かせると考えている者)は、数字だけで極楽高校を切り捨てようとしている。使い古した道具みたいに、ポイ捨てしようとしている。

それ、許せるか?

そういう大人たちから見れば、自分たちの未来もまた簡単に断ち切り、捨て去り、そのまま忘れられるちっぽけなものに過ぎないんじゃないか。

ポコッリン。

芳樹の内に不安が生まれる。

おれたち、塵(ちり)みたいに扱われるんじゃないのか。ポコッリン。

極高があっさり廃校になるって、おれたちのことあっさり切り捨ててるわけだよな。ポコッリン。

そんなこと考えんの、おれだけ？　おれって、ちょっと考え過ぎてる？　だいじょうぶか、おれ？　ポッコリン、いや、ポコッリン。

不安がメタンガス化したとき、芳樹は無性に走りたくなる。できれば、真っ直ぐにただ真っ直ぐに延びた道をどこまでも走りたい衝動に突き動かされる。

真っ直ぐな道が無理なら、贅沢（ぜいたく）は言わない。グラウンドでも田んぼのあぜ道でも、極楽川の川土手でもいい。ひたすら、走りたい。

今もそうだった。

走りたい。

衝動に突かれ、動かされ、ランニングシューズを履いた。

まだ走っていないのに風を感じた。風の運ぶ匂いを確かに嗅いだ。それだけで、胸の内が軽くなる。

独り言が漏れる。

「やっぱ、いいな」

芳樹は立ち上がり、軽く膝を曲げた。

「ランニングシューズを履くって、やっぱいいよな」

久喜と健吾に笑いかける。

久喜は軽く肩を竦め、健吾は机の上に腰を掛け、

「走るんか」

と、問うてきた。

「うん、走る」

「どこを？」

「グラウンド。軽く二、三周、回ってくる」

「グラウンドか。まぁええやろな。ほとんど無人状態やし」

久喜がもう一度、肩を動かした。開け放した窓へと、芳樹は視線を投げる。グラウンドが見えた。久喜の言う通り、ほとんど人影はない。

サッカー部も野球部もテニス部も、そして、陸上部も休部に近い状態が続いている。部員が足りないのだ。特に男子の。

三年生が卒業し、極楽高校の生徒数は百人を僅かに上回る程度しかいない。男子生徒数は四十人を切っている。女子の多い文化系クラブはかろうじて活動しているようだったが、運動部はほとんど動いていなかった。やろうとしてやれないことはないのだが、数人でボールを蹴るのも、投げるのも、走るのも、どこかママゴトめいて意欲を萎えさせる。

このところ、極楽高校生（主に男子）の口癖は「だりぃ」「めんどくせぇ」「どーでもいいし」の三つに大別されるようだ。以前から、向学心に燃え、行動力に富む校風ではなかったが、今ほど弛緩してはいなかった。年々減っていく生徒数、増えていく空き教室、廃

校という現実味を帯びた噂、そんなものが相まって霧となり、極楽高校をすっぽり覆っている。徐々に人を蝕んで、意気も意志も意欲も奪ってしまう。そんな気がしてならない。

だりぃ。めんどくせぇ。どーでもいいし。

芳樹と健吾は陸上部に所属していた。久喜は野球部、去年の夏までは三人とも何とか部活を続けていたのだ。

三年生の引退とともに、どちらの部も部員数が五、六人に減った。陸上はともかく、野球は一チームすら成り立たない状況だ。サッカー部もテニス部も同じようなものだった。

だりぃ。めんどくせぇ。どーでもいいし。

芳樹は首を振る。トレーニングウェアの裾を引っ張る。ちらりと健吾を見やる。

「走らない……よな」

「おれ、短距離専門」

健吾はにやりと笑い、ひらひらと手を振った。

「こんだけのグラウンドがみんな、おまえ一人のもんだ。えらい贅沢やないか。二、三周なんてちっちぇえこと言わずに根限り走ってこいや。バテたらおぶって連れて帰ってやるでな」

久喜がグラウンドに向かって、顎をしゃくる。

「え？　待っててくれるんか」

「まぁ、家に帰ってもやることないし。長距離ランナー香山選手の華麗な走りを観戦するのも悪くないかな。どうだ、健吾」

「別にいいけど。あ、でも、芳樹、久喜におぶわれると癖になるぞ。背中広いから、やたら気持ちよ過ぎて、な」

「バテないように、調整する」

一度大きく背伸びをして、教室を出る。階段を下り、グラウンドに足を踏み出す。風が吹き付ける。甘い花の香りに包まれた。


「あいつ、ほんま律義やな」

久喜が芳樹の机の上を指差す。制服がきちんと折り畳まれて載っていた。

「芳樹を見とると、育ちがええんやなってほんまに思う」

「あほ。育ちやったらおまえのほうがよっぽどええやないか。坂上家は苗字帯刀を許された大庄屋（おおじょうや）さまの家系やないんか」

「いつの時代の話や」

久喜が苦笑する。

「おれ、こんなイカツ顔やからな、どこから見ても育ちがよさそうには思えんて。そこへいくと、芳樹はなーんかお坊ちゃま風だよな」

「性格やろ。のほほーんとしてっからな、あいつ」

「のほほーんとしてなきゃ、潰れてたかもな。なにしろ、あの兄貴がいるんや」

「和樹さんか」

「極楽温泉町の伝説の人やからなぁ。おれだったら、あんなすげえ兄貴がいたら、カンペキ、ぺっちゃんこだったかも」

健吾は机から下り、窓辺に寄った。

「芳樹は潰されたりせんよ。誰にも、な」

「……まあな」

久喜も窓枠に手を添え、グラウンドに視線を巡らせる。それから、呟いた。

「走ってんな」

「ああ、走ってる」

風が二人の前髪を微かに揺らし、吹き過ぎて行った。

その二●極楽温泉町町長 谷山栄一氏の憂鬱

極楽温泉町町長谷山栄一氏は、かれこれ三十分近く歩き回っている。歩き回っているというのは、文字通り歩きながら回っているのであって、散歩や徘徊とは明らかに異なる。

谷山氏は町長室（本人は執務室と呼ぶ。応接室兼用で約七十平方メートル）内を飽きもせず、倦みもせず歩き回っているのだ。

ぐるぐる、ぐるぐる。

時折、ソファの脚につまずいて転びそうになったり、回り損ねて壁にぶつかりそうになったり（実際には一度、額を打ち付けた）しながらもなお、歩き続ける。

ぐるぐる、ぐるぐる。

そして、転びそうになったり、ぶつかりそうになったり（ぶつかったり）する度に、谷山氏は束の間立ち止まり、ため息を吐くのだ。

「ふぁ〜」とも「うすぅ〜」とも聞こえる音は暗く、あくまで暗く、耳にした者を九十六パーセントの確率で陰鬱な気分に陥れる。

因みに谷山氏は今年八月をもって、六十二歳となる。やや肥満傾向であり頭頂部もかなり広範囲に薄れてはいるものの、すこぶる健康でこの十年間、鼻風邪一つひいていない。血糖、コレステロール、血圧、肝機能、その他云々、人間ドックでの数値が全て正常範囲というのが自慢の一つだ。

「このままじゃ、ほんまのこと、〝おっと〟を超えちまうかもしれんでな。それはそれで、めでたいかのう」

谷山氏は事あるごとに、会う人ごとにそう言い、言った後、さも愉快そうに呵々（かか）と笑うのである。

因みに、〝おっと〟とは夫ではなく、父親を表す方言である。谷山氏の〝おっと〟谷山甲三郎（こうざぶろう）氏は去年、数え年一〇一歳で他界した。老衰などではない。失恋の傷心から命を終えたのである。

甲三郎氏は老人クラブの会合で七十四歳の〝若い〟女性に一目惚れして追っかけ回し、やんわり拒否されても怯まず、しかし、内心焦りに焦り、敬老の日のダンスパーティの折、あろうことかチークダンスを強要した。

甲三郎氏の恋の相手、藤倉勝子さんは日本舞踊の名取からアロマセラピストの資格まで持つ才色兼備、かつ、心優しい女性ではあったが、甲三郎氏の盲愛に辟易し怒りも心頭に発したらしくパーティの席上、五十人ほどの出席者の面前で、

「あんたみたいな、しつこい男、うちは好かんで。もう、絶対に傍に寄らんで欲しいわ。あっちへ行って。顔も見とうない」

と、甲三郎氏をはね付けた。言葉だけでなく、蠅を追う如く右手を振り、眉を顰め、口を歪め典型的嫌悪の表情を作った。それから、甲三郎氏に背を向けると、足早に会場（極楽温泉町文化会館一階小ホール）を出て行ったのだ。

あまりに手厳しい拒否だった。さしもの甲三郎氏も呆然と立ち尽くすしかなかった。

この衝撃に甲三郎氏の心は折れ、身体は調子を崩す。翌日から寝込み、ついに回復せず「勝子さん、勝子さん」と一目惚れ、そしてついに片恋のままに終わった相手の名を呼びながら、帰らぬ人となったのだ。もっとも、息を引き取る寸前に呼んだのは「光子、早苗、恵理、真弓、菜々美、美子、真帆子、清香、友恵、彩美、アンジェリカ」とつごう十一名に及ぶ女性の名前だったらしい。光子は十年前に先立った夫人の、早苗～真弓は娘（谷山

氏の三人の姉にあたる）の、菜々美〜清香までは孫娘の、友恵、彩美は曾孫の名だったが、最後のアンジェリカが誰なのかは今に至るまで不明である。

ともかく、甲三郎氏は恋に殉じて亡くなった。それはそれで見事な生涯だと半ば感心され、半ば呆れられながら彼岸の人となったのだ。そののち、谷山家と勝子さんの間にはいざこざも確執もなく、今に至っている。もともと、極楽温泉町一帯には『死ねば全て、湯に流す』という習わしが残っていて、人々は生前の罪も恥も揉め事も厄介事も本人の死とともに温泉（含塩化土類食塩泉）に流し、消し去り、忘れ去ることを良しとしてきたのだ。

谷山氏はその父親の享年を超えて生きるかもしれないと、呵々大笑するのである。

毎朝、黒大蒜二欠片を食し、グラス（大きさ不明）一杯の青汁を一気飲みするのが健康、長寿の秘訣であるとの一文を、町広報誌の新年号に寄稿したこともある。

念のために付け加えておくが、谷山町長は大層な恐妻家で、姉さん女房の秀代さんに頭があがらない。秀代さん以外の女性と恋に落ちるなど夢のまた夢、想像さえ難いのが現実である。

さて、あれやこれやが相まって、谷山町長＝笑い上戸というイメージが、極楽温泉町民の間に定着しつつある。さらに踏み込んで〝よう笑いなさる気さくで明るい町長さん〟というイメージも定着しつつある今日このごろだ。選挙民への好印象は、政治家にとってかけがえのない宝に等しい。谷山氏は果報者なのである。

とはいえ、谷山氏の面容は有体に言って端整とも優美ともかわいいとも程遠い。鼻は顔面中央に胡坐をかき、唇は分厚く口は大きく、眉は乱麻の如くもじゃもじゃともつれ、頬は弛んで赤い。眼だけはくるんと丸く愛嬌があるが、やたら瞬きする悪癖がせっかくの愛嬌を台無しにしていた。つまり、お世辞にも好印象を他人に与える外見ではないのだ。

数年前、谷山氏が最初の町長選挙に敗れた原因の一つは、氏自身の面相にある。そう看破したのは、谷山栄一後援会会長を務める袴田吾平翁（かの檄文の主である。年齢は谷山氏より二つ上に過ぎないのだが、白い顎鬚と禿頭の風貌、泰然自若とした雰囲気等々から翁との敬称を持つ）の夫人、佳代子さん（農協婦人部広報課所属、谷山氏とは幼稚園、小学校、中学校の同級生である）だった。

佳代子さん曰く、

「栄一ちゃんは顔が締まりなさ過ぎるんよ。見るからに緩そうで、あれじゃ女性票はなかなか難しいわなぁ」

なのだそうだ。

「なんと落選の原因は谷山の顔っちゃ、言うか」

「そうですよ。女性票が動かんことにはなんぼ頑張ったかて、当選は難儀やでと、うち、再三、アドバイスしてあげたやないですか」

「しかし……」

夫の渋面の前に佳代子さんは、輪郭も鼻の形も丸い顔を突き出し、

「あんた。よう聞きや。昨日の広報課の会議でな」

と、切り出した。

「男前とまではいかんでも、やっぱ、好感を覚える顔やないとなぁ。一票入れよかって気にはならんわよな。正直なとこ」

「そうやねえ。谷山さんちゃ、お世辞にも人好きのする顔じゃて言えんもんなあ。不細工過ぎるわ。もそっと優男やないとねえ」

「そうそう、いかにも悪いことしそうな面(つら)やで」

「悪いことってどないなことやね」

「そりゃあ……横領とか詐欺とか強盗とか、ほら、警察署の前に貼り出してあるがやろ。全国指名手配のポスター。あん中に交ざっても十分、やってける顔やもん」

「葛西(かさい)さん、そんなとこでやっていけてもしゃあないわ」

一斉に爆笑。その爆笑の最中、婦人部副部長の田岡鈴江(たおかすずえ)さんが軽いぎっくり腰を発症、退席を余儀なくされた。それをきっかけに、話題は一足飛びに、最先端の腰痛治療法と息子の嫁探しと年金問題へと移っていく。

農協婦人部広報課の集いで、極楽温泉町特産の黒豆の醤油(しょうゆ)漬けをつまみ黒豆茶を飲みながらの会話(の一部)を夫人から伝え聞き、吾平翁は思わず唸(うな)ってしまった。唸りつつ、テレビにしょっちゅう出てくる国会議員(総理大臣、他大臣、与野党党首、幹事長含む)

の顔をあれこれ思い浮かべてみた。

優男がどこにいる。

え？　どこにいると思うてか。

どれもこれも、谷山氏に負けず劣らずの悪相ではないか。たまに見場の良い男、あるいは女がいたとしても悪相集団の中だからこそ麗しくも美しくも見えるだけで、よくよく冷静になると〝まぁ普通の上かな〟レベルでしかない。普通レベル以上の美男美女がいれば、政治的手腕も理念も主張もまったく関係なく騒がれる。その程度のもんであるがよ。

第一、政治は頭と度胸と心意気でするものだ。面相など何の役にもたたない。

「まったく女というやつは、すぐに外面に騙されおる。顔で政ができるんやったら、役者がみんな政治家になるんかや。まったくまったく女っちゃあ、どないにもならん」

文句を垂れ流す吾平翁をちらりと冷たく見やって、佳代子夫人は、

「ふふん、どの口が言うのやら。ちゃんちゃらおかしいわ。どないにもならんのは男の方でしょうが。あんた、まさか、あの夏祭りの騒動を忘れたわけじゃなかろうね」

と、低く嗤った。吾平翁は口をつぐみ、肩をすぼめる。

二年前の極楽温泉町湯治地区夏祭り。例年催される盆踊り大会に『盆踊りコンテスト』が導入された。ただ踊るだけではつまらないとの地区住民の意見、感想、クレームを受け、地区長を務めていた吾平翁を中心に地区会で決まったのだ。

〝老若男女、年齢も性別も関係なく生き生きと楽しげに踊った者にグランプリ〟が謳い文

句であり、グランプリ受賞者には表彰状と盾、及び副賞として極楽温泉町商店街共通買い物券三万円分と極楽米十キロが贈呈される運びとなった。そのあたりまではまぁ順当ではあったのだが……。

祭り当日、盆踊りの輪を眺めながら、かつ、ビールをがぶ飲みしながら、審査員たち（地区役員、農協理事、極楽温泉町商店街会長等々。吾平翁は審査委員長だった）が交わした、

「いやぁ、やっぱ、女子は若いのがええのう」

「そりゃあそうだ。色気が違うで、色気が」

「あの、黄色い蝶々の浴衣着とるの、どこの娘や」

「蝶々やのうて、リボンの模様やで。あんた、また老眼が進んだかや。うーんと、ありゃあ、戸倉薬局の二番目の娘やな」

「なんと、戸倉の娘、あないに別嬪になっとんかや。優勝は、あの娘で決まりやの」

「いやいや。山科の若嫁もなかなかやど。腰回りが何とも色っぽいでの」

等々、酔いに任せて発せられた大声での不埒な会話は、当然ながら婦人方の耳に入ることとなった。やはり当然ながら、不興、顰蹙、激怒をかうこととなる。

「あんた、女をなんやと思うてるの。なにがコンテストよ。りっぱなセクハラやないの、セクハラ」

「もう、これが亭主かと思うたら情けなくて情けなくて、泣くに泣けんよ、うちは」

「あたしがどれだけ恥ずかしかったかわかる？　友だちが、たんといたのに……みっともないんやから。もう、お父さんなんて大嫌い。当分、口きいてあげないからね」

と、審査員たちは、独身の一人を除いてそれぞれがそれぞれの妻や娘からこっぴどく詰られ、責められ、叱られたばかりではなく、しばらくの間、婦人方の批難の的となり、おしゃべりの種となったのだった。

吾平翁もこうやって、ことあるごとに蒸し返され、冷たく扱われ、あまつさえ、当時の諸々を思い出してだろう、佳代子夫人の機嫌がてきめん悪くなったりする。そして、当てつけのように晩酌のアテが煮干しの醬油掛けのみになったりもするのだ。むろん、『盆踊りコンテスト』は第一回で廃止となった。身から出た錆とはいえ、散々な結末となったわけだ。

が、しかしながら、吾平翁は過去よりも未来を重んじる志の持ち主だった。取り返しのつかない過ちより、未来を変える可能性に心が疼く。根っから選挙好きの参謀型人間でもあった。さらに、谷山氏を町長選に担ぎ出した責任も感じている。担ぎ出したぐらいだから、谷山氏の政治家としての能力を買ってもいた。選挙に勝ち二期目を務める当時の町長のように事なかれ主義者で、町の財政より己の懐具合を気にするような輩（と吾平翁は看破している……つもりだった）に町政を委ねていてはならない。

なんとかせにゃあ、おえんでの。

吾平翁は考える。

不細工顔の谷山氏を次の選挙では必ず勝者にする。自分が音頭をとって万歳を唱えるのだ。

そのためには、どうすればいいのか。どうすれば……。吾平翁は考え続けた。あまりに考え過ぎて、危うく脳貧血を起こしそうになったことも二度や三度ではない。しかし、これといった名案は浮かばなかった。まさか、谷山氏に向かって美容整形やエステ通いを勧めるわけにもいかない。極楽温泉の湯は美肌効果を謳ってはいるが、面容までは変えられない。

どうすべきか、どうすればいいか、どうがどうなったらどのように事が上手く転がるのか。

答えは摑めない。

無為に月日が過ぎていく。そうこうしているうちに、事件が起こった。谷山氏に競り勝った当時の町長が旧正月の一日、凍った橋の上ですっ転び右大腿部と左上腕部の骨を複雑骨折、長期入院を余儀なくされたのだ。しかも、幸か不幸か入院中に胃の上端、噴門部に初期の腫瘍が発見され摘出手術を受けることとなった。怪我も病気も完治したが、〝極楽温泉の獅子王〟とまで呼ばれた（深い意味はない。町長の苗字が師仕だっただけだ）町長の気力は坂を転がり落ちる如く衰えていった。近いうちに引退を表明するという、かなり真実味のある噂が町内に流れ始める。

谷山氏にリベンジの機会が訪れるかもしれない。

もしそうなら、今度は失敗できない。二度続けて落選などしようものなら、谷山氏の政治生命は絶たれたも等しいではないか。

しかし、顔は、婦人票は……。あぁ時間がない。

吾平翁は焦る。体重が二キロ落ちるほどに焦った。

どうすれば、どうがどうしてどうなればいいのか。

「あ?」

天啓という言葉がある。

ある日の夕暮れ時、吾平翁の脳裡に単語が一つ、閃いた。吾平翁は「あ?」と叫び、天を仰ぐ。この閃きはまさに天の啓示か。この単語は神からの賜り物か。

ブレーン。

言うまでもなく、ブレーンとはブレーン・トラスト[brain trust]の略で、側近顧問、補佐官、有能なスタッフの意味に使用される。もともと、アメリカ合衆国大統領の側近で、政策の立案、作成に携わる人々の総称として……。

「要するに、選挙に勝とうと思うたら、ほんまに頭のええ者が要るっちゅうわけや。うーむ」

うーむと唸った後、吾平翁はさらに沈思し黙考し、時の経つのも忘れていた。それまでのとりとめのない思案とは異なる手掛かりのある思考に浸り込む。

「ちょっと、お母さん。お父さん、どうしたんよ」

「わからんわ。さっきから、ずうっとあの調子。頭に蠅が止まっても動かんのよ」

「死んでのんと違う」

「彰子、あんた、物の言い方をも少し考えなさい。座ったまま死んどる人間がどこにおりましょうに。即身仏やあるまいし」

「いやあ、お父さんのミイラなんて嫌やわ」

「お父さんがミイラになる前に、花嫁姿を見せてあげんさいよ。ほんまに幾つになったら結婚するつもりなんよ。彰子、これ、彰子、逃げるんやないの。神坂の伯母さんが持ってきてくれたお見合いの話、どうするつもり」

などという家族のやりとりを知ってか知らずか、吾平翁は思いに沈み黙して考え続けた。佳代子夫人はさすがに心配になり、夫の様子を障子の隙間からうかがった。その瞬間、

「よっしゃあ、決めた」

大声とともに吾平翁が立ち上がった。驚きのあまり、佳代子夫人は尻もちをつき、危うく手首を捻挫するところだった。

「これしかない。あいつしか、おらん。どう考えてもこれしかない」

吾平翁はこぶしを握り、顎鬚を震わせる。頬は上気し、両眼は炯々と光を放つ。そして、その口元にはうっすらと笑みが浮かんでいた。

「あんた……どうしたの」

佳代子夫人は半ば呆然と半ば警戒しながら、夫を見上げる（尻もちをついたままだっ

た）。見上げた顔にはまだ、薄笑いと異様な熱気が張りついていた。

吾平翁のこの顔つきには要注意だ。長年連れ添った妻だからこそ感知できる危険に、夫人はおののいた。

はるか昔、県議会議員選挙に出馬を決意したときも、つい最近町長選の候補に谷山氏を推すと決めたときも、同じような顔つきになっていた。

また、ろくでもないことを……。

思い付いたかと、夫人は堪えようとして堪え切れないため息を三連続で漏らした。こういう顔になったとき、どう諫めても諭しても、怒っても泣きを入れても無駄だと経験上わかっている。数秒後に自分の名前が連呼されることもわかっていた。

数秒後――。

「佳代子、佳代子、佳代子、おい、佳代子。くそっ、どこに行きおった。用のないときばっかうろうろして、用事があるときは、いっつもおらんやないか」

「……ここにおりますけど」

「うわっ。お前、いつの間に背後に回った。油断ならんやつだ」

「下手な時代劇みたいな科白、言わんといてください。さっきから、ずっとおりました」

四十年近く連れ添った糟糠の妻（吾平翁は今でこそ極楽温泉町屈指の資産家ではあるが、若いころは三代前から続いた土産物店と饅頭工場が倒産の憂き目に遭い、佳代子夫人共々大層な辛苦をなめた。佳代子夫人に基本頭が上がらないのは、この時分、愚痴も不平も零さず支えてくれた恩義を夫人に感じているからだ。もっとも、生活が安定してからは、愚痴も不平もたっぷり聞かされてはいるが）に向け、吾平翁は一歩、大股で近づいた。佳代子夫人は一歩半分後退（あとずさ）りする。

「佳代子、わしは決心したぞ。あいつを呼びもどす」

「は？　アイツなら庭におりますよ。さっき、うちが散歩に連れて行きましたが」

「誰が犬の話をしとる。まったく、彰子のやつ、嫁にもいかんくせに、飼い犬にアイツなどとふざけた名前を付けおって」

「嫁にいかんのと犬の名前は関係ないでしょうが。だいたい、あんたかて『おもしろい名前や。次に飼う犬はコイツって名前にしようで』なんて笑（わろ）うてたやないですか。まったく、あんたはその場その場で言うことが変わるから厄介なんやわ。この前の豊原（とよはら）の伯父さんの法事のときやって」

「うるさい。法事も犬の名前もどーでもええわ。それどころじゃないぞ。ええか、佳代子」

「うちは、いつでもええですけど……。晩御飯の支度がありますから、ちょっとでも早（はよ）うに済ませてもらいたいですねえ」

夫人のさり気ないながら本心からの訴えを無情にも聞き流し、吾平翁は鼻の穴を膨らませた。

「よう聞けよ。ふふふ、わしはやっと気が付いたんや。谷山のため、いや、そんな個人的な問題やない。この極楽温泉町のために、あいつが必要やとな」

「ですから、あいつって誰なんですか」

「最終秘密兵器や」

「はあ？　最終秘密兵器？」

吾平翁が再び薄笑いを浮かべた。頬も赤く上気したままだ。

夫の興奮と言動を怪しくも面倒くさくも怪訝にも感じ、佳代子夫人は眉間の皺を深くする。

と、ここまでが数年前、正確には三年と二カ月あまり前の話となる。佳代子夫人が眉間に皺を寄せてから三年と二カ月後、谷山氏は極楽温泉町町長として町長室（執務室）を歩き回っている。つまり、再挑戦した町長選で見事に当選したわけだ。まずは、めでたいと言祝いでおこう。が、
光陰は矢のごとく過ぎる。

月日は瞬く間に流れていく。

谷山氏の二期目をかけた選挙が、はや一年と数カ月後に迫っていた。政治家にとって一期目は肩慣らし、地均し、基盤作りと言われる。本格的に政治手腕を発揮するのは二期目から。とすれば、一期目はそのための盤石かつ、周到な準備期間とみなされるのだ。

そういう意味で、谷山町長のこれまではまずまず、平均点よりかなり上の成績と言える。

谷山氏は極楽温泉町生まれの極楽温泉町育ち、極楽高校を卒業後、一時期、都会に就職するも二十代前半でUターンし、家業の温泉旅館を継いだ。

再挑戦は、その旅館『ごくらく亭』を弟の清治氏（『ごくらく亭』副社長と板長兼務）に全面的に譲渡し、温泉旅館組合長の座も辞し、背水の陣を敷いて臨んだ選挙だった。当選しなければ、谷山氏は無職、初老フリーターになってしまう。自らを窮地に追い込むことで人は力を発揮し、運を呼び寄せる……かどうかは定かではないが、さる場所で次のような会話が交わされたのは事実だ。

「谷山さん、今回、ものすごう真剣やねぇ」

「ほんま、ほんま。ああいうのを鬼気迫るって言うんかしら」

☆「『ごくらく亭』って、極楽温泉の中じゃあまぁまぁ流行ってるお宿よねえ」

「そうよ、そうよ。古い旅館はけっこう潰れとるけど、『ごくらく亭』はそこそこ儲かってたんとちがうの。鬼岩風呂が有名やったし、清っちゃんのお料理が美味しいからねぇ」

「あぁ、『ごくらく亭』の料理はええよねえ」

☆「けど、今日び、極楽温泉で黒字出せとる旅館て『ごくらく亭』の他には二、三軒しかないんとちがう。そこの社長を辞めての出馬やから、相当な覚悟があるんやないかしら。前の時とは、なんか顔つきが違うような気ぃがするんよね」

「そうそう。栄一ちゃん、凜々しゅうなったよなぁ。顔も雰囲気も、こうぴぴっと引き締まった感じがするわ。ぴぴっと、な。ちょっと痩せたみたいやし。ええ男……とまでは言わんけど、見様がようなったわ。ほんまのこと」

「やっぱ心構えが面に出るんかしら」

「いやあ田岡さん、目の中でハートマークが点灯してるんとちがうの。浮気はいかんよ。不倫もいかんよ」

「そんな元気、どこにあるの。腰が半分、いかれてんのに。こんなんじゃもう使いようがないわ。とっくに下半身廃業やで」

田岡さんの下ネタトークに一同爆笑。話題は、更年期障害と閨の夫婦関係、消費税に対する憂慮、若い夫婦への危惧、麹漬けの出来栄えへの不満などに移っていった。

農協婦人部広報課の定例集会（農業会館二階小会議室）での会話（の一部）を佳代子夫人から伝えられたとき、吾平翁はにんまりと笑っていた。してやったりという笑みである。

女性たちの好感度は確実にあがっている。

女性票への期待が高まる。

「上手くいっとるな」

「今のところはね」

「これからも頼むぞ。うまいとこ、女たち……ご婦人がたを誘導してくれや」

「まぁ、やれる限りのとこまでは、やりますよ。こうなったら、とことん付き合わにゃあしかたないものねえ」

「頼もしいのう、佳代子」

「ふふん、そりゃあそうやわ。だてに四十年も、あんたの女房をやってきたわけやありませんでね」

袴田夫妻は顔を見合わせ、ほくそ笑んだ。ほくそ笑いであるから、そこに男女間の甘やかさはない。策謀家同士の「おぬしも悪よのう」「いえいえ、お代官さまにはとうてい及びませぬよ」「うわっははは」「うっふふふ」的な雰囲気が漂うばかりである。因みに前述の農協婦人部広報課の会話で☆マークは、佳代子夫人の発言である。巧妙に谷山氏の好印象へリードしていることが窺(うかが)える。

袴田夫妻の尽力も功を奏し、谷山栄一氏は晴れて極楽温泉町町長となった。そして、一期目を無難に務め上げようとしている。順風満帆とはやや言い過ぎかもしれないが、順当であるのは確かだろう。

その谷山町長が、暗いため息を吐きながら歩き回り、歩き回っては陰鬱な響きのため息を吐き出している。

「ふぁ〜」

ぐるぐる、ぐるぐる。

「うすぅ〜」

ぐるぐる、ぐるぐる。

そのとき、机上の電話が鳴った。秘書室からの着信を告げるランプが点滅する。

「おおっ」

張り詰めた一声を発すると、谷山町長は電話機に飛びついた。

「もしもし、もしもし、もしもしもしもしも」

「……町長、香山ですが」

受話器の向こうからは、感情のこもらない、冷たく乾いた声が響いてきた。秘書室長、香山和樹氏のものである。もっとも、極楽温泉町役場には、秘書は香山氏ただ一人しかいない。

「遅くなりましたが、ただいま戻りましたので」

「おっ、おうおう。お疲れさまでしたの。どうもどうも」

「町長。以前から申し上げておりますように、目下の者に対しそこまで丁重な言葉遣いは不要です。『あぁ、ご苦労さま』で十分ですし、その方が重々しさを醸し出しますので」

「あっ、そうですか。そうですよの。どうもまだ、客商売の口調が抜けないもので。どうもどうも」

「今、頭を下げていませんか」

「は？」

下げていた。受話器を握ったまま壁に向かって、低頭すること三回。まるで監視カメラで確認したかのような香山氏の指摘に、谷山町長は思わず辺りを見回していた。

「以前から申し上げていますように、誰彼かまわずぺこぺこするのは、町長の悪い癖です。やはり、重みに欠けて、時として相手に不快感を与えますよ」

「う……わかってま……よう、わかっとるよ、香山くん」

「では」

「は？」

「最初からやり直しましょう。受話器を置いてください」

「あ？　はいはい」

受話器を置く。三秒後に呼び出し音。秘書室からの着信ランプ点滅。受話器を取る。

「あー、もしもし」

「町長、香山です」

「あー、香山くんかね」

「はい。遅くなりました。ただいま、帰室いたしましたので」

キシツの意味が一瞬、理解できなかったが、谷山町長は軽く咳をしてごまかした。

「あー、ご苦労さま」

「ただ今から、ご報告に参ります。よろしいでしょうか？」

よろしいも何も、ずっとその〝報告〞を待っていたのだ。谷山町長としては、こちらから秘書室に飛び込んで行きたいくらいの心境だった。逸る心をぐぐっと抑え、重々しく答える。

「あー、構わんが」

「今度は少し、無愛想過ぎますね」

「へ？」

「町長の場合、気を付けないと横柄、無愛想、威張り屋とみなされる可能性があります。もう少し、砕けた調子の方がいいでしょう」

「しっ、しかし、香山くん、さっきは丁寧過ぎちゃあいかんて言うたやないですか」

「ほどほどです。何でも極端はいけません。中庸が一番です、町長」

チュウヨウの意味が一瞬、理解できなかった。ともかく、砕けて砕け過ぎず、重々しくて重々し過ぎずでなければならないわけだ。

そんな難問、解決できるかい。

「それと」

まだ、あるんかい。

「あーと語尾を伸ばすのは止めましょう。歯切れのいい物言いの方が万人受けします」

「歯、歯切れですね」

「歯切れです、町長。それと、中庸」

「わっ、わかっ、たよ。とも、かく、執務、室に、おいで」

「……町長、まるでスタッカートですね」

ふふっ。

受話器の向こうで香山氏が笑った。冷笑でも嘲笑でもなく、柔らかな温かみさえ感じられる声だった。香山氏のこの声を聞くと、谷山町長は何故か気が緩み、じわりと滲む安堵感を覚えるのだった。さっきまで伸し掛かり、胸をしめつけ、鬱々と気を滅入らせていた心配事が半分ほどにも減じた気分になる。肩が少し軽くなって、首の張りが少し楽になって、胸の痞えが少し和らいだ。

「町長、事態は憂慮すべきものです」

ふっと力の抜けた谷山町長の耳に、香山氏の一言が突き刺さる。柔らかさも温かみもきれいに拭い去った声、きーんと冷えた声音だった。鼓膜が生々しく痛い。

憂慮。何ともとっつき難い、嫌な言葉だ。毒々しい色合いの毒蛾を連想させる。

谷山町長はチョウ目の昆虫が大の苦手だった。四歳のとき、昼寝から起きたとたん、一匹の蛾（谷山少年にはとてつもなく巨大に思えた。翅に髑髏の文様があったようにも見えた）が額にぶつかってきた。鱗粉が目に入り、口に入り、谷山少年はそのまま失神、三日三晩、高熱に苦しんだ。それから後、蛾も蝶も見るだに恐ろしい生き物となってしまったのだ。

憂慮は蛾に似ている。

コッパンが出そうじゃ。

谷山町長は無意識のうちに首筋を掻いていた。蕁麻疹をこの地方ではコッパンと呼ぶ。

「すぐにご報告にあがります」

香山氏の声は冷えたままだった。

「あ……はい。いや、うん」

「では」

電話が切れる。ツーンツーンと電子音が流れてくる。これも嫌な音だ。蛾が鳴くとしたら、こんな声を出すのではないか。

あぁ、嫌やのう。

谷山町長は身震いした。身震いはしたけれど、何が嫌なのか、何に震えているのかはっきりしない。

三十秒後、ドアがノックされた。廊下に面した分厚いドアではない。隣室に通じる薄い方だ。隣室は秘書室となっている。つまり、執務室とはコネクティングルームとなるのだ。それならば、最初からノックの一つでもして入ってくればいいようなものだが、香山氏は必ず谷山町長の意向を確かめてから入室する。

この律義といおうか、形式ばった行動は氏が中央官庁の役人、官僚であった名残なのか、単に氏の性格によるものなのか。

「あー、いや、こほん、うん、どうぞ」

谷山町長が答える。ドアが開く。

「失礼します」

香山氏が入ってくる。

すらりと背が高く、鼻梁も高く、今風の顎の尖った細面をしている。ごく地味な、決して高価ではない濃紺の背広（よく目を凝らすと細いストライプが入っているのがわかる）を隙なく着こなしていた。ふわりと額にかかった前髪も、フレームのない眼鏡も、眼鏡を指で押し上げる仕草も、ぴたりと決まっている。やや古風な表現を使えば長身痩軀、白皙の人、今風ならイケメンと呼ばれよう。要するに、鄙には稀な美青年なのだった（I・Kとはまた、タイプが違う）。

「香山さ……くん。憂慮すべきっちゅうのは……」

生唾を飲み込み、谷山町長は身を乗り出す（一応、歩き回るのを止め、町長専用の椅子に腰かけていたのだ）。

香山氏は眼鏡を押し上げ、おもむろに口を開いた。

「町長、あの噂話、かなり信憑性があります。おそらく真実ではないかと思われます」

「な、なんと。やはり、そっ、そうやったんですか」

谷山町長の顔色が変わった。自分の顔色が白っぽく薄れていることを町長は自覚していた。頰の辺りが強張っていくのも感じていた。

「はい。堂原さん、次の町長選に立候補する意向を固めたもようです。というか、かなり以前からそのつもりで、密かに準備をしていたようです。見落としたのはこちらのミスでした。まさか、堂原さんが町長選に立候補するとは考えていなかったですね」

「そうか、あの堂原さんが立つかい」

谷山町長は目を閉じ、唸ってしまった。

杞憂が現実のものとなったか。

堂原剛史郎、四十二歳。

剣豪を彷彿とさせる名ではあるが、本人は日陰の朝顔もかくやと思われるほどひょろひょろと痩せて（もっとも、ひょろひょろしていない朝顔などめったにお目にかかれないだろうが）、顔色も悪く、ちょっと見、胸を病んだ売れない作家のようだ。

しかし、その虚弱風な外見とはうらはらに、谷山町長に負けず劣らずの健康体であり、谷山町長を遥かに上回る野心家であり、吾平翁を超える極楽温泉町きっての資産家でもあった。今現在、極楽温泉町観光協会長ではあるが、そんな地位に満足もせず甘んじてもいないことは誰の目にも明らかだ。

堂原氏がかなりの政治的野心の持ち主であることは、万人の知るところだ。堂原氏自身が、県政、さらに国政の舞台への進出を目論んでいると公言して憚らないのだから、隠しようがない。

県議を長く務めた堂原氏の祖父は二度、父親は一度、叔父は一・五度国政選挙に挑んで敗れた。叔父の〇・五度は、立候補受け付けの直前、酒に酔って川に落ち、あわや溺れ死ぬかという騒動を起こし（大失態である）、涙ながらに断念したという曰くを指す。

つまり、国会議員のバッジを背広の襟につけるのは、堂原家の悲願であり、宿望であったのだ。だからこそ、堂原氏が町長選に出馬するという報はあまりに意外で、俄かには信じ難いものだった。

堂原氏は国政選挙を見据え、地元の地盤を盤石とするために谷山町長と持ちつ持たれつ、蟻とアブラムシのごとき共生関係を保っていく腹積もりだと信じ、疑いもしなかった。

甘かったか。

谷山町長は唇を噛んだ。ちょっと恥ずかしくなる。唇を噛み俯く自分が、甲子園でサヨナラヒットを打たれたピッチャーの姿に重なり（あくまで谷山町長の個人的な感覚である）、今、おれ、ちょっと青春っぽくないか？　などと、緊迫感のない思考をしてしまった我が身が恥ずかしい。

「甘かったですね」

谷山町長の胸中を推し量ったように香山氏が呟いた。

「もう少し早く気が付くべきでした。秘書として十分な働きができていませんでした。申し訳ありません」

「いや。香山くんが十分じゃなかったら、十分なやつなどおりませんで。気にせんでよろしいです」

気にしなくてもいいが、これからのことは悩まねばなるまい。

強力なライバルが現れて、二期目は危うい。かなり、危うい。

「だいじょうぶです」

凛とした口調で香山氏が言い切った。

「町長を落選させたりはしません」

「香山くん」

「必ず勝って、二期目も町政の要となっていただきます」

「香山くん、しかし、堂原さんは」

手強いぞと谷山町長が続けるより先に、香山氏がにやりと笑った。不敵な笑みだった。こういう笑い方が香山氏にはよく似合う。イケメン度が確実に消費税分（二〇一七年現在）は上がった。

「町長、お忘れなく」

「え？」

「わたしは、最終秘密兵器ですよ」

香山氏はもう一度、ゆっくりと不敵に笑ってみせた。

その三●続けて極楽温泉町町長室にて

極楽温泉町町長谷山栄一氏は秘書である香山和樹氏を見上げた。これは、谷山氏と香山氏の身長差からくる視線の動きではない。確かに香山氏と谷山町長は身長差が十センチ近くある（むろん、香山氏の方が高い）。体重差も十キロ近くある（むろん、谷山町長の方が重い)。二人並んで立てば、でこ・ぼこ、ほそ・ふと、イケメン・オッサン、誘われたらホテル行っちゃうかも・誘われたら一目散に逃げちゃうよね、である印象は拭えない。が、今は、谷山町長は椅子に座り、香山氏は背筋を伸ばして立っているので、必然、谷山町長の視線は上向きになる。

余談だが、香山氏は実に姿勢の良い青年である。香山氏の立ち姿は真っ直ぐで、緩みがない。それが長身の香山氏をさらに長身に見せていた。猫背の上に、このところとみに背脂がついてまぁるくまぁるくなった谷山町長としては羨ましくてしかたない。

「若いっちゅうのは、何ともええもんやねえ。わしも若いころは、香山くんみたいにすらっとしとったんやけどねえ」

などとため息を一つ、二つ、吐いてはみるが、むろん、見栄というか嘘というかあぁ勘違いというかまるで妄想というか……、若き日の谷山町長は今より髪はふさふさでお腹もややひっ込んではいたが、すらっとという印象からは、かなり隔たっている。鯖の干物と鮪、鵜とヤンバルクイナぐらいは隔たっている。

「で、香山くん」

香山氏を見上げ、谷山町長はこくりと息を飲み込んだ。

「何か妙案があるんけ」

さ来年の町長選挙に勝つための公算はあるのかという意味だ。堂原剛史郎という強力なライバル出現に谷山町長は、いささか焦っている。

「いえ、ありません」

香山氏はあっさりと答えた。

そのときの谷山町長の顔つきを一言で表すなら、下剋上の世、腹心の家来の裏切りを知った直後の戦国武将（二代目のおぼっちゃんで、お人好し）、三日ぶりにありついたと思った獲物がシマウマのヌイグルミだったライオン、婚活に成功し玉の輿にのったつもりだったのに新婚三カ月で夫が借金だけをどっさり残して愛人と失踪した新妻等々の表情を想起してくれれば、ぴたりではないものの相当近いと思われる。

「ない？」

「いえ、ないわけではないのですが……」

ここで、香山氏の口調はふいに歯切れが悪くなった。杵つき餅の中に納豆と酢昆布を混ぜ込めば斯くあろうと考えられるほどの切れの悪さである。これは、実に珍しい現象だった。

「あるんか」

谷山町長は身を乗り出した。

「あるにはあるのですが、ほとんどないに等しく、かといってまったくないというわけでもなく、あるともないとも言い難いというのが正直なところです」

谷山町長としてはここで、「どっちゃねん。はっきりせんかい」と定番ツッコミをいれたいところだが、心底から信頼をよせる秘書、かの吾平翁をして「わが陣営の最終秘密兵器にして、最強の男」とまでいわしめた香山氏である。安易に「どっちやねん。はっきりせんかい」とつっこめない雰囲気が全身から漂っていた。

「どういうことだね。香山くん、もう少しわかり易く説明してもらいたいけどのう」

谷山町長は気弱に尋ねた（本来、気弱な性質ではあるが）。

「町長」

「はいっ」

「いや、そんなに畏まらなくても」

椅子に座ったままながら、背筋を伸ばし、膝に手を置いた谷山町長に、さすがの香山氏も苦笑を隠せなかった。

「説明の前に、町長にお尋ねしたいことがあります」

はい、なんなりと。

と答えそうになった口を一度、ぐっと引き締め、谷山町長は椅子に深く座り直した。

「なにかね、香山くん」

重々しく返事する。

そうそう、それでいいのです。

と言うがごとく、香山氏がうなずく。

それでいいのです。満点な態度ですよ。

視線と微笑とうなずきで褒めてもらって、谷山町長、少し嬉しくなる。が、やはり、わーい、香山くんに褒められた。嬉しいな、嬉しいな。

と、ぴょんぴょん跳びをするのも躊躇われ、香山氏の〝お尋ねしたいこと〟も気にかかり、にこりともせぬまま、さらに深く座り直してみる。

「町長が再選を望まれるのは、なぜですか」

「ふふぁ？」

思いもよらない質問に、谷山町長はひどく間の抜けた声を発してしまった。

「はぁ？」と言うべきところを「ふふぁ？」とは、ひどすぎって。ああ、はったらしい（恥ずかしい）。自己嫌悪に陥りそうやでの。なんてったって「ふふぁ？」やからね、「ふふぁ？」。

谷山町長の脳内で「ふふぁ？」が駈け廻り、跳ね返り、三回転半宙返りだのトリプルアクセルだのを披露する。それは、一種の逃げでもあった。つまり、香山氏の問いにちゃんと答える自信がなかったのだ。

なぜ再選を望むのか。

そんなこと、じっくり考えたことはなかった。

なぜ再選を望むのか。

なぜ再選を望むのか。

んだちゃあ、わしは、何で次も選挙に出たいんかね。出て勝ちたいんかね。極楽温泉町町長でおりたいんかね。

　何でかね。

「まさか一期で辞めちゃあ格好悪いから、なんて理由じゃないですよね」

　香山氏が谷山町長に向かって僅かに身を屈（かが）めた。

　心もち、眼つきが鋭い。

「自己都合で辞めるならまだしも、再選されずに町長職を失ったとなれば〝町長落第〟の烙印（らくいん）を押されるようで恥ずかしいとか」

　香山氏はさらに眼つきと語調を鋭くする。

「三期以上務めると年金に特別加算が付くなんてことを考えては、いらっしゃらないでしょうね」

「そんなこたぁねえで」

　谷山町長は立ち上がっていた。立ち上がりながら、大声を上げていた。大声を上げながらこぶしを握っていた。

「ぜっーてぇ（絶対）、そにゃこっちゃあ、ねえでんよ（そんなことは、ない）。ぜっーてぇ、ねえ」

「では」

　身を起こし、香山氏は眼鏡のブリッジを押し上げる。

「ではなぜ、再選を望まれるのですか」

「極楽温泉町を何とかせにゃならんて、思うとるからやで」

谷山町長は声のトーンこそ低めたものの、こぶしは固く握ったままだった。

「香山くんは若いけ、よう知らんかもしれんけんど、昔の極楽温泉町はそりゃあ賑やかじゃった。賑やかなだけじゃのうて、なんちゅうか、こう、生き生きした空気っちゅうもんが、町中に溢れとったんだで。年寄りもようけ（たくさん）おらったが、若い者も子どもも、ほんにようけおった」

いつの間にか、谷山町長は町長室内を歩き回っていた。先刻より若干緩やかな足取りだ。

「祭りも賑やかで、夏祭りのときなんぞ、各地区ごとに揃いの浴衣を着た女衆や法被姿の男衆が練り歩いて、そりゃあもう豪儀なもんじゃった。それが、今はどうや。町は年々廃れていくばっかで、夏祭りなんぞ昔の十分の一の規模でしかないで。極楽温泉の観光客で減る一方で……昨年なぞ最盛期の半分にようやく届くかっちゅう数や。何より高校やて、わしの、ほいで、香山くんの、いんや極楽町民の大半の母校である極楽高校を廃校にせえて、お上は言いよる。それを黙って受けなあかんのか……。香山くん、わしは悔しい。わしは、極楽温泉で生まれて、育って、ほとんど極楽温泉から出たこたぁない。若いころ何年間か大阪に住んだことがあるくらいやでの」

谷山町長は緩やかに室内を歩きながら、憑かれたようにしゃべり続けた。香山氏は、いつもなら、「町長、少し落ち着いてください」とか「そんなに歩き回ると、足が疲れますよ」とか、適切あるいは適当な忠告を試みるのだが、今回は無言のまま、ただひたすらその姿を目で追っていた。

「田舎者じゃて、笑われてもええ。わしこそは、ほんまもの田舎者じゃと思うとる。田舎者じゃから、田舎を守りたいて思うとる。このまま、極楽温泉町を廃れさせてたまるかよっちゅう気持ちや。うん……香山くん、わしが再選したいっちゃあは、そりゃあ……一期だけで終わっちゃあ格好悪いとは思う。年金のことやて、まったく考えとらんて言うと嘘になる。ああ、大嘘になるで。けど、それだけやない。それだけで、町長の座にしがみついとるわけやない。わしは、わしの手で極楽温泉町を守りたいんやで。昔のあの活気を呼び戻したいんよ」

足を止め、谷山町長はほっと息を吐いた。町長という立場である。常日頃から、挨拶、演説、答弁をする場にしょっちゅう引っ張り出されている。挨拶も演説も答弁も、なべて中の上程度だ。

香山氏が毎回、完璧に近い下書き原稿を作ってくれるから、やっと中の上で留まっていられるのであって、口下手、文章力・構成力なしの我が身一人では、中から下への下り坂をころころころころ転げ落ちるのは必至。

谷山町長はちゃんと理解していた。

こういうところが、谷山町長の美質なのである。つまり、己を卑下もしないが決して過大評価もしない。町長、町長とおだてられて（おだてる者が案外多いのである）も、「あれ？　おれって、意外に偉いんとちがうか、むふふ」とヘンテコな勘違いをしない。まぁ、もう少し、弁舌さわやか、そつなく挨拶、演説、答弁をこなすようでないと、政治家としてやっていけるのか、〝？〟がつくのは、否めないのだが……。

そんな谷山町長としては、自分が訥々とでも、こんな風に思いを吐露できるとは意外だった。その本心は普段は胸の底に埋もれていて、谷山町長自身、見えていなかったものであり、思いもかけず突然に溢れ出たものである。

おぉ、この情動は何ものであるか。

去りし青春の日々、我を支配し、我を司った、あの甘美でありながら苦く痛い情動、そのものではなかろうか。

神よ、あなたは我に再び若き情動を与えんと欲するか。

チャチャチャチャチャ〜ン。

谷山町長は本心を吐露したことの気恥ずかしさと満足感に、ちょっと頬を染め、滲んだ汗を拭った。

恥ずかしい。でも、何となく気持ちいい。

う……この青くさく、甘酸っぱい感覚。なつかしいのう。あのころ、極楽温泉町はまだ元気やった。わしらも元気やった。なにしろ、十代やけの。明日は今日よりさらによく、さらに豊かになれるっちゅうて、誰もが信じとったでな。吉村の栄介は、隣のクラスの登志子に恋をしとったで。登志子と××する夢ばっかみる、でもって××なんで朝が大変じゃなどと言いよったの。深沢の太一は絵が上手うて女子の裸なんぞをさらさらっと描けて、

「人妻でも登志子でも、何でも描いちゃるぞ」なんて言うて、みんな、大喜びして……。

谷山町長はまた、頬を染めた。

去りし青春の日々の中、女体の神秘に挑み、これを解明せんと奮闘した我が身の健気さと愚かさに思い至ったからである。

「町長！」

香山氏が叫んだ。

いつの世も、追憶は現の声に破られるものだ。が、それはそれとして香山氏が叫ぶなんて、珍しい。珍しいと言うよりそぐわない。極楽温泉町商店街通りをディ●ニーラ●ドのパレードが練り歩くほどに、そぐわない。時代絵巻行列の中にリオのカーニバル風踊り子が交ざっているほどにそぐわない。

沈着冷静、機知縦横、博学多才を謳われた香山氏が突然に叫ぶなどと、谷山町長でなくとも予想できなかっただろう。

「町長！」と呼ばれ、叫ばれ、谷山町長は「ひえっ」と悲鳴をあげてしまった。

ほんとうは、「なんだね、香山くん」がベスト、「はい」「うん」「びっくりしたなぁ」等々がベターな返事だったろう。しかるに「ひえっ」である。これは情けない。谷山町長がいかに、不測の事態に弱いかが、こういう狼狽え振りからも窺える。

「どっ、どうした、どうした、香山くん。なっ、なんか、わし、言うちゃあおえんこと（言ってはならないこと）言うたかの」

谷山町長は後退りしながら、こくこくと唾を二連続で飲み込んだ。

「申し訳ありません」

香山氏が頭を下げる。

「え？　申し訳ないって？」

「町長のお気持ちを試すような、不埒な質問をしてしまいました。お許しください」

「ひえっ。いや、あの、その、この、こっ、香山くん。ゆっ、許すもなにもわしはただ……」

「感動いたしました」

「へ？」

「町長のお気持ち、決意、ひしひしと伝わってまいりました」

「え？　いや、そんな……ははは」

「町長！」

「ひえっ、いや、はい」

「がんばりましょう」

「はい？」

「がんばって次の選挙も勝ちましょう。勝って極楽温泉町に昔の活気を呼び戻しましょう」

「あ、はい」

普段、香山氏の表情はほとんど変化せず、感情を読み取るのは至難であった。それでなくとも、谷山町長は他人の顔色から心内の動きを読み取るのが著しく苦手である。ましてや、香山氏のように若く賢くポーカーフェイスの相手など、まったくもって何を考えているやらさっぱりである。

が、しかし、今、香山氏の眼が眼鏡の奥で熱を帯びてうっすら潤んでいるのは、何とか見てとれた。

香山氏はその言葉通り、感動しているらしい。谷山町長は香山氏が感動していることに感動した。

「町長のおっしゃる通りです。このままでは極楽温泉町は衰退の一途を辿(たど)ります。冷蔵庫の中で忘れ去られた白菜みたいに、萎(しお)れていくだけです」

冷蔵庫の中の白菜のたとえに、谷山町長はまた感動した。

香山くん、意外に庶民派なんやのう。

「国全体が行き詰まっている、不況が長引いている、少子高齢化が進んでいる、だから、廃れるのは仕方ない。そんな馬鹿な話はありません。国も不況も少子高齢化もぶっ飛ばして、元気、勇気、覇気をこの極楽温泉町から発信しましょう。それができるのは、町長、あなたしかおりません」

「おっおおおおお〜」

谷山町長の趣味はカラオケ（公開）とレース編み（非公開）だが、今、このとき、来る(きた)

べきカラオケ大会にそなえ発声練習をしている……わけではない。感激のあまり言葉を失ったのだ。

「わたしも及ばずながらお手伝いいたします。町長、必勝です。極楽温泉町のために必ず勝ちましょう」

「おおおおおーん」

「町長、元気、勇気、覇気の発信です」

「おお〜おお、おおお」

元気、勇気、覇気。
あなたの許に届けます。
元気、勇気、覇気。
極楽温泉からあなたへ、
あなたへ、あなたへ、
届けます。

谷山町長の脳内に突然、歌が響いた。

おお、これぞ脳内即興曲か。しっ、知らなんだ。わしって音楽的才能に恵まれてたんやな。

「香山くん、聞いてくれ。わしは今、名曲を閃いたぞ。題して、〝あなたの許へ〟。あっああ、ああ、あん（これは発声練習である）。

元気、勇気、覇気。

あなたの許に届けます。

元気、勇気、覇気。（以下略）

どうだね？」

「どうとは？」

香山氏が眼鏡の微妙なずれを調整するかのように、フレームの位置を動かした。

「今のわしの歌だがね」

「町長、申し上げにくいのですが、わたしには、とうてい歌には聞えませんでした」

香山氏は既に従来のポーカーフェイスを取り戻していた。

谷山町長の脳裡に不意に、今度は詩が浮かんだ。

おお、刹那の熱き時よ
汝(なんじ)は何処(いずこ)へ消え去りしか。
きみしかいないと言ったのに
つれない人ね、淋(さび)しいわ。
あたし、泣いてもいいかしら。いいかしら。

おぉ、わしって詩人やったんやの。これも知らんかった。いやぁ次々に才能が開花するんやないか。

「香山くん、わしの詩を――」

「堂原さんは権力欲が強過ぎます。あの人が町長選に出馬するのは、あくまで国政選挙に出るための布石に過ぎません。町長職をただのステップ、自分の野望のための踏み台としか考えていないんです」

「は？」

「それでは駄目です。そんな人が町政のトップに立ったら、極楽温泉町がこの停滞から抜け出すことは不可能になります。そうでしょう、町長」

「あ、うん、うん。不可能だにゃ」

「な」と言うべきところを「にゃ」と発音してしまった谷山町長はいささか慌て、上目遣いに香山氏の様子を窺った。

　香山氏の表情は変わらない。何も聞えなかったのか、「不可能だな」でも「不可能だにゃ」でも差はないと考えたのか、眉一つ、動かさなかった。先刻見せた昂（たかぶ）りは跡形もなく、淡々と語り続ける。が、しかし、さすが、幼稚園のときから極楽温泉町きっての秀才と称され、極楽温泉町民、極楽高校生として初めて、現役で東大合格を果たした逸材、かつ、財務省主計局勤務という天から薔薇（ばら）（香山氏はこの漢字をすらっと書いてしまう）と光の粒が束になって降ってくる（現実的には降らない）輝かしいキャリアを惜しげもなくポイ捨てし、故郷の田舎町にUターン（最終秘密兵器として吾平翁に召還された人物こそ、誰あろうこの香山氏なのである。え？　もう知ってる？　すみません）してきた変人、もとい、奇特な人物だ。淡々口調のわりに内容は濃い。

「極楽温泉町には、私利私欲を捨て、町のために誠を尽くす町長こそが必要なのです。そんな真の政治家が要るのです」

「そっ、それがわしなわけやの」

「そうです」

元気、勇気、覇気。
あなたの許へ届けます。
元気、勇気、覇気。（以下略）

谷山町長は大声で歌いたくなる。マズルカで踊りたくなる。三拍子、ほれ、三拍子。タンタンタン、タンタンタン。

「しかし、このままでは負けます」

タンタンタン、タンタン、え？　負ける？

「今のままでは我らに勝ち目はないようです。ええ、今のままでは堂原さんに負ける公算が大きいですね。今のままなら」

一瞬、目の前が暗くなった。

負ける、負ける、負ける。

有頂天から奈落へ。

谷山町長の心は真っ直ぐに落ちて行った。


ひゅ〜ん、どっすん。


うわぁ、あ痛っ。いたたたた。

うん？　ここはどこぞいね。真っ暗やないか。

おーい、誰か。誰か、おらんのんかい。おーい。

むふふふふ。ちょうちょーう。

あっ、香山くん。なんで、そんなところから、わしを見下ろしとるんやね。ここは、どこや。早（はよ）う、わしを引きあげてくれ。

むふふふふ。町長、そこは奈落の底ですよ。

なっ、ならく？　チグリス・ユーフラテス両河の流域にある共和国で、首都、バグダード。古代文明の発祥の地。二〇〇三年の戦争でフセイン政権は崩壊したものの、ときのアメリカ第四十三代大統領G・W・ブッシュが攻撃の理由とした大量破壊兵器はついに発見されぬままだったという、あの国なのか、ここは？

……それは、イラクです、町長。なかなかの博識、なかなかのボケではありますが、アメリカと我が国の外交関係を考慮したとき、非常に微妙な問題となりますので、大量破壊兵器云々には触れない方が得策でしょう。

近いうちに、アメリカ大統領が極楽温泉町を訪問して、わしと会談する予定があるっちゃっ？

近いうちも、遠い未来もまったくございません。

あっ、そう。それは残念じゃのう。で、わしは、どこにおるっちゃったけの？

奈落の底です。

苦労や心配がなく、「はぁ〜まったく、安気でええのう」「ほんまじゃ、まさに極楽、極楽」とか言える、あれか？

……それは、キラク、気に楽ですね。町長、いいかげんに現実逃避のボケかましから抜け出てください（あなたこそが、気楽の権化です）。あなたが、いくら洒落たボケをかまして（実際は、ちっとも洒落ていませんが）、現実から目を逸らしてもどうしようもありませんよ。あなたは、奈落に落っこちちゃったんですからね。もう、這い上がれないんですからね。

いや、香山くん。這い上がらなくてもええんじゃ。そっから、縄梯子でも投げてくれや。いや、ロープで吊りあげてもろうた方が楽かのう。まさか、ささっとエスカレーターを出してくれるなんて、無理やわいのう。

無理ですね。奈落の底には電源がないので、動力装置は使えませんから。エスカレーターもエレベーターも電車も掃除機も冷蔵庫もマッサージチェアもパソコンもホットカーペットも電気温水器も使えません。ざ……残念で……した。

香山くん、だいじょうぶか？　息が切れとるぞ。『奈落の底で使えないもの一気読み上げ』は、やはり、ちっときつかったんと違うか。きみも、若いつもりでも、お肌の曲がり角を曲がっちゃった年だからのう。気をつけんと。

放っといてください。あなたのお相手をするのも、いささかアホらしくなりました。それでは、町長、バイナラ〜。

あ？　ちょっ、ちょっと、香山くん。

何です。残念ですが、ぼくには町長を助け上げる力はありませんよ。いくら懇願しても無理、無理。

いや、無理、無理より。バイナラ〜ってのは、あまりに古過ぎやせんかのう。そんなの、みんなの前で口にしたら、笑われるでな。せめて、♪でんでんでんぐり返って、また、あした♪ぐらいまでに、しとかないけんやろ。

……町長、あなたに明日はありません。さようなら。

あっ、あ、香山くーん、待ってくれーっ。ここから出してくれっ。奈落の底で嘆くなんて嫌だよーっ。うん？　奈落で嘆く。ナラクデナゲク。クゲナデクラナ。うん？　うん？　何かおもしろくないか？　おーい、香山くーん。

「はい、何でしょうか」

背後で返事があった。

「ひっ、ひえっ。香山くん、いつの間にそこに」

「は？　わたしは、ずっとここにおりましたが。町長が急に暗い目になられて、わたしに背中を向けられたのです。奈落の底がとか、なんとか、おっしゃっておられましたが……」

谷山町長は両手でこぶしをつくり、両眼をぐりぐりと押した。谷山家に代々伝わる揉みほぐしテクの一、眼球ぐりぐりである。凝りと疲労に効能がある。因みに、テク二、こめかみぐりぐりは気合い入れに、テク三、頬骨ぐりぐりは気分すっきりに、テク四、臍上ぐりぐりは整腸作用に効能ありと伝えられていた。

いかん、いかん。白昼夢を見とった。疲れとるんじゃ。心労が溜まっとんかもしれんな。ちょいと、ここで眼球ぐりぐりを……。

ぐりぐり、ぐりぐり。

あっそれ。もう一つ、ぐりぐりぐりぐりぐり。

うん、すっきりした。さすがに、谷山家秘伝ぐりぐりテクは、効くのう。いや、それにしても、奈落の底に落っこちるなどと縁起でもねえ夢を見てしもうた。しかも、香山くんが、藤田源蔵（谷山町長の小、中学校の同級生。意地悪でドケチで偏屈で、極楽温泉町三大変人の一人とみなされている）みたいな意地悪になって、しかものしかも、「バイナラ～」などと言うなんて、ありえん、ありえん。わしがどうかしとった。きっと、香山くんの科白、「堂原さんに負ける公算が大きいですね」も、白昼夢やったんやろな。

谷山町長は振り向き、眼球ぐりぐり効果でさらにぱっちりした二重の目を細め、口角をやんわりと上げた。つまり、微笑んだのである。微笑みというよりは、いやらしいことを考えているいやらしい中年（あるいは初老）男のほくそ笑みと受け取られかねない可能性もかなりあるが、ともかく、谷山町長は秘書、香山和樹氏に向かって、微笑んだ。

「さて、香山くん、さっき言うてた選挙のことじゃがな」

「勝ち目のないやつですか」

「は？」

「さっき、わたしが『堂原さんに負ける公算が大きいですね』と申し上げた、次回町長選挙のことですよね」

ひゅ～ん、どっすん。

あ痛っ。いたたたたた。

「町長。しっかりしてください」

「こっ、香山くん、わしは、まっ、また、奈落に落っこちたんか」

「は？　いや、どこにも落っこちておりません。町長はのけぞった拍子に、机の角に腰を打ちつけて、『いたたたた』と叫んだ。簡単に説明するならそういう状況となりますが」

「むっ、難しく言えば、どうなるんかね」

「町長が身体を後ろへ反りかえらせた拍子に、脊柱下部、骨盤上部を、極楽温泉町特産桜材を使用した机の甲板（こういた）の角部分に強打し、激しい痛覚に『いたたたた』と」

谷山町長は腰を押さえ、渋面のままかぶりを振った。さっきの、微笑（傍（はた）から見ると、ほくそ笑い）の名残は、どこにもない。

「わっ、わかった。もう、ええ。正直、身体より心が痛いわいの。まさか、香山くんから、『今度の選挙に出ても、あっさり落選するに決まってるでしょう』と言われるとはな……」

「町長、お言葉ながら、わたしは『今度の選挙に出ても（後略）』などと一言も申し上げておりませんが」

「言うたも同然やないか。そうか、わしは負けるんかい。堂原には勝てんのんかい。腹心の秘書である香山くんから見て、わしは負け犬、敗残者なんやのう。落武者、落武者。ざんばら髪で背中に矢を何本も突き刺されながら、殿、無念にございますって死んでいく運命なんやな」

「町長、あの」

「ええんだ。ええんだ。結局、わしはそこまでの器（うつわ）やて香山くんに思われとるってことやから……。香山くん、去りたいんだったら、去ってくれ。遠慮はいらんからの」

あなた、わたしを捨てるのね。

いいのよ、いいのよ、もういいの。

どうせ、わたしは日陰花。

薔薇にはなれない、日陰花。

あなたのお邪魔にならないように、
そっと散ります、日陰花。

おお、昭和演歌のような一節が浮かんだぞい。わし、作詞の才能もあったんけ。

「こっ、香山くん」

谷山町長は、腰の痛みも忘れて十五センチばかり飛び上がった。香山氏が町長室から出て行こうとしていたからだ。

「はっ、話は終わっとらんがよ。どこに行くぞね」

「秘書室に帰ります。そして―」

香山氏が振り向く。眼鏡を押し上げる。

「即刻、退職届を書き、提出いたします」

退職届?

「たっ、退職届って、あの退職するときに出す届けかや」

「そうです。町長の秘書室長を辞めさせていただきます。秘書はわたし一人しかいませんが」

　谷山町長は口をあんぐりとあけた。

　ひゅ〜ん、どっすん。

　まさに〝奈落に突き落とされ気分〟である。

「まっ、待ってくれ。香山くん。そんな、辞めるなんと、何でそげなこと言うんね。ちょっ、ちょっと香山くん」

　谷山町長は三段跳びの要領でドアのところまで跳ぶと、香山氏の長い腕を摑んだ……つもりだったが、ホップ、ステップ、ジャンプの最後のジャンプが、僅かに、いや、かなり足らなかった。谷山町長の手は虚しく空を摑み、ベチョンとお腹が鳴った。

　ベチョンは、谷山町長がしたたかに腹部を床に打ちつけた音だ。幸いと言うべきか、いと哀れと目を背けるべきか、谷山町長の腹部は身体のどこよりも前にせり出していたので、他の場所を打ちつけずにすんだ。

「う、うう……痛い。いたたたた」

　腰だの腹だの、今日は厄日かの。

　泣きそうになる。谷山町長は痛いのが大嫌いだ。痛いと泣きそうになる。だから、健康に気をつけている。注射が嫌なのだ。針で身体を刺されるなんて考えただけで涙が滲む。

涙目になりながら注射を受けている顔を誰か（おそらく、医師と看護師）に見られたら、恥ずかしいでしょ。とっても。

「町長」

香山氏が屈み込み、谷山町長を助け起こした。

「だいじょうぶですか？」

「う、うん。ちょっと痛いが、平気だで。でも、でも、香山くん。辞めるだなんて言わんでくれや」

痛くはないのに泣きそうになる。

涙の溜まった眼で、谷山町長は香山氏を見上げた。

「香山くんが、おらんようになったら……ひっく、わしは、どうしてええか……ひっく、わからんで……ひっく、ひっく」

恥ずかしいと感じる暇もなく、谷山町長は涙をこぼした。ついに、ついに泣いてしまったのである。

「町長、わかりました。わかりましたから、泣かないでください」

「辞めんでくれるか。退職届なんぞ破って、丸めて、ゴミ箱にポイ捨てしてもええかの」

「いや、まだ、提出していませんから。破りも丸めもポイ捨てもできません」

香山氏は身を起こすと、眼鏡の位置を直し、まじまじと谷山町長の顔を見詰めた。

香山くん、なんぞいいね。そんなに見られたらはったらかしいだで。

いつもなら赤面するか、慌てるか、赤面しつつ慌てるかの谷山町長だったが、今日は違った。

黙って、香山氏を見返す。

涙は乾こうとしていた。

「町長」

「香山くん」

二人は見詰め合い、ひしと抱き合……わず、

「町長、鼻毛が覗いてます。身嗜みには、もうちょっと気を配ってください」

「香山くんこそ、前髪に虫（おそらくエサキモンキツノカメムシと思われる）が引っ掛かっとるで。まるで、モウセンゴケみてえな髪やのう。もう少し短うしたがええぞ」

と、ほとんど同時に相手の外見上の改善点を指摘した。

「町長、話を戻します。わたしは、町長にもう少し自信を持っていただきたいのです。でないと、とてもじゃないが秘書を続けることは、できません」

香山氏は前髪を掻きあげながら言った。エサキモンキツノカメムシと思われる虫は、香山氏の肩で一度バウンドし床に落ちた。

とてもじゃないならやれよと、谷山町長は思った。むろん、口にはしない。

「自信がないから、さっきのようにすぐすねるんです。すねて、ひがんで、うじうじしちゃうんです。そんなことじゃ、絶対、絶対、絶対、絶対、絶対、絶対、絶対、絶対、絶対、

絶対」

　ここで、さしもの香山氏も息が苦しくなった。抜群の知能指数と知性教養を誇り、五カ国語に堪能で、国内外の情勢に精通し、身体能力も抜きんでて、小顔、長身痩軀、既往症なし、水虫田虫（白癬菌による皮膚病）無縁の、ザ・スーパー秘書、香山氏も肺活量だけは、なぜか人並み（あるいは以下）なのである。ことスポーツに関しては、瞬発力は相当な物だが、やや（かなり）持続力に欠けるうらみがあるのだ。

「絶対、絶対、絶対、堂島さんには勝てませんよ」

「……堂原だよ、香山くん。堂島は市民生活課の課長やで」

　香山氏が人名に限らず、言い間違いをするのは極めて珍しい。二年前、極楽温泉町北側のオイト子山の山中でツチノコ目撃情報が続けて四件も寄せられ、ちょっとした騒ぎになった。夏から秋にかけて、捜索チームがつごう七回も山中に分け入ったが、結局、ツチノコ発見には至らず、「万が一生け捕りにできたら観光資源として、むちゃくちゃ活用できるで」との行政側の思惑も、猫が爪を立てた風船よろしく弾けてしまったのである。

　つまり何が言いたいかというと、オイト子山（なぜ、子だけがコではなく子なのかは不明）にツチノコが棲息する可能性と、香山氏が言い間違いをする確率は、ほぼ同程度、一パーセントを切ると思われるということだ。

「失礼いたしました。どうも、いささか興奮気味であるようです。堂原さんです。堂原、堂原、堂島ではなく堂原」

さすが香山氏。冷静に己の間違いを受け入れ、修正すべく堂原氏の名前を呟く。これが、谷山町長にはおもしろくない。鬱陶しいライバルの名が全幅の信頼をおく部下の口から連呼される。そういう状況に不快感を覚え、ややもすると「なんかぁ、わしより堂原の名の方が気にいっとるようやの」などと僻み言葉が零れそうになる。

いかん、いかん、僻んじゃいかん。自信じゃ、自信。

根が素直な谷山町長は、香山氏の手厳しい指摘を受け入れ、己を戒め、「自信、自信」と繰り返してみる。

「堂原、堂原、堂原、堂原（ちょっと、苦しくなったぞ）堂原、堂原（あと二回が限界か）堂原、堂原」

「自信、自信、自信、自信、自信、自信（まだ、余裕あり）」

「よしっ」

「よっしゃあ」

「町長」

「香山くん」

「まだまだ巻き返しはできます。勝負はこれからです」

「おうよ。巻き返しちゃる。勝負はこれからじゃで」

「そのためには、まず」

「ふむ、まず」

谷山町長、こぶしを固く握り締める。てのひらに汗が滲んでいるのか、少し湿っぽい。

「ちゃんと仕事をしてください」

「へ？」

「町長としての職務を全うする。これが第一です」

「あ、いや……けど」

「何か？」

「いや、あまりに当たり前のことなんで、その、ちょこっと拍子ぬけしたみたいな気が……」

「当たり前のことを当たり前にやることが、難しいのです。町長、言わずもがなですが、町長の職務とは選挙に勝つことではなく、町政を上手く取り仕切り、町民に益をもたらすことです。極楽温泉町を活性化し、一部の人間だけが儲かり、利益を得るシステムを改め、全町民が等しく安心、安全、心豊かに暮らせる町にする。それに尽きます。わかってますね、町長」

「うん」

谷山町長は大きくうなずいた。

よくわかっている。

先刻述べたとおり、谷山町長の胸中には故郷極楽温泉町への愛が渦巻いていた。

「わかっとるよ、香山くん。そりゃあ、選挙には勝ちたい。堂島ごときに後れはとりとうない。それが本音でもある」

堂原ですよ、町長。堂島さんは市民生活課の課長です。

その一言を、香山氏は飲み下した。谷山町長の横顔が真剣そのものだったからだ。谷山町長は真剣に本音と心意気を語ろうとしている。ならば、黙して聞かねばならない。

香山氏は言葉を飲み下し、息を潜め、耳をそばだてた。

「うん、選挙には勝ちたい。負けとうない。恥をかきとうはない。さっきも言うたけど年金だって気になる。みんな本音じゃ。けどな、それ以上に、わしはこの手で極楽温泉町を再建したいんじゃ。ここはええとこじゃ。温泉の質も量も一等やし、四季折々の風景も美しい。この良さを全国に伝えたい。ほいでもって、町民にもそっと思うてもらいたいんよ。『あ～、極楽温泉町民でよかった』ての。一期目でちょびっとじゃが手応えを摑んどる。それは、香山くんの助力のおかげでもあるんじゃが」

過分なお言葉、ありがとうございます。

この一言も、香山氏は飲み下した。ごっくん。

「二期目が勝負や。この手応えを二期目でホンマモンにするんや」

あぁ。まるで若き日、仲間と共に試合に臨んだ（谷山町長は、中学、高校と卓球部に所属していた。因みに肺活量は人一倍、ある）ときのあの高揚感ではないか。

谷山町長はこぶしをぐっと突き出した。

高き壁に挑み、幾度敗れても、くじけずぶつかっていったあの若き日、あの若き覇気がよみがえる（ようするに、出ると負けの弱小卓球部だったのだ）。

「町長！」

「ひえっ」

「申し訳ありません」

「え？　申し訳ないって？」

「町長の真摯なお気持ちは先刻、十分にお聞きし、理解していながら、重ねて生意気な物言いをしてしまいました。お許しください」

「ひえっ。いや、あの、その、この、こっ、香山くん。ゆっ、許すもなにもわしはただ……」

「町長」

「香山くん」

「どうも、さっきと同じ展開になっていますね」

「うん。かなりの既視感やの」

「では、以下『感動いたしました』云々のくだりは、はしょらせていただいて、本題に入ります。一時間後には、出水(いずみ)分区の勝浦(かつうら)トヨさん宅に、百歳のお祝いとして記念品と表彰状を届けにいかねばなりませんので。あっ、このとき『ごくらく日報』と『かささぎ新聞』の記者さんが取材にこられます。うちの広報部も、もちろん同行いたしますので。ただし、取材対象はどちらかと言うと町長より、勝浦トヨさん寄りになりますね。写真のセンターもトヨさんです。その後は、ごくらく幼稚園の一日園長さんイベントについて、打ち合わせがあります。細かなところは、わたしがやりますが、町長にも顔を出していただきたいのです。これにも、広報部の担当が同行いたします」

「わかった。はしょるのはちょっと惜しいが、しゃあない。話を進めてくれ。香山くん」

「はい。では」

香山氏が軽く空咳をする。

谷山町長はイスに腰をおろす。腰はさほどでもないが、腹部はまだ微かに疼いていた。お臍のあたりの皮がむけているのかもしれない。今夜、風呂に入ったら染みるだろう。

「まずは、堂原氏に負ける公算のところです」

「うむうむ」

「町長、堂原氏は、次期選挙に向けて実に周到に準備を進めております。しかも、水面下で目立たぬように」

「くそっ。あいつは昔から潜りが上手やったんや。小学生のときの渾名が〝潜水艦〟やったって聞いたこと、あるでの」

「潜りというより根回しですね。わたしが調べたところ、観光協会、温泉旅館組合のほぼ八割、および商工会の一部にも支持者を拡大しています。そして、堂原氏の支持母体は極楽土木、建設組合ですがここは、おそらく九割以上の票が堂原さんへ流れます」

「うぐぐ。お、お、温泉旅館組合も……」

香山氏の一言は、谷山町長に少なからぬ衝撃を与えた。老舗旅館『ごくらく亭』の社長を辞任して町長選にうって出た身とすれば、堂原氏が会長を務める観光協会はまだしも、温泉旅館組合の支持は盤石だと確信していたのだ。

確信ではなく慢心であったのか、無念。

谷山町長は、本能寺で討たれた織田信長に己を重ねていた。

「堂原さん、温泉旅館組合の集まりで女将さんたちに、自分が町長になれば一年以内に観光客の三割アップを達成できる。その秘策があると公言したようです」

「秘策とは、なんね？」

「わかりません。秘しているから秘策なんでしょうが。どうも、胡散臭いですね。マニフエストと称して、当選したら、うやむや、曖昧、知らんぷり、誤魔化し、斬り捨てごめんなさい。というのは政治家の常套手段ですから。そういう意味で、堂原さんは政治家タイプですよね。ただし、旧式の」

「旧式なんか？」

「はい。わたしに言わせれば、ほとんど前世紀の遺物ですね。堂原さんの頭の中には、政治家＝支配者という図式が刻み込まれているんですよ。本来なら、政治家＝ほにゃららでなければならないはずなのに、です」

「ほにゃらら？」

「はい、町長。ほにゃららに入る語句を答えてください」

「ふへっ？」

まさかここで口頭試問を受けるとは思ってもいなかった。

「そっ、それは……」

谷山町長は、スフィンクスに謎をかけられ焦りまくるテーベ市民に己を重ねていた。

政治家＝金持ち、嘘つき、おしゃべり、上から目線。いや、ちゃうな。もうちょっと、かっこええもんやないと。政治家＝上さま、殿さま、閣下、先生。ちょい悪オヤジ。うーん、違うぞ。

「素直に考えてください。町長のお考えでいいのです」

「いや、素直て言われても……あの、国民の奉仕者かいの」

香山氏の瞼がひくりと動いた。

柄に手をかけ、鯉口を切ろうとする剣豪の凄みが伝わってくる（谷山町長は剣豪に出会ったことは一度もないが）。

谷山町長は、間違って御前試合に迷い込み、宮本武蔵と対戦しなければならなくなった酒屋の小僧に己を重ねていた。

この、未熟者めが。

ひえ～っ、命ばかりはお助けを。

「すばらしい」

「へ？」

「町長、あなたは本当にすばらしい、真の政治家です。絶滅危惧種に認定されるほど希少な真の政治家です」

「え？　わし、絶滅しちゃうの？」

「とんでもない。この苦境を乗り越え、はね返し、二期目も極楽温泉町町長となるのです。町民の奉仕者としての政治家人生を貫くのですよ、町長」

「香山くん」

　今度は、二人はひし、ひしと抱き合った。

　うーん、町長、丸くて柔らかくてクマさんクッションみたいだ。

　うーん、香山くんのハグ、温かい。

　こういう展開になると、香山氏、谷山町長の仲を「やだぁ、ちょっとこれBLっぽい展開じゃない」と喜んだり、眉を顰めたり、白けたりの反応があるやもしれないが、決してそっち方向にはいかないことを、まずは宣言しておく。

　谷山町長は、吾平翁に輪をかけた恐妻家、もとい、愛妻家であったし、香山氏は昨年の秋、高校の同級生であり、極楽温泉町商店街にある食堂『おかめちゃん』の経営者にて板前の佐貫平吉氏次女、彩乃さんと華燭の典を挙げたばかりだったのだ。

　なので、二人の抱擁は同性間の愛情表現ではなく、感動の表出と捉えていただきたい。

　きっかり五秒間のハグの後、二人は身体を離し、うなずきあった。香山氏が口を開く。

「堂原さんは、確かに、あちこちの団体、組織を掌握しています。たぶん、これで勝てると踏んでいるでしょう。そういうところも、あの人の旧弊なところです。一昔前ならいざ知らず、今の選挙は組織を押さえて安心なんてわかり易いものじゃない。今の有権者は団体、組織の理屈ではなく、個人の心情を重視しますからね。さきほど、温泉旅館組合の八割と申しましたが、これは表向きの数字です。心情的にどう転ぶかわからない人たちが大半だと、わたしは見ています」

「ほんとけ？」

「ええ、わたしの見立てにそう狂いはないはずです」

香山氏の声音は静かだったが、自信に満ちていた。

そうかぁ、これくらい自信を持ちゃあええんやなあ。けど、香山くんとわしじゃ、差がありすぎなんじょ。だいたい、脚の長さからして……。はっ、これじゃあいかん。僻み根性とは今日でさよならしたんやで。

さようなら、昨日までのわたし。

初めまして、明日からのわたし。

昨日と明日。その間に、今日がある。

だから、わたしは微笑みながら昨日のわたしを見送るの。

明日のわたしに手を差し伸べるのよ。

おお、昭和フォークソングの真髄のような歌詞じゃないか。

わし、やっぱり、才能あるかも。

「向こうが古くさい組織戦でくるなら、こちらは、有権者一人ひとりの心情にヒットする戦法でいきましょう」

「というと？」

「まずは、二本立てです」

香山氏が指を二本たてる。

「今まで通り、誠実に、一見地味に見えてもきちんと町政を司っていくのです」

「今までと同じでええんやの」

「はい、十分です。ただ、広報活動をさらにさらに強化して、その成果をきちんと町民に伝えていきます。こちらは、わたしにお任せください」

「頼むで」

「はい、広報部はわたしの管轄下にあります。谷山町政のアピールにより力を入れていきますので。そして、もう一つは」

香山氏は指を一本だけ、ひくひくと動かした。

「派手なパフォーマンスを実施します」

「派手なパフォーマンス？」

何のこっちゃ？

「今年の秋、大々的に極楽温泉町マラソン大会を開きます」

「は？　マラソン？」

「そうです。東京、ニューヨーク、パリ。世界の大都市マラソンに負けない大会を極楽温泉町でぶち上げるのです」

谷山町長の脳内で、花火が上がった。

何発も、何発も。

それはそれできれいだが、マラソン大会と町長選がどう結び付くのかは、理解不能だ。まったくもって見当がつかない。

谷山町長は口を半開きにしたまま、香山氏の白皙を見上げていた。

その四●香山家の秘密

極楽温泉町にコンビニは一軒しかなかった。ところが、この夏、二軒目がオープンすることになったのである。

これは、ちょっとした話題となった。

町内の空き店舗（近年、やけに目立ってきた）を利用して新たな商売を始める場合、町から上限二百万円の助成金が出る。この空き店舗対策助成金制度を利用しての、新たなコンビニ開店だ。

店名は『エイト・エイト』極楽温泉町中央支店。その名の通り、極楽温泉町の真ん中にある。オーナーは元沢村酒店店主、沢村武一氏である。唯一のコンビニとして、長く極楽温泉町コンビニ界に君臨してきた『Gマート』側がどのような反応を示すか、町民（のごく一部）は、固唾を飲んで見守っていた。が、その反応たるや、ほとんど波風の立たない静かなものだった。

「まっ、正直言うて、ちょっと肩すかしをくった感があるがねえ。喧嘩の一つもしてくれたら、話のタネにもなったろうにの」

固唾を飲んだ一人、A子さん（五十二歳）は、このように落胆を語った（匿名を条件として取材に応じる）。

極楽高校と極楽温泉駅を結ぶ幹線道路（？）の中途にある『Gマート』。こちらのオーナーは、山岸徳治氏であるが、山岸氏はかの藤倉勝子さん（覚えておられるだろうか。谷山町長の〝おっと〟甲三郎氏の一目惚れ、かつ、失恋の相手である）の実弟（一回りも年が離れている）にあたる人物で、農協理事を長く務めた。

しゃきしゃき才女の姉と違い、おっとり、のんびりの好人物で誰に対しても本気で腹を立てることなど、めったにない。

というわけで沢村氏と山岸氏は、いわば商売仇になるわけだが、犬猿と付くほどの険悪な仲に陥ることはなかった。さして、親しくもないが、

「あ、どうもどうも。お暑いですな」

「暑いですなあ。今年の夏もやっぱり暑いんですかのう」

「夏ですからなあ。暑いでしょうなあ。冬なら寒いんですがの」

「ほんまにその通りで。冬は寒いんですが、夏は暑いですな。かないませんがの」

「そうそう、かないませんがの」

どこかで出会えば、わざとなのか自然体なのか、このようにかなり天然っぽい会話を交わす程度の仲であるのだ。

まっ、それやこれやの大人の事情はさておいて。

香山芳樹、坂上久喜、犬山健吾の三人は、いつもどおり『Gマート』の前でフライドポテトとパック牛乳（芳樹）、おでんの枝豆がんもとパック烏龍茶（久喜）、チョココロネとパック烏龍茶（健吾）を手に座り込んでいた。

前にもちょろりと述べたが、学校帰りに『Gマート』で何かしら腹の足しを買い求めるのは、彼らの日課となっていた。そうでないと、エネルギー切れのためにとうてい家まで帰りつける気がしないのだそうだ（久喜談）。

出入りの邪魔にならないよう店の外側の角に陣取ってはいるが、平均より身体のでかい男子高校生三人、かなり目立つ。

店側としては、正直「お客さん。すみませんが、ちょっと、そこ、遠慮してもらえませんかねえ」とやんわり追い出したいところだが、それはできかねる事情があった。

事情第一。

数は少ないとはいえ、『Gマート』極楽温泉町支店において、極楽高校生は重要な客層である。

何しろ食べる。

金はないくせに、やたら食べたがる。有り金はたいて、パンだの菓子だのジュースだのを買い込んでくれる。ありがたいありがたいお客さまなのだ。そうそう粗略には扱えない。

事情第二。

恩がある。

『Gマート』極楽温泉町支店としては、この三人に少なからぬ恩義があった。

昨年十二月、そろそろ〝今年の十大ニュース〟とか〝年明けの株価を読む〟とか〝一年を振り返って〟とかの見出しが、新聞や雑誌やテレビやネット上にぴょんぴょん飛び跳ね始めたころのこと。

『Gマート』極楽温泉町支店の前で、ひったくり事件が起こった。極楽温泉町字湯下坂深入二の二の五に住む、金子茂乃さん（五十九歳）が鮭弁当と豆大福を買い求め、店を出た直後、自転車に乗ったマスク男に、提げていたカバンをひったくられた。

カバンには年越し用にと、郵便局から引き出した現金十一万五千円が入っていた。犯人は茂乃さんが郵便局を出たあたりから、ひったくる機会を狙っていたものと思われる。その機会が、なぜ人通りのほとんどない路上ではなく、まぁわりに賑やかなコンビニ前だったのかについては、多くの者が首を傾げた。犯罪者の心理とは、乙女心に匹敵するほど不可解、難解、いいかげんなものである。

茂乃さんは、突如カバンを奪われた衝撃で転び、転びながらも事態を的確に把握し、叫んだ。

「どろぼうーっ。誰かぁーっ」

あまつさえ、身体を丸め回転レシーブ状態で転んだので（茂乃さんは、東京オリンピックの〝東洋の魔女〟の活躍に刺激され、憧れ、中学高校時代をバレーボール一筋で過ごしたのだった）、擦り傷一つ、負わなかった。ただし、鮭弁当はぐしゃぐしゃに、豆大福もぺっちゃんこにと、憐れにも変わり果ててしまった。

当時店内には、パート勤務の小田佐代子さん（四十八歳）とオーナーの山岸夫妻がいた。悲鳴に店を飛び出したものの、〝なにをどうすればいいんや、わたしらは〟〝いや、さっぱりわかりません〟と、慌てふためくばかりで、一一〇番通報にさえ思い至らない体たらくだった。

そこに登場したのが、極楽高校の三人である。

「泥棒や。捕まえて」

『Ｇマート』極楽温泉町支店のスタッフの無能、無力を素早く見抜いた茂乃さんは若者三人に縋った。

「健吾！」

久喜が呼ぶより一瞬早く、健吾が駆け出す。

健吾は短距離走者だ。持久力はないが瞬発力はある。それはつまり、瞬発力はあるが持久力はないことでもある。

ひったくりマスク男は猛スピードで自転車をこいでいた。これ以上、引き離されたら追いつけない。

「久喜！」

芳樹が入口の傘立てから雨傘を抜き出し、久喜に渡す。雨傘は数日前の日曜日、極楽温泉町本堂日の瀬五二一〇番地の柳原昭次さん（七十一歳）が忘れた物であった。骨も柄もしっかりした、上等な品だ。久喜はそれを摑むと、

「おっしゃあ」

気合いを発して、真っ直ぐに投げた。

傘は、走る健吾の頭上を越え、ひったくりマスク男の背中を直撃した（柄の方である）。

さすが、野球部センター、見事な肩だ。

うわっ、久喜のやつ、すげえ。投擲にマジ向いてんでなと、緊急緊迫の場面にもかかわらず、芳樹は思った。

が、ひったくりマスク男の方もさすが（と称賛していいかどうか迷うところではあるが）で、自転車でひったくりをしようと試みるほどであるから、自転車乗りのテクニックはかなりのもので、背中に打撃を受けたにもかかわらず、辛うじてバランスを保ち、転倒

を避けた。

　転びはしなかったが、よろめき、当然スピードは落ちる。

「てめえ、ふざけんな。どりゃあーっ」

　顔立ちには不釣り合いな雄叫びをあげて、健吾が自転車に飛びつく。今度は、ひったくりマスク男もバランスを崩した。悲鳴を上げて横倒しになる。

「くそっ、この野郎。うおーっさ」

　顔立ちに相応しい雄叫びをあげて、久喜が転んだ男の上にホップ、ステップ、ジャンプの要領で着地する。「ぐえっ」。ひったくりマスク男が牛蛙そっくりの声を出す。

　うわっ、久喜のやつ、すげえ。三段跳びにもマジ向いてんじゃねえのかと、芳樹は思った。

「ぐえっ」の時点で、ひったくりマスク男は失神してしまった。何の抵抗もできないまま、捕まったわけである。自業自得とはいえ、あまりの無様さに同情を禁じ得ない。思わず可哀そうと涙するぐらいの無様さである。これも天罰なのだろうか。

　この活躍により、芳樹、久喜、健吾の三人は警察から表彰を受け、『Ｇマート』からおでんと肉マンのサービス券を一人につき各五枚ずつ、もらった。

「表彰状はどうでもええけどよ、サービス券はマジで嬉しいでな」

　健吾のこの一言は、そのまま久喜と芳樹の心の声でもあった。さらに久喜と健吾には茂乃さんから、お手製の特大アップルパイ（茂乃さんは、ケーキ作りが趣味なのだ）がお礼として贈られた。芳樹にはパイの欠片もなかったのは、茂乃さんが、この子は傘を渡しただけやないの、たいした仕事はしてへんわなと、判断した結果ではない。芳樹が茂乃さんを助け起こしたとき、

「お婆ちゃん、だいじょうぶ？　怪我してないですか」

と労ったのが、いたく茂乃さんの気に障ったのである。

「お婆ちゃんとは、何事ね」

茂乃さんは色めきたった。

「は？　だって、お婆ちゃん……」

「うちはまだ、お婆ちゃんと呼ばれるような年やないで」

「え？　そんなことないで。どう見ても、りっぱなお婆ちゃんだで」

「まっ、まっ、ままままま」

茂乃さんは怒りのあまり、蒼白になり、身体を震わせた。駆けつけた警官が、ひったくりによるショック症状と勘違いして救急車を呼んだほどの震えだった。

げに女心を知らぬは罪である。要領が悪いのも罪である。芳樹は、この期に及んでも、「お婆ちゃん」を連発し（「お婆ちゃん、血圧下がったんとちがう」「お婆ちゃん、どっか打ったりしとらんの？　病院に行かんでええ？」「店の人に水をもらおうか？　お婆ちゃん」等々）、茂乃さんの気分をどん底まで突き落とした。

「ええ、あれはショックでした。わたしは、同世代と比べて肌質が良いと言われ、皺もシ

ミもくすみも少ないのが自慢でしたから。確実、五、六歳は若く見えると言われておりましたのに。ええ、趣味もケーキを焼くことですし、他にもヨガをやっております。若いでしょ？　なのに、お婆ちゃんだなんて……。そうです。お婆ちゃんショックに比べたら、ひったくりなんて、まぁどうでもいいですって気分ですねえ。もしかしたら、あの高校生、そうとう視力が悪いんでしょうかねえ。え？　両眼とも2・0……。ううう、どうしてくれようぞ。ええい口惜しい。思い出せば思い出すほど、口惜しゅうてならぬ」（茂乃さん談。途中まで標準語バージョン）

ということで、芳樹は怨まれることはあっても、感謝の欠片も与えられず、よってパイの欠片も届かなかったのだ。

余談ではあるが、高級傘を壊された（自転車の下敷きになり、骨が二本、折れた）柳原さんは、

「いや、そうですか。あの傘が役に立ちましたか。そりゃあ、何よりでした。『Ｇマート』に忘れていたことさえ、忘れてました。家内に〝忘れん坊将軍〟と呼ばれているほど、忘れ物が多くてね。いやいや、呆けじゃなくて、生まれ付きですよ。なにしろ、自分の結婚式のことを忘れちゃって、仕事にでかけたという武勇伝があるぐらいですからな。あっはははは。え？　ああ、傘ね。だから、よろしいですよ。犯人逮捕に役だって光栄です。しかし、とっさに傘で犯人のバイクを止めるとは、たいしたものですなあ。自転車がバイクに変わって」

と語り（標準語バージョン）、高校生三人の奮闘を称えた。

いるあたりが、やや気にはなるが、あえて知らぬ振りをしたい。
まあ、このように三人のおかげで、ひったくり事件は大事にならずに終息した。一人、茂乃さんだけは、少なからぬ〝お婆ちゃんショック〟を受けた模様で、以前にも増して極楽温泉館（極楽温泉の湯は別名を美肌の湯と呼ばれ、昔から高い美容効果が謳われている）に通い詰めている。
『Gマート』としては、負のイメージを負わずに済んだわけで、大いなる恩義を感じているのだ。店の前で三人が暫（しばら）くの間（平均時間、約十五分二十秒）たむろしているのぐらい大目に見なければ罰が当たると、山岸オーナーは律義に考えているのだった。
事情第三。
山岸夫人、律美（りつみ）さん（六十歳）もパート勤務の佐代子さんも、美少年が大好きなのだ。
店のガラス戸越しに、肉マンやチョココロネを頬張る健吾をちらちら見ながら、
律「いや、健吾くん、かわいいわぁ～」
佐「ほんまですね。ええ、目の保養になりますが」
律「男の子がみんな健吾くんみたいにかわいかったら、この世は天国やがねぇ」
佐「いや、奥さん。たまにおるからええんじゃないですか。みんなかわいかったら飽きる、飽きる」
律「そんなもんかねえ」
佐「そんなもんです。きゃっ、ほっぺにチョコがついてるわ。取ってあげたい」

律「もう、佐代子さん、はしゃぎ過ぎ。けど、美少年はほっぺに何がついても美少年やねえ。お手拭き、渡してこようかな。おっほほほ、それでさり気なく触ったりして。おっほほほ」

佐「やだ、奥さんもはしゃぎ過ぎ。それセクハラやで。調子に乗ったらいけませんで」

健吾が外で久喜や芳樹としゃべっているとき、店内ではこのような会話がしばしば交わされていた。むろん、健吾本人は、そのような会話がしばしば交わされていることなど、知る由もなかった。しかし、少年特有の鋭いカンで、店内からの眼差しを感じ取ったようだ。

「ううっ」

「うん？　健吾、どうした？」

「いや……何か、背中の辺りがぞくぞくして……」

「風邪か？」

「わからん。でも何となく危険を感じる。早う、帰ろ」

「あ、おい、待てや」

ゴミ箱に烏龍茶のパックを捨てて、健吾は追われる者の足取りで、『Ｇマート』を離れていった。

「健吾、どうしたんや？」

ストローで中身をとことん吸い上げ、パックをぺしゃんこにした後、久喜が芳樹に尋ねる。

「危険を感じるとか、言うてたけど何のこっちゃ」

芳樹も思いっきり牛乳パックを吸ってみたが、久喜のようにきれいに潰れない。肺活量の差だろうかと考え、少し落ち込む。休部状態とはいえ、芳樹は長距離ランナーだ。肺活量で野球部員に後れをとっていいのだろうか。

がっくり。

「そりゃあ、しょうがないで。久喜の肺活量はハンパないでな」

芳樹の心内を察し、健吾が慰めてくれた。

三人は並んで歩いている。

『Gマート』から離れたおかげで、健吾の悪寒も治まり、足取りも顔つきも、いつにもまして緩やか&穏やかになっていた。

「けど、芳樹でも他人と比べて落ち込むこと、あるんやな」

健吾が穏やかな笑顔を芳樹に向ける。

芳樹も笑みながら、答えた。

「そりゃぁあるやで。おれ、肺活量には拘りがあるんや」

「和樹さんには勝てるんか」

「は？　兄貴？　うんまあ……兄貴の肺活量は人並み以下やけ。かなり、おれの方が上だと思うで」

「そうか」

「健吾、何でここに兄貴が出てくるんや。関係ねえだろう」

「まあな。けど、誰かと比べて落ち込むんやったら、おまえ、一年中落ち込んでなきゃあいけんのと違うかなって思うての。なにしろ、あんなすげえ兄貴がおるんやから」

「すげえ兄貴って、兄貴のことか？」

「他に誰がおるよ。和樹さんしかおらんやろ」

「うーん、まあな。けど、兄貴をすげえってあんまし感じたことねえしなあ」

「ええっ」

健吾と久喜の声が重なった。

二人同時に足を止め、同時に芳樹の顔を覗き込んでくる。まじまじと見つめてくる。

芳樹は顎を引き、半歩、後退りした。

「な、何だよう。二人とも」

「芳樹」

健吾が眉間に皺を寄せる。こういう表情さえ、律美さん、佐代子さんに言わせると「きゃーっ、かわいらしい」となる。

「今の本音か」

「本音って？」

「和樹さんのこと、すげえって感じないって言うたやろが」

「ああ、言うたけど」

「マジで？」

「マジで」

健吾と久喜は顔を見合わせ、やはり二人同時に首を横に振った。ぴたりと息が合っている。

おまえら、どんだけ練習をしたんだよ。

と、ツッコミを入れたくなるほどだ。

「ふーん、別に嘘でも強がりでもねえようだなあ」

久喜がうなずく。

「何のために、嘘や強がりを言わなくちゃならねえんだがよ」

芳樹は首を捻る。

「いやぁ、さっき、健吾と話してたんだが。芳樹ののほほーんとしてるとこが大物かもってな。芳樹がのほほーんとしている限り、潰されたりはせんやろなって……」

「おれが、誰に潰されるんや？」

健吾と久喜、もう一度、顔を見合わせる。

「だって……」

健吾がどうしてだか頬を染めた。しつこいが、ここに律美さんと佐代子さんがいれば、

「きゃーっ、健吾くん、かわい過ぎるぅ」「もう、カンペキ、おばちゃんのアイドルやわ。

胸きゅんきゅん」と騒ぎになったであろう。

「和樹さんて、ある意味、極楽温泉町のスーパースター、期待の星、大物オーラ満載の人やないか。あんな人が兄貴やったら、おれなら、窮屈っちゅうか、重いっちゅうか、比べられても困るっちゅうか、ともかく、かなりのプレッシャーかなって思うてたから」

「プレッシャー？　ねえよ、そんなもの。だって、兄貴」

芳樹は慌てて口を閉じ、もごもごと呟いた。

「うん？　何、言うてる？」

「いや、別に。もごもご」

芳樹がもごもごしている間に十字路に着いた。

ぴたりのタイミングで信号が青に変わる。

「あっ、ここで。じゃあな。バイ」

久喜と健吾に手を振ると、芳樹は横断歩道を急ぎ渡る。

危なかった。

兄の、ひいては、香山家の秘密を危うく口外するところだった。

「芳樹」

母の丸顔が頭に浮かぶ。

「お兄ちゃんのこと、一言でも漏らしたら承知せんけんね。久喜ちゃんや健吾ちゃんにもやで。わかったな。香山家のトップシークレットやと心しとき」

丸い顔を精一杯引き締めて、母は何度も釘(くぎ)をさしてきた。
わかってる。わかってる。
カバンを抱え、横断歩道を渡り切る。
振り返ると、久喜と健吾もそれぞれ左右に分かれ、小さな人影になっていた。
やれやれ。
息を吐く。カバンを持ち直し、芳樹は香山家に向かい歩き出した。

ここで、香山家について多少の説明が必要かと思われる。思われはするが、特筆すべきことはあまりない。
まずは、その家族構成。
都会には、いや、昨今、極楽温泉町のような田舎町でも珍しくなった三世代同居である。
香山　カネ　（七十八歳）
香山　輝樹(てるき)　（カネの長男　五十五歳　丸山(まるやま)物産勤務）
香山　宣子(のぶこ)　（輝樹の妻　五十二歳　パート勤務）
香山　和樹　（今までいっぱい登場しているので、省略）
香山　彩乃　（和樹の妻　二十七歳）
香山　芳樹　（今までけっこう登場しているので、省略）
の六人家族となる。

続いて、その歴史。

輝樹氏から遡ること三代前の香山杉太郎氏が、極楽温泉町で旅館業を始め、かなりの成功を収めた。最盛期は、極楽温泉町の他にも近隣の温泉（極楽温泉町周辺は温泉が多い）で、数軒の旅館、食堂、映画館を経営するほどの隆盛ぶりであったとか。

が、その息子にあたる●造氏（香山家では、この名は長い間禁句となっていた）が、折り紙付き札付きの放蕩者で女好き。極楽温泉のサルスベリと謳われた芸者手鞠に入れ上げ、父親が苦心惨憺、粒々辛苦、悪戦苦闘、臥薪嘗胆の末に蓄えた資産をあっさり食い潰し、あまつさえ、現代の日本円にして一億近い借金を残したのである。

因みに、極楽温泉町では古くから、サルスベリの花は美女の代名詞として使われていた。今でも、「きみは薔薇より美しい」より「あんたが、サルスベリの花よりどげえ別嬪しゃんやがね」の科白の方が女心をくすぐると言われている。ただし、地域はかなり限定されるだろう。

●造氏は極楽温泉町のサルスベリに財産の大半をつぎ込み、妻子を泣かせ、香山家の汚点と呼ばれ、名前を伏せ字にされるほどのダメ男ぶりを発揮したのであった。

しかし、人の世とはよくしたもので、●造氏の息子秀松氏（カネの夫、輝樹氏の父）は、祖父杉太郎氏そっくりの働き者で祖父以上の堅物だった。博打、女遊びどころか、トランプの七並べ、カルタ取りにさえ手を出さなかった、双六のサイコロさえ自らは振らなかった、雌犬さえ傍に寄せ付けなかった、白粉の匂いを嗅いだだけで目眩を起こした云々と語り伝えられている（真偽のほどは定かではないが）人物なのだ。

秀松氏の奮闘により、香山家は昔日の輝きには遠く及ばないが、何とか持ち直し今に至っているのである。げに、隔世遺伝とはありがたいものではないか。

しかし果たして、隔世遺伝の法則は繰り返すものであろうか。

否である。
●造氏の孫にあたる輝樹氏は、父親ほど堅物ではないが（麻雀、パチンコがけっこう好き）、祖父のような破天荒な遊び人でもなく、どちらかというと真面目、やや真面目タイプとなっているのであるから。
そう、輝樹氏は可もなく不可もなく、いたって平凡なサラリーマン人生を送り、その人生に満足もしていた。『平凡で有り触れたように思える人生こそが、実は一番』とは、輝樹氏本人の弁である。祖父と父の、極端に色合いの違う生き方を目の当たりにしてきた輝樹氏の人生哲学であるらしい。

こういう氏であるから、長男和樹氏が幼少のころから神童と騒がれ、東大から官僚への絵に描いたようなエリートコースを歩んでいたときは、ひどく塩梅の悪い顔つきをしていたが（今でこそ言えるが、近所では「ちょっと、香山さん、えらく顔色が優れんじゃないの」「ほんまやね。暗い顔して、なんぞあったんかね」「宣子さんと上手くいってないんとちがう」「え？　離婚とか？」「そうそう、香山さんの浮気がばれたとか」「へ？香山さん、浮気しとったの？」「たとえばよ、たとえば」「いや、浮気より病気なんやないんかな」「病気って？」「だから、不死の病を宣告されたとか」「不死やなくて不治やろ。点々、ちゃんとつけてや」「あんた、顔は大雑把やのに言うことは細かいな」「そうなんよ。昔から大まかな顔で……ほっといて。あんたにだけは、顔の話はされとうないわ」以下省略。このような会話が陰で交わされていたのだ。もちろん、本人は知る由もない）、和樹氏が極楽温泉町に帰り町長秘書として働き始めるや、〝やれやれ、安心した。よかった、よかった〟とばかり、晴れ晴れと愁眉を開き、おかげで、根も葉もない浮気（これには、やはり●造氏の伝説が影響していると思われる。前述の会話の中には「お祖父さんが伝説の遊び人やからねぇ」という心ない一言も交ざっていた）、不治の病の噂は立ち消えたのであった。

以上が、真に、某女史の顔容の如く大雑把ではあるが香山家についての概略である。

「ただいま」

芳樹が玄関に入ると、母、宣子と祖母、カネの言い合う声が流れてきた。甘辛い煮物の匂いも流れてきた。

「まっ、宣子さん。また、肉ジャガに糸蒟蒻を入れてからに」

「お義母さん、前から言うてるけど、肉ジャガに糸蒟蒻を入れるんは常識ですよ、常識。この方がボリュームがでるし、蒟蒻に味が染みて、美味しいんです」

「どこにそんな常識がある。うちの年では糸蒟蒻なんか、よう噛み切れんやないの。あっ、あぁ、そうか、そうなんやね」

「何ですの、お義母さん。変な眼つきして」

「宣子さん、あんた、完全犯罪を企てとるんやね」

「は？　完全犯罪？」

「糸蒟蒻で、うちが喉を詰まらせて死ぬように仕向けてるんやないの。どう、図星やろ」

「まっ、まっ、何てことを」

「ふふん。あんたなら、そのくらいのことしそうやでな」

「ようも言うてくれること。馬鹿馬鹿しい。だいたい、お義母さんが糸蒟蒻ぐらいで死ぬもんですか。そんな柔（やわ）やったら、苦労はしてませんで。ふふん、馬に蹴られても、牛に踏まれても、アナコンダに丸呑（まるの）みされても生きてるくせに。ほんま、しぶといんやから」

「宣子さん、かりにも親に向かってその言い様はなんや。うちかて、アナコンダに呑み込まれたら死にます」

「あら、そうですか。ええこと聞いたわ。どっか、アナコンダを貸し出してるとこないかしらね」

「まぁ、よくもよくも。もう堪え切れん。堪忍袋の緒が切れた。許さんで」

「それは、こっちの科白やわ」

「この、鬼嫁が。覚悟しいや」

「アナコンダ婆（ばばあ）。返り討ちにしてくれる」

芳樹は一つ、ため息をついた。

恒例の嫁姑（よめしゅうとめ）バトルの真っ最中に帰宅してしまったらしい。

空腹だった。

さっき『Gマート』で購入し、腹に納めたはずのフライドポテトとパック牛乳はどこに消えたのか。『Gマート』から家までの道のりのどこかで、きれいに消化してしまったわけか。

「腹減った。何か、食う物な……」

台所をのぞいたとたん、顔の横にアルミ製の鍋蓋が飛んできた。壁に当たり、跳ね返る。

「なかなか、やるな。鬼嫁」

「ふふん。そっちも腕を上げたやないの、アナコンダ婆。けど、まだまだや。そんなもんじゃ、高校薙刀（なぎなた）界の薔薇とまで呼ばれたあたしを倒すことはできんわ」

「何が薔薇や。豚バラみたいな顔して」

「まっ、あたしが豚バラならお義母さんは鶏の筋肉（すじにく）やないの。しわいばっかのね」

「隙あり、とえーっ」

カネは重ねて持っていた鍋豚、いや鍋蓋を真っ直ぐに投げた。宣子は構えていたモップの柄で、それをはね返す。

宣子は本人が述べたように、高校時代から薙刀の名手として知られていた。インターハイでの優勝が一度、準優勝が一度という輝かしい経歴の持ち主である。高校薙刀界の薔薇と呼ばれていたかどうかは、定かではない。

これに対しカネはカネで、幼いころから実家の父に神顥流手裏剣の手ほどきを受けていた剛の者であった。世が世であれば、神顥流忍者集団を率い闇世界を支配したかもしれない。

「それ、それ、それ、どうだ」

カネの繰りだす鍋蓋を右に左にはね返しながらも、宣子はじりじりと後退っていった。そして、ついに、壁際まで追い込まれた。

「くっくくく」

カネが低い笑いを漏らす。

「後がないぞ、鬼嫁。命乞いをするなら許してやってもええぞ」

宣子はモップを持ちかえ、一言、

「馬鹿め」

と、吐き捨てた。

「後がないのは、そちらだ。鶏の筋肉」

「なに？　あっ、くっ」

カネの顔色が変わった。鍋蓋が残り一枚となっていたのだ。

「ふふふふ。ここまでだ、覚悟。いやーっ」

気合いとともに、宣子が跳躍する。その勢いに乗って、モップを振り下ろす。

ガキィン。

金属音が響いた。

カネは腰を低くし、鍋蓋で宣子の一撃を見事に受け止めていた。

「ぬぬ、やるな」

「くくくく、この程度の攻撃でうちを倒せると思うたか」

カネは素早く、床に転がった鍋蓋を集めると、回転をつけて宣子へと投げる。宣子のモップがそれを弾く。また、投げる。弾く。

「あぶねえなぁ」

呟きながら芳樹は冷蔵庫のドアを開けた。本心は、ガスコンロにのった鍋から、肉ジャガの一皿分もいただきたいところだが、コンロ前は泥沼の戦闘地帯と化しており、近づくのは憚られた。

冷蔵庫の中を探り、喜びの声を上げた。上げながら牛乳を一本取り出す。

瓶牛乳である。

極楽温泉町から六十キロほど北に、三猿三という名の高原が広がる。何とも奇妙な地名だがその由来のほどは、知られていない。少なくとも芳樹は知らなかった。

知らなくても、一向に構わなかった。その三猿三高原で飼育されているジャージー種の乳牛の牛乳は、コクがあって美味く、芳樹の大好物だったのだ。ただ、やや高値なのが玉に瑕で、不景気がさらに深度を増した今日このごろ、香山家の冷蔵庫で猿と牛をモチーフにしたロゴマーク入り牛乳瓶を見つけるのは、珍しい。

やったね。

小さく口笛を吹いてみる。

「あら、お帰りなさい」

若く弾んだ声がした。

「あ、帰りました」

牛乳瓶を手にしたまま、ちょこっと頭を下げる。

義姉の彩乃が、お手製の買い物袋を提げて立っていた。パッチワークの手提げ袋だ。丸く膨らんでいる形状から見て、かなりの買い物の量だと思われる。

「ちょうどよかった。芳くん、お腹が空いとるんとちがうん。えっと……はい、これ食べんせ」

袋の中から彩乃が取り出したのは……。

「バナナクリームパン！」

芳樹は再び、歓喜の声を上げる。

「そう、芳くんも好きだったでしょ」

「うん、すげえ好き。あ、でも兄貴の分じゃないの」

「ご心配なく。和ちゃんのも、ちゃんと買ってあるから」

彩乃がバナナクリームパンの袋を二つ取り出して、微笑んだ。

小柄で、ショートカットの彩乃は普段、ほとんど化粧をしない。鼻から頬にかけてソバカスが散っているが、まったく気にかけていない。気にかける必要がないほど、きれいな肌をしていた。白くて艶々している。そこに、黒目勝ちの大きな眼と小さな鼻と小さいけれどぽてっと肉厚な感じの唇がついている。

中学生のようにも、大人の女そのもののようにも、清純なようにも、妖艶なようにも見える。十人並みのごく平凡な顔立ちでありながら、不意にすごい美女に見えたりもする。

兄の和樹とは高一のときからの付き合いだったそうだ。和樹の一目惚れだったことは想像に難くない。まったく、難くない。

あなたのハートを狙い撃ち。ズッキューン。

このように、恋の弾丸で和樹の心は撃ち抜かれたのだ。撃った彩乃本人は、自分が名うてのガンマンだったとは、今に至るまで気が付いていないのだが。

二人は和樹の上京を機に一旦（いったん）は別れたものの、紆余曲折（うよきょくせつ）の末、めでたく結ばれた。

どんな紆余曲折があったかについて、芳樹はほとんど知らなかったし、関心もない。ただ、このソバカスの目立つ、ある意味かわいらしい、ある意味凡庸な、ある意味謎めいた女性が兄と結婚してくれてよかったとは思っている。この人しか兄を幸せにしてくれる女性はいないだろうと感じている。

「三猿三の牛乳とバナナクリームパンは相性ぴったりやからね」

「うん。最高」

うなずきながら芳樹と彩乃は同時に身体をのけぞらせた。そこに、鍋蓋が飛んでくる。

「義姉さん、避けるのが上手になったな」

「まあね。慣れよ、慣れ。けど、今回はけっこう派手やわね。お義母さんもお祖母ちゃんも腕は互角やからね。なかなか、見どころがある戦いやないの。おっと、危ない」

モップの先がすぐ傍を過ぎた。鍋蓋がまた飛んでくる。モップが空気を切り裂く鋭い音も混ざる。

床にぶつかり、ガシャンと音をたてた。

「今日の晩飯は肉ジャガなんやろ」

「そうそう。その他に鯵のフライもしようかて考えとるの」

ガシャン、ガシャン。

ヴビューン、ヴビューン。

「いいねえ。けど野菜系が少し足りん気がするな」

「まかせてや。温野菜とささみのポン酢掛けと具沢山の味噌汁も作るから」

ガシャン、ガシャン。

ヴビューン、ヴビューン。

「完璧や。さすが、義姉さん。聞いてるだけで生唾がわいてきた。うわっ、腹が猛烈に減ってきた」

「ふふ。とりあえずバナナクリームパンで腹の虫抑えしといてや。お腹が空いてた方が何でも美味しいからねえ。じゃあ、ひとまず、顔と手を洗ってきて、それからバナナクリームパンをいただきますしてね。おりこうさん」

　彩乃は結婚前は、極楽温泉町はなぞの幼稚園（は謎の幼稚園ではなく、花園幼稚園である）で、幼稚園教諭として働いていた。そのせいなのか、生来の気質なのか、相手を幼児のごとく諭し、扱う癖がある。同じ屋根の下で暮らし始めたころ、義姉の物言い、態度に、芳樹は多少の違和感を覚えた。戸惑いもした。いくら、呑気（のんき）とはいえ十七歳、現役高校生男子である。幼児扱いは勘弁してほしい。

が、しかし、人の習いとは怖ろしく、かつ、便利なもので、芳樹はいつの間にか義姉の癖がさほど気にならなくなっていた。

「義姉さん、鰺フライ、おれ多めに頼むで」

「わかってる、わかってる。あれ？」

「うん？」

「静かになったわ」

「ほんまや」

　視線をガスコンロ前に移す。

　母と祖母がへたり込んでいた。荒い息を吐きながら、床にぺたりと尻をつけて座っている。

　極楽温泉町あたりでは、このような状態を〝どどしとる〟と表す。

「あら、二人ともどどしとるわ」

「うん、どどしとるね」

カネが額の汗をぬぐった。

「宣子さん……また、一段と腕をあげたね」

「お義母さんこそ、衰え知らずやないですか」

「ふふふ、まだまだ、あんたのような小娘に負けるわけには、いかんからねえ」

「あら、小娘やて。あんたは年よりだいぶ若う見えるけね。まだ、娘で通るんやないの」

「いやいや。娘ちゅう呼ばれるほど若くはないですけ」

「まっ、お義母さんたら。そんな嬉しいこと言うてくれて。ほほほ。そうそう、今夜はお義母さんの好きな鯵フライもしますけえ。たくさん食べてくださいね。あっ、もちろん油はコレステロール0の植物油を使いますで」

「そりゃあ、楽しみやねえ。宣子さん、いつもいろいろ気を遣うてくれて、ありがとな。うちはほんま嫁に恵まれて、果報者やわ」

カネが涙をぬぐう。

「まっ、お義母さん。泣かんとってください。あら？　芳樹、帰ってたん。彩乃さんも買い物、御苦労さん」

宣子がどどしたまま、二人を見上げた。

カネと宣子。激しい戦いを繰り広げた後、二人の兵法者は互いを称え合い一件落着となる。いつものパターンだった。

「はい、じゃあ、お片付けをしましょう。これじゃ、夕食の用意ができませんからねえ」

彩乃がぱんぱんと手を打ち鳴らした。カネも宣子も、よっこらしょと腰をあげる。

芳樹はバナナクリームパンと三猿三牛乳を手に、部屋にひっ込むことにした。

バナナクリームパンを一口かじり、牛乳を飲むと、バナナクリームの甘さと香りが口中に広がって何とも美味なのである。これを部屋で一人、じっくりと味わおう。一、二時間後には、肉ジャガと鯵フライと温野菜とささみのポン酢掛けと具沢山味噌汁が待っている。

うー、極楽、極楽。この世は極楽。

つい、口笛など吹いてしまう。口笛を吹きながら階段に足をかけたとき、玄関のドアが開いた。

「あ、お帰り……」

「うむ」

和樹が軽く、うなずく。

「早いね、兄貴」

「仕事を持ち帰ったんや。これから一仕事ってわけさ。それと」

眼鏡を押し上げ、和樹がちらりと弟を見やった。クールという言葉がぴったりの眼つきだ。感情を読み取らせず、ただ、鋭く光る。

「おまえに話があってな」

「おれに？」

弟の右手にしっかり握られているバナナクリームパンに目をやり、和樹は、微かに眉を顰めた。

「バナナクリームパン？」

「忙しくはないけど。正直に言うと、バナナクリームパンを早く食いたいんで」

「できれば、な。忙しいのか」

「これから？」

「ああ、おれの部屋に来てくれ」

「バナナクリームパンがあるのか」

「うん、兄貴の分もちゃんと買ってるって、義姉さんが言ってた」

「そうか……、しかし、できるなら話を早くしておきたいんや。悪いが、ちょっとつきあってくれ」

眼鏡の奥でまた、冷たく双眸が光る。

こういう眼をしているとき、兄に逆らっても無駄だと経験から知っていた。

和樹は決して強引でも専制的でも傲慢でもないが、相手に有無を言わさぬ眼力を備えている。その力を和樹はあまり外には出さない。あえて、抑制しているように芳樹には感じられた。

芳樹の前に立ち、和樹はもう一度、軽くうなずいた。

「そんなに時間はとらせない」

「……わかったよ」

しぶしぶではないが、ちょっと考えながら兄の後についていく。

兄貴が、おれに話って？　なんだ？

何も思い浮かばない。

和樹が振り向く。口元に笑みが浮かんでいた。

「ふふ、そんなに用心せんでええ。実は頼みたいことがあるんや」

頼み事？

兄貴がおれに頼み事？

ますます、わからない。

「あ、和ちゃん。帰ってたん」

彩乃が台所から走り出てきた。

「あ、彩ちゃん」

「ごめんね、気がつかなくて」

「ごめんなんて、ないですぅ。ぼくが大きな声で『帰りました』って、言わなかったんですぅ。彩ちゃーん、帰りました」

「和ちゃん、お帰り」

二人は抱き合うと、声を合わせてきゃっきゃっと笑った。

「彩ちゃーん、会いたかったですよう。ずっと離れてて寂しかったでしゅ」

「もう、和ちゃんたら。今朝、さよならしたばかりでしょ。甘えっ子さんなんだから、困りますね」

「だって、ずーっとずーっと、彩ちゃんといっしょにいたいんだもん。にゃんにゃん、ごろごろ」

「和ちゃん、ほんと、かわいいんだから」

「にゃんにゃん」

芳樹は顔を背け、ため息をもらした。

香山家の最大にしてただ一つの秘密。

クールな天才の名をほしいままにしている兄、和樹は嫁さんに首ったけの、にゃんにゃん男なのだ。

この有様を久喜や健吾が見たら、どんな顔をするか。

芳樹はもう一度、長く長く吐息をもらした。

その五●引き続き香山家の秘密について

香山家の若夫婦の新居は４ＬＤＫのデザイナーズマンションの一室……などではなく、同じ４ＬＤＫながら香山家の敷地内に母屋と隣接（渡り廊下でつながっている）した平屋である。

　香山家はさほど裕福ではないが、前述したように働き者で商売上手のご先祖さま杉太郎氏の奮闘により、そこそこの土地持ちである。

　今、芳樹たちが住んでいる家屋は、杉太郎氏が極楽温泉町に最初に開いた旅館を数度にわたり改築したものだ。敷地は広く、かつては露天風呂の設備さえあった。

　４ＬＤＫの平屋を建てる余裕は、十分すぎるほどある。極楽温泉町商店街の食堂『おかめちゃん』（彩乃さんの実家）の人気メニュー夏野菜カレー（春は春野菜カレー、秋は秋野菜カレー、冬は冬野菜カレーとなる。彩乃さんは常々、『おかめちゃん』の経営者＆板前の父、平吉氏に「面倒だから、いっそ季節野菜カレーにしたらええが」と提案してはいるのだが、料理一筋に四十年を生きた平吉氏は、がんとして聞きいれようとしない）の中の茄子ぐらい十分にあったのである。

　土地を父親の輝樹氏から生前贈与の形で譲り受け（贈与税に関しては、和樹氏が毎月、一定金額を返済していくという形にしたらしい。それが最も合理的で節税になる《和樹氏・談》のだとか）、しつこいようだが和樹氏はそこに４ＬＤＫの平屋を建てた。施工主は『宮本設計事務所＆工務店』で、社長の宮本紡氏は、和樹氏の中学、高校時代の友人で、和樹氏を「かっくん」と愛称で呼ぶ、数少ない人物の一人である。もと野球部の六番でレフト（まだ極楽高校の野球部が普通に活動していた良き時代であった）の宮本氏は野球は好きだが勉強は嫌いで、たいていの教科は赤点すれすれ、このままでは進級さえ危う

い と言われた年度末、和樹氏の厳しくも的確で効率的な指導のおかげで何とか落第の憂き目を見ずに済んだばかりか、某国立大学の工学部建築科に現役合格できた。

みんな、かっくんのおかげやで。(宮本氏・談)

いやあ、正直、浪人は覚悟しとりました。ほんまに奇跡のようなもので、和樹ちゃんの顔が仏さまに見えますわ。ありがたい、ありがたい。(宮本氏母、正子さん・談)

うーん、紡は勉強は嫌いかもしれんけど、頭は良かったから。要領さえのみ込めば楽勝でしょう。試験勉強、受験勉強なんて要領やから。(和樹氏・談)

まあまあ、あの紡ちゃんが、大学生？　しかも国立？　へえっ。奇跡っちゅうのはあるもんやねえ。あの子の頭の中、空っぽかと思うてたわあ。あっははは。(親戚女性・談　匿名希望)

というわけで、宮本氏は和樹氏の新居を建てるにあたり、ここが恩義の返し時、今しかないぞ恩返しと、はりきりはりきり、はりきりの上にもはりきった。

この予算でこれだけの造りになるのか(和樹氏・談)と、驚くほどの瀟洒でかっこよくてすてきで美しい、いつか、国宝に指定されるんじゃない(彩乃さん・談)と思えるほどの木造平屋を現出させたのである。

まさに、情けは人の為ならず。積善の家には必ず余慶あり。のことわざ通りではないか。

それにしても、喉元過ぎれば熱さを忘れ、魚を得て筌を忘れる薄情者が多い昨今、学生時代の恩を律義に返そうとした宮本氏の男気、誠実な性質にはいたく感心してしまう。

宮本紡氏渾身の４ＬＤＫの平屋は漆喰壁の清々しい落ち着いた住まいで、和樹氏の書斎もさして広くはないが窓が大きい。従って、室内は明るく、床も天井も茶系色で統一されていて、宮本氏のセンスが光る一室であった。

兄の家、兄の部屋なのにちょっと緊張する。いや、兄の部屋だから緊張するのかもしれない。

膨大な数の書物（本というより、書物と呼ぶのが相応しい気がする）が床から天井まで届く本棚にびっしり並べられ、床にも一部、積み上げられていた。

芳樹も本とまったく縁がないわけではないが、これだけの量がこれだけ整然と並んでいると、軽い威圧感を覚える。読めるものなら読んでみろと、見下ろされているみたいだ。

「まぁ、座れ」

和樹が床に直に置いたクッションを指差す。義姉の手作りのクッションで真ん中にナスカの地上絵のような奇妙な刺繍が、白と青の二色で施されている。

「何だよ、頼みたいことって」

ナスカの地上絵もどきの刺繍の上に腰を下ろし、脚を前に投げ出す。

「いつの間にか、でかくなったな」

和樹が目を細めた。

「態度が？」

「身体だよ。脚も手も長くなったやないか」

「まあ……昔より短くなってたら、大変やからな」

「ふふ、まあ確かに」

　芳樹の冗談を軽く受け流し、和樹は眼鏡を軽く押し上げた。

「芳樹」

「うん？」

「マラソンに出てくれんか」

「は？　マラソン？」

「そう、マラソン」

「マラソンって、あのマラソン？」

「おまえ、反応がうちの親仁（おやじ）と同じだな」

「うちの親父（おやじ）？　父さんのことか？」

「いや……。まあ、そうだ。あのマラソンだ。しかも、フルマラソン。つまり四十二・一九五キロを走る競技だな」

　フルマラソン。憧れた時期があった。四十キロ以上の距離を只一人（ただ）、ランナーは何を思って走り抜けるのか、知りたくてたまらなかった。テレビ画面にマラソン競技が映し出されるたびに、身体の芯がうずうずと蠢き（うごめ）、心が躍った。今は、いささかも揺れない。

「いやじゃや、マラソンなんて」

「何でだ?」

「何でもこんでも、フルマラソンなんか、おれ走れるわけがねえもん。四十二・一九五キロなんて無理、無理」

「おまえ、陸上部だろうが。いつか、フルマラソン走ってみたいって言うとったやないか」

　おれも、フルマラソン、走ってみてえなあ。

　無邪気に言い放ったころが、あったのだ。和樹は弟の呟きをちゃんと捉え、ちゃんと覚えていたらしい。

「いつのことだよ。フルなんてそんなに簡単に走れるもんやないぞ。相当、身体を鍛えないけん。今のおれなら、ええとこ十五キロ……いや、十キロ止まりやな」

「えらく、謙遜するんやな」

「リアリストなんや、おれたち」

　そう、おれたちはリアリストだ。現実をちゃんと摑んでいる。だから、曖昧な希望を抱かないし、身の丈を外れる夢を持たない。そうしないと、足元をすくわれる。

　現実ってやつは、けっこう狡猾（こうかつ）で獰猛（どうもう）で油断がならない。

　兄貴、おれたちはまだ十七歳で、ただの田舎の高校生に過ぎないけれど、現実の一端ぐらいは知ってるんだ。

「今すぐって話やない。今年の秋、早ければ十月、準備に手間取れば十一月になるかもしれん。そこまで、時間があれば準備もできるやろ。久喜や健吾にも声をかけてもらいたいんやが」

「久喜や健吾まで？　何だよ、お遊びのイベントでもやるんか？」

「いや、極楽温泉町の命運を懸けた戦いや」

「はぁ？」

芳樹は首を突き出し、兄の顔を見詰めた。

命運を懸けた戦い？

兄がこんな大仰な物言いをするとは、意外だった。

大仰なもの、過剰なものを厭う人だ。昔から、そうだ。

過剰な表現、過剰な包装、大仰な物言い、大仰な態度。どれも厭い、忌み嫌い、能う限り遠ざけようとした。それなのに……。

いや、兄貴は何があっても、どこがどうなっても、膨れ上がっただけの空っぽな言葉を使ったりしない。だとしたら、

「兄貴、ちゃんと聞かせてくれ」

「聞いてくれるか」

和樹が眼鏡の位置を直す。その奥で、瞬きもしない眼が芳樹を見ていた。

もしかしたら、上手く引っ張り込まれたかな。

ちらりと思う。

しかし、兄は真剣な眼をしている。本気で、芳樹に何かを語ろうとしている。それなら、聞かなければならない。

　空気が僅かだが緊張した。

　ノックの音がその空気を震わせる。

「ごめんね。和ちゃん、お腹空いたでしょ。バナナクリームパンと紅茶、持ってきたから、ご飯まで待っててね」

　彩乃がバナナクリームパンと紅茶の載った盆を、テーブルの上に置いた。

「うわっ、美味しそうでーす。彩ちゃん、ありがとね」

「コーヒーを切らしてしもうてたの。買うの忘れてて……。ごめんねぇ。紅茶で我慢してねぇ」

　和樹が頭を横に振る。眼鏡がずれるほどの勢いだった。

「紅茶がいいでーす。バナナクリームパンには紅茶が一番ですぅ。それにぃ、彩ちゃんが淹れてくれたんだったら、コーヒーでも紅茶でも煎茶でもハーブティでもセンブリ汁でも美味しいですよぅ。彩ちゃん、ありがとうですぅ。嬉しいな。らんらんらん」

「ごめん。紅茶、お祖母ちゃんが淹れてくれたん。あたしは、持ってきただけ」

「ぎょえっ」

　和樹が目を剝いた。

「彩ちゃんの紅茶じゃなかったのかぁ。彩ちゃんの紅茶、飲みたかったなぁ。飲みたかったなぁ」

彩乃が夫の頭をそっと撫でる。

「こらこら、我儘はいけませんよ。夕食は、あたしが腕によりをかけてこしらえてあげるからね。楽しみにしとって」

和樹の頬にキスをすると、彩乃はひらっと手を振って出て行った。和樹はティーカップを持ち上げ、紅茶を一口、すする。

「うーん、やや薄いが、まぁしょうがないな。確かに我儘はいかんからな。おれも自省が必要だな」

「……もっと別の方面を自省して欲しいけど……」

「うん？　何か言ったか？」

「いや……別に」

久喜、健吾。うちの兄貴な、ほんまはアホやで。とことん、正真正銘のアホやからな。ゆめゆめ、憧れたりしてくれるな。

和樹がティーカップを置く。

脚を組み、イスの背にもたれかかる。

ふっと小さく息を吐く。

どの仕草もさりげないが、優美だ。計算し尽くされた所作のようでも、自然の動きのようでもある。

うーん、この男、ただ者ではない。

誰もが思うだろう。

あのニャンニャン振りを知らない者なら。

「話は少し遡る。まぁ、つい数時間前のことだが」

話は少し遡る。

数時間前、極楽温泉町役場。町長室。

に、また舞台は戻る。前のことなんか忘れたよーんという読者諸氏のために、ざっと簡単なおさらいをしておこう。

次期町長選挙に、極楽温泉町の有力者堂原剛史郎氏が立候補する。そんな情報を、しかもかなり信憑性の高い情報を入手した現町長谷山栄一氏は少なからず狼狽し、頭を抱え込んでいた。己の敗北、つまり落選の二文字が俄かに現実味を帯びてきたからである。

町長付きの秘書（一人しかいない）香山和樹氏は、ややもすると自信を失い、弱気になる谷山氏を励まし、慰め、ときに厳しく叱咤した。優秀な部下に導かれて、谷山氏もようやっと次なる町長選を必ず勝ちぬかねばと、己を奮い立たせるまでに立ち直ったのである。

で、ここから第二幕、スタート。

まずは香山氏の科白から。

「今年の秋、大々的に極楽温泉町マラソン大会を開きます」

答えて谷山氏。

「は？　マラソン？」

「はい、マラソンです」

「マラソンって、あのマラソン？」

「まさに、あのマラソンです。東京、ニューヨーク、パリ。世界の大都市マラソンに負けない大会を極楽温泉町でぶち上げるのです」

「そのマラソンが秘策になるんかね」

「秘策、なります」

おおおっ、おおおっ、おおおっ。おーおおおうっ。

谷山氏の丸いぱっちり眼(まなこ)が輝いた。

秘策、なります。ああ、何と心躍る響きであろうか。思い返せばン十年前、まだ十代だった谷山氏は某雑誌が欲しくてたまらなかった。その雑誌は男子高校生の間では頻繁に話題になるものの、まっとうな手段では入手困難であり、学校や家庭などの表社会ではその名は禁句であり、声を潜めて口にすべきものであり、男の青春そのものという存在であり……といった代物だった。

「おい、アレを手に入れたで」

「ほんまか」

「ほんまじゃ。ほれ、ちらっ」

「おう。○山○子じゃ。『いけないお仕置き』や『みだらな制服』シリーズの○山○子。しかも、水着じゃのうて、下着やぞ。下着」

「しっ……下着。ああ、あかん。股間がやばい」

「あっ、こっちもやばい。おかんが帰ってきた。おい、立て立て。座布団の下に隠すんじゃ」

「股間はどないしたらええ。隠しようがないぞ」

「寝たふりしてろ。寝たふり。腰に毛布、掛けて」

「あ、痛い。ズボンが引っ掛かって……脱いじゃあ、おえんよな」

「あほか。下半身をもろ出ししてみい。完全、変態やぞ」

などと、アホらしくもバカらしい、恥ずかしくも恥ずかしいどたばたをこの雑誌を中心に繰り広げていた。

谷山氏たちは、雑誌一冊でどたばたできるほど純情だったのである。某雑誌を手に入れるために、ある者は年上の従兄（いとこ）に縋り、ある者は隣町の書店（知り合いに出くわす可能性がぐっと低くなる）まで足を延ばし、ある者は夜陰に乗じて閉店間際の本屋に飛び込むという荒技を使った。

そんな、ある日。放課後のこと。

谷山氏（このときはまだ、谷山少年であった）たちが、ぞろぞろと極楽温泉町商店街を

歩いていたとき、

「おおおっ」と、仲間の一人A男が足を止め、くぐもった呻きをあげた。ちょうど、商店街の肉屋で揚げたてコロッケを購入、これを食べながらの歩きであったから、谷山少年はてっきりA男がコロッケを喉に詰まらせたものと考え、手に持っていた缶ジュースを差し出した。しかし、A男はこぐま印のオレンジジュース（谷山少年の好物）になど目もくれず、「あ、あれを」と声を絞り出したのである。

その指がさし示す方向を見やり、谷山少年も仲間B、Cも同時に「おおおっ」と、くぐもった呻きをあげたのであった。

そこは、谷山少年たちにとって馴染みの本屋で、昔、さる大物政治家のお妾さんだったと噂の、妙に色っぽい婆さんと、その娘なのか、妙に不敵な面構えの中年女性（この女性の顔が、当時与党の幹事長を務めていた政治家にそっくりなことと婆さんが色気たっぷりなことから、婆さん＝政治家のお妾さん説が流布したと思われる）が、営んでいた。

「おおおっ」

谷山少年は呻き続けた。

こんなことが、あろうかい。

信じられんぞ。

ええんか、ええんか。こんなん、ええんか。

少年たちはそんな会話を交わしているつもりであったが、口から出てくるのは呻きばかり。

「おおおっ」

「おっおおっ」

「おおっおっ」

といった調子だ。傍らを過ぎる通行人が、さも不審げに少年たちを見やったのも宜なるかなである。

本屋のガラス戸に、一枚の張り紙があった。そこには、堂々たる墨書で『△△××、なります』と記されていたのだ。△△××とは、あの表社会には出せぬ雑誌名だった。

「ありゃあ、『△△××、あります』の間違いであろうかい」

A男が呟いた。心なしか息が荒い。

確かにそれは明らかな語法の誤りであった。しかし、谷山少年は『△△××、なります』の一文に、いたく感動してしまったのだ。説明できない、言葉にできない感動である。

うーむ、ようわからんが、爽やかじゃな。

そう思った瞬間、胸内に薫風（くんぷう）が吹き過ぎて行った。憑き物がころりと落ちた気がした。

それからは、谷山少年は臆することなく、その店で△△××を買い求めるようになった。不思議なもので、苦労なく手に入るようになると、以前ほど必死な欲望がわいてこない。人の心とは、げに、不可解で天（あま）の邪鬼（じゃく）である。

不可解といえば、谷山少年がそのときから『～なります』という言辞が大好きになったのも、人の心の如何ともしがたい不可解さではあるまいか。

で、極楽温泉町町長となった今も、谷山氏は『〜なります』が大好きである。大好きな一言を、側近中の側近、香山氏が口にしたのだ。心は躍り、踊り、跳ね、ステップを踏む。ワルツ、マズルカ、タンゴにサンバ、ラテンのリズムでチャチャチャ。ツイスト、ゴーゴー、フラダンス。

『秘策、なります』やと。ええねえ、頼もしいねえ。それチャチャチャ。ワルツにジルバにフラメンコ。オレッ。

「町長……真面目に考えていますか」

冷やかな声が背後でした。

我に返り、振り返る。

腕組みをした香山氏が声音以上に冷やかな眼差しで、谷山氏を見下ろしている。

「突然、健康体操を始められては、まともにお話もできませんが」

香山くん、福祉課と住民課がいっしょになって推進しとる極楽温泉町健康体操ではなく、ダンスじゃよ。わしはダンスを踊っておったんじゃが。

そう言い返したかったけれど、香山氏の冷やかさに、骨まで凍った感覚になり、谷山氏は口をつぐんで、洟をすすりあげた。

「すんません。つい……」

「本題に入ってよろしいですか、町長」

「ぜひ、お願いします」

「では続けます。というか、もう一度、申し上げます。今秋、マラソン大会を開催いたしましょう」

「マラソン大会？　さっきと同じ問いで申し訳ないが、マラソンってあのマラソンかね」

「あのマラソンです。フルマラソン、四十二・一九五キロを走るやつです」

「まっ、また何でマラソン大会など」

「人と話題を集めるためです。町長、これは」

香山氏の手には、いつの間にか、半透明のファイルが握られていた。まるで手品だ。瞬きする間に、ぴよーんと現れた。

「香山くん、きっ、きみには手品の特技もあるんかい」

「学生時代、奇術クラブに入っておりましたから。因みに、ゼミの卒論も『近代国家における経済組織と貨幣資本に関してのマジシャンの役割』というものです」

「経済組織と貨幣資本とマジシャンが繫がるんかね」

「密に繫がります。しかし、今、その関係性について説明する時間はありません。町長がご興味をもたれたなら、日を改めて講義をさせていただきますが」

「あ……うっ、うん」

谷山氏は曖昧にうなずいた。聞いてみたい気もするし、どうでもいいような気もする。

「町長、これは、先月行いました住民アンケートの結果です。それによりますと、町長の支持率は先々月より十三ポイント下がっています。極楽温泉町有権者の三割程度にしか支持は広がっておりません。一時は六割を超え、七割に迫っていた支持率が、ですよ。はっきり言って、民意は徐々に町長から離れつつあります」

はっきり言い過ぎだよ、香山くん。わし、打たれ弱いの知っとるだろう。えーん、かなりショック。

「町民はやはり、この不景気に苛立っておりますね。今年に入っても、虎安工務店とイソオ電機販売の二事業所が相次いで、倒産、廃業いたしました。どちらも、中堅どころの会社でした。そして、何より極楽温泉の観光客の減少に歯止めがかかりません。去年、極楽温泉を訪れ、一泊以上した観光客数はピーク時の約半分まで落ち込んでおります。まさに由々しき事態です。旅館、ホテル、土産物店、飲食店の経営は悪化の一途を辿っていて、それに伴い、町内の他の商店、事業所にも影響が出始めておりまして」

「不景気はわしのせいやない」

谷山氏はすねた子どもの如く、唇を尖らせた。

「日本で景気がええのは一部だけや、ほとんどの地域が不況ではあはあ喘いどるやないか。なんでもかんでも、わしのせいにされたら、たまらんわい」

「ほら、すぐそういう開き直った言い方をする。それが、駄目なんです。確かに今の状況は、一市町村だけでどうにかなるような容易いものじゃない。だからといって、全部を時代や国のせいにして知らぬ顔を決め込むなら、何のための町長や、わんわん無駄吠えするだけなら、うちのゴンベイでもできる」
「こっ、香山くん。何てことを……。口が過ぎるぞ。それにしても、犬の名前にゴンベイちゅうのは、あまりにセンスに乏しいのう」
「今のは、アンケートに記されたある町民の意見です。因みに、ゴンベイは犬ではなくて犬の鳴き真似(まね)が上手い九官鳥だそうです。もう少し、町民の声を列挙してみましょう」
町長は現状を打破するための有効な手を打っていない。それは地方自治体の首長として如何なものか。（ＥＫさん　男　七十四歳）
〝明るくて気さく〟なだけでは政治家は務まらん。谷山町長の政治的能力を疑う。（怪傑黒頭巾　男　六十八歳）
極楽温泉がこのままずるずる衰退していくかと思うと、悲しくて涙がでます。何とかしてほしい。（夢見るシンデレラ　女　四十歳）
洒落たカフェとかブティックとかを使って、町全体のトーンを明るくして欲しいです。このままじゃリピーター増えませんよ。（愛の妖精　女　三十六歳）
結婚してえ。若者が結婚して、定着できるような町作りをしないとダメでしょ。町長、本気で考えとる？（ＲＴさん　男　二十九歳）
香山氏の読み上げる、町民の声は、どれも厳しく容赦なかった。
谷山氏はついに、耳を塞いでしゃがみ込んでしまった。
ううううう、わし、こんなにも嫌われておったんかい。ううう、ひどい、あんまりにも、ひどい。わしは、わしなりに一生懸命、働いてきたのに。極楽温泉町のために、必死に……ううう。

「町長」

香山氏の手に薔薇の模様のハンカチが握られている。いつの間に、どこから出したのか、谷山氏には見極められない。

「泣かないでください。だいじょうぶです。町長は間違っていません。それは、確かです」

「ほんまか、ほんまにそう思うてくれるか香山くん」

「思いますとも。だからこそ、マラソン大会なんです」

町長選、必勝、アンケート、支持率低下、マラソン大会。

いろんな単語が頭の中で乱舞する。

ポルカ、パラパラ、盆踊り。

「極楽温泉町マラソン大会。それが必要なんです」

香山氏が低い声でゆっくりとそう告げた。

その六●香山氏は野心家か?

香山氏は野心家か？

この場合の香山氏とは、むろん、輝樹氏のことではない。前にも紹介したが、輝樹氏は良く言えば足ることを知る清廉な人柄であり、悪く言えば覇気や向上心に乏しい性格だった。長所と短所、光と影は裏表なのである。ついでに、出会いと別れも裏表、幸せと不幸も裏表、日本とアルゼンチンも裏表なのだ。ともかく、輝樹氏ほど〝野心〟の一言と縁遠い者は、そういないだろう。芳樹にいたっては、〝野心〟という言葉は、時代劇や小説の中にしか存在しないと思っているふしがある。


輝樹氏、脱落。

芳樹、削除。

となれば、残るのは和樹氏しかいない。ここで、和樹氏にバーチャルインタビューを試みる。

バーチャル記者（以下、バ記）　今回は、我々のインタビューに快く応じてくださって、ありがとうございます。
和樹（以下、和）いや、どうも。別に快くというわけではないのですが、まあ、成り行き上しかたなく、です。
バ記　えっ！　しかたなく、なんですか。
和　しかたなく、です。すみませんが、手短にお願いします。今、町長と重要な案件について話し合っている最中なので。
バ記　あっ、はい。わ、わかりました。ではまず、その重要な案件とはどういうものなのでしょうか。
和　それはまだ、お話しできません。そもそも、重要案件を部外者に対し、軽はずみにしゃべれるわけがないでしょう。
バ記　あ、はい、確かに。で、では、改めて質問いたします。巷では、香山さんはなかなかの野心家ではないかとの噂がありますが、これについて、どう考えておられますか。
和　野心家？　ぼくが？　誰がそんな噂を？
バ記　あ、はい。それはですから、巷といいますか、世間一般といいますか……。
和　う―ん、どうもあやふやですねえ。実体のない噂話に右往左往する愚は避けたいので、その点については、コメントを差し控えさせていただきます。
バ記　えっ？　あ、そんなことおっしゃらずに、何か一言でも。
和　いえ、申し訳ありませんがノーコメントで。繰り返し申し上げますが、極楽温泉町町長の秘書という立場からも、個人的見解からも、噂には非常に胡散臭い類のものが多く、あまり信用も深入りもしてはいけないと思っていますので。
バ記　そっ、そんなことをおっしゃらずに、ぜひ一言でも聞かせてください。このままでは、インタビュアーとしてのわたしの立場が……ううっうえっ、うえっ。

「ちょっ、ちょっと香山くん」

バーチャル記者が泣き落としに入ろうかという寸前、谷山町長の大声が響いた。

「今のとこ、ほんまけ？」

「は？　今のとことおっしゃいますと？」

「噂が胡散臭いっちゅうとこだべや」

「はぁ、『極楽温泉町町長の秘書という立場からも、個人的見解からも、噂には非常に胡散臭い類のものが多く、あまり信用も深入りもしてはいけないと思っていますので。』の件でしょうか」

さすがに俊才香山氏。自分の発した言葉とはいえ、一字一句間違うことなく再生してみせた。

「そんだ、そんだ。『極楽温泉町町長の秘書（中略）（後略）』というとこだべや」

「町長、失礼ですが。どちらの方言を使っていらっしゃいますか？　極楽温泉町のものとは明らかに異なりますが」

「そぎゃんことは、どうでもよかたい。それより、噂云々についての、おんしの発言を聞いとるとだなばい、噂っちゅうものがいかに当てにならんかばい、ばいばいばい、さようなら。明日も元気で会いましょう」

「……町長、あまりご無理をなさらないほうがいいですよ。舌を嚙んだら、次の町議会での演説に差し支えますから。演説が不鮮明で聞き難（にく）いとあっては、政治家としてはかなりのマイナス要因になりますし、誤解もされ易くなります。お気をつけください」

香山氏の的確、かつ、実務的なアドバイスに谷山氏は深く首肯し、舌伸ばし運動を始めた。

これは、舌を根本辺りまで丸める。思いっきり伸ばす。という単純な動きを二秒に一度の割合で繰り返すもので、滑舌の促進と舌炎の予防に効果があると言われている。ただ、舌を伸ばしたときに、当然ながら、舌先が口外に飛び出るわけで、かなりの間抜け面になってしまう。また、人によっては〝アッカンベー〟そのものの顔つきにもなる。これは、他者にかなりの確率で、不快感、怒り、驚き、『この人、ちょっとアブナイんとちがう』『そうそう、近づかんがええよ』『めっちゃ、気味悪いわ』的な感情を起こさせるのに十分なインパクトとなるものであろう。ので、人前では決してやってはいけない禁断の運動なのであった。

それを知りつつ、つい、〝アッカンベー運動〟（俗称）をやってしまったのは、谷山氏が香山氏の『お気をつけください』の一言に過敏に反応した証であると言える。

「町長、以前から申し上げているように〝舌先三寸丸めて伸ばしてすーらすら運動〟（正式名称）は、トイレとか浴室とかの、極めてプライベートな空間で実行してください」

香山氏は眉を顰めてみせたが、内心は必死に笑いをこらえていたのだ。よくよく香山氏の口元を観察してみると、細かく震えているのがわかる。沈着冷静、意志堅固、意趣卓逸の香山氏をもってしても、谷山氏のアッカンベー顔は吹き出しそうなほど珍妙だったのである。

「あ、いかんいかん、つい。すんません」

谷山氏は素直に舌を引っ込めた。ぷりぷりしたピンク色のいかにも健康そうな舌である。

「それで？」

「うん？」

「何が、『ばいばいばい、さようなら。明日も元気で会いましょう』なんです？」

香山氏は谷山氏の科白でさえも一字一句間違えることなく諳(そら)んじたのであった。

「あ、うん、それそれ。つまり、噂っちゅうのは当てにならんて、香山くんは思うとるわけだ」

「実際、当てにはならんでしょう。全てとは言い切れませんが、七割から八割はクズです。偽物です。まやかしです。銀流しです。フェークです。赤螺(あかにし)の壺焼(つぼや)き、海蛇のかば焼きです」

「こ、香山くん。海蛇のかば焼きは……やっぱり、ちょっと言い過ぎじゃなかろうか」

谷山氏は水族館でしか海蛇を見たことはなかったが、あのくねくねした毒蛇のかば焼きを想像しただけで、軽い悪心を覚えた。

「言い過ぎも捏(こ)ね過ぎもありません。噂とは、そういうものです。しかし、町長、噂の信憑性についてやけに拘っておいでですが……よもや」

「よもや」

「よもや、さっきの有権者の声をただの噂と位置付け、一蹴しようとしている……のではありませんよね」

「うぐっ」

谷山氏は尾頭付き海蛇のかば焼きを丸のみしたかの如く、喉を詰まらせた。

「先ほど、わたしが読み上げました声は全て真実です。噂ではなく、ダイレクトに届いたものです」

「ううっ、ううっ、うぐっうぐぐ」

谷山氏は胸を押さえ、苦しげに呻いた。ほんとうに、息が詰まったのだ。

あぁ、人生は何と悲しみに満ちているものなのか。身を削り、心を削り、町民のために尽くしてきた日々は報われず、さながら、暴風にさらわれる花弁の如く、儚（はかな）く散って彼方へと消えて行くのみ。

それでも、人は生きねばならぬのか。

答えておくれ、空よ、海よ、さんざめく星たちよ。

「町長、ちゃんと息を吐いてください。ショックを受けると息を詰めてしまう癖、早く治さないと身体に悪いですよ」

香山氏が谷山氏の背中を軽く叩いた。

「ぷわっ」

谷山氏が口を開く。空気が流れ込んできて、息が楽になった。

「いいですか、町長。何度も申し上げますが、町長の政治的理念、姿勢、行動は決して間違ってはおりません。政治家はすべからく国民、都道府県民、市民、町民、村民の奉仕者であるべきです。そういう意味で、町長は類稀な、今や絶滅危惧種にも匹敵する真の政治家です」

谷山氏はちらっと上目遣いに香山氏を見やった。ここまで褒められると、さすがに面映ゆい。それにしても、香山氏は高潔な政治家を絶滅危惧種に譬えるのが好きである。これは、香山氏の既成政治家たちへの皮肉であるのかもしれない。この世界に、真の政治家たりえている者はヤンバルクイナ（天然記念物）やアジア象よりも数少ないと遠回しに言及しているのであるから。

谷山氏はしかし、素直に嬉しかった。

「いやあ、香山くん。それはちょっと照れてまうがな。えへへへ、そうかぁ、香山くんはわしのこと、そんな風に思うて」

「町長、あなたに欠けているのはアピール力です」

香山氏の指が目の前に突きつけられる。谷山氏は思わず「ひえっ」と声を上げ、のけぞってしまった。

「ア、アピール力と言われても……」

「全町民に向けて〝おーい、みんな。わし、こんなに頑張っとるんよ〟とアピールするその力が決定的に不足してるんです」

「そんな、自分で自分の頑張りを主張するなんて、ちょっと……」

谷山氏は頰を染め、顔を伏せた。さながら、恋を知り初めた乙女のごとき風情である。谷山氏はいたって謙虚な人柄で、恥ずかしがり屋さんでもある。人としては美質ともなる性格が政治家としては、マイナス要因とみなされる。これは人の世の皮肉であろうか。

香山氏は続ける。普段よりやや熱のこもった口調である。

「派手なパフォーマンスで人目を引きつけ、巧みな弁舌で人心を掌握する。それもまた、政治家たるものの必要とする資質なのです。そこが、町長にはちょうちょっと足らないんです。あっむろん、地道な施政が一番大切で、そこを疎かにしては本末転倒なのですが」

谷山氏は低く呻いた。

息が詰まったわけではない。中学時代、クラスメイトの本松くんに〝テントウ〟という渾名をつけたことを思い出したわけでもない。香山氏の〝ちょうちょっと〟をどう捉えるべきか悩んだのである。

これは、〝もうちょっと〟の単なる言い間違いか、はたまた、町長と〝ちょうちょっ〟をかけた親父ギャグなのか。

香山くんが言い間違いをするわけがなかろうて。

しかし、親父ギャグを口にするわけは、もっとなかろう。

いやいや、今のはどう考えてもギャグやど。

あほかいな。言い間違いに決まっとる。

谷山氏の中で二人の谷山氏が諍う。

言い間違い？

親父ギャグ？

どっち、どっち、どーっち、どっち？

「そこで本題に入ります」

谷山氏の戸惑いを蹴飛ばす勢いで、香山氏は言い放った。

「町長、マラソン大会を開催しましょう。極楽温泉町に人を集めるのです」

「人を集める……」

「そうです。人が集まれば、町は賑わいます。温泉への客数も増え、話題にもなります」

「けど、それは一時的なもんじゃろが……」

「一時的でいいのです。花火をどかんと打ち上げるのもときに必要なんですよ。むろん、わたしとしては一発で終わる気はさらさらありません。時間をかけて、この極楽温泉町マラソン大会（仮称）を一大イベントに育て上げるつもりです。そのためにも、最初の一発、どかんが重要となります。それは、また、町民へのわかり易いアピールになるはずです。町長に一番欠けている部分をどかんと補強していくわけですよ。どかん、どかん、どかん」

香山くんがこれほど、どかん好きとは思わんかったの。

香山氏の口元を見ながら、谷山氏は考える。ただ、香山氏が「どかん」と口にするたびに、気持ちが高揚してくるのは事実だ。

祭りの前のわくわく感がよみがえってくる。

「その点、堂原さんは上手いです。見た目に反して剛腕というイメージが定着しつつあります。それは、去年、観光協会のトップとして〝極楽温泉町カーニバル〟をそこそこ成功させたのが大きいと思います。まぁ、あれも、一回きりの打ち上げ花火イベントでしたが、堂原さんが中心となって極楽温泉町のためのイベントを催したというイメージは定着したと言えるでしょう。実際、あのイベント以降、『堂原さんは、極楽温泉町の発展のために本気で取り組んでいる。頼りになる』（うさこちゃん　女　三十六歳）『思ったより、良い人かもなんて感じる今日このごろです』（草食動物　男　二十七歳）などなど、好意的な感想が目立ちますね。あのとき、堂原さんはカーニバルの宣伝と称して、地元テレビに出まくっていました。そういうアピールの仕方も上手いです。このところの堂原株の上がり方を見ると、そういうアピール力の勝利と言えましょう」

谷山氏は腕を組み、うーむ、うーむ、うーむと三回唸った。

闘志が湧いてくる。

打倒堂原。くるならこい。返り討ちにしてくれるわ。

「香山くん」

腕を解き、らんらんと眼を輝かせ、谷山氏は身を乗り出した。

「香山くん。とすれば、こちらはカーニバル以上の花火を打ち上げんとおえんちゅうことになるな」

「まさに。そのとおり。しかも、かなり急がねばなりません。あまり選挙に近いと、選挙がらみのイベントだと誤解され、かえって逆効果にもなりかねませんから」

選挙がらみのイベントをやれと、さんざんアドバイスをしているのだが、そのあたりの矛盾を香山氏はさらりと流して、涼しい顔をしていた。

責任感、知性、実行力に恵まれているだけでなく、都合の悪いあれこれをなかったかのように振る舞える処世術にもなかなかに長けた人物であったのだ。

「問題は予算です。今の町の財政状態では、マラソン大会の全予算を捻出するのは非常に難しいですから」

「……うむ、確かにのう。町の収入は年々、先細りになっとるからのう」

「協賛金を広く募ります。町内の企業、町民だけでなく、極楽温泉町に関わりのあるあらゆるところから、です。また、できる限り費用を抑えるためにも、雰囲気の盛り上げのためにも、広くボランティアを募ります。そのあたりは、お任せください。ただ、それでも、わたしの見積もりでは」

ここで、香山氏の手に突然、電卓が現れた。

「うわっ、すっ、すげえ」

谷山氏は十代の純真な若者の如く驚きの声をあげる。心底からの声だった。

「まるで、手品みてえや」

「手品です。わたしの特技ですから」

香山氏がにやっと笑った。

ちょっと優しげな笑みだった。

もう町長ったら、こんなことで驚いちゃって。ほんと、かわいいんだから。

的な笑いである。しかし、その顔はすぐに厳しく引き締まった。と、同時に猛烈な速さで指が動き出す。

「おお、すんげえ。マジすんげえ」

谷山氏はさらに驚嘆し、眼を見開く。

「ふんふんふん。町長、やはり五百万足りませんね」

「五百万！」

「そうです。1,000,000×5分だけ足りません。これは、賞金額に相当する数字ですね」

「賞金！　五百万が賞金！　香山くん、そりゃあ幾ら何でも高すぎるで」

「しょうがありません。マラソン大会は全国に無数にあります。他の大会と一線を画するためにも、注目度を高めるためにも、高額な賞金を提示することは一番有効な、手っ取り早い方法なんです」

「しっ、しかし、その五百万、どうやって捻出するんやね」

「それは」

香山氏は電卓を背広のポケットにしまった。

おお、もしかしたら。

谷山氏は眼を見開いたまま、電卓が消えたポケットを見詰める。「ふふ、町長、五百万はここにあります」と香山氏が、手のひらに百万円の札束を五つ載せて、にやっと笑う……のではないか。何しろ、卒業論文が……何だかよくわからないが、マジシャンについて云々かんぬんだったはずだから。

香山氏が不敵に笑う。

「ふふ、町長」

「おお、香山くん」

香山氏がポケットから手を出す。

糸くずを摘まんでいた。

それを足元のゴミ箱に捨てる。そして、笑顔のまま言った。

「五百万、町長のポケットマネーからお願いいたします」

「ふにゃ?」

首を傾げる。

何を言われたのか、とっさに理解できなかったのだ。己の理解能力を超えたとき、人は「ふにゃ」と声を出すものだ。一般に、〝ふにゃにゃ現象〟と呼ばれている、刺激に対する脳の過剰な反応ではないかと考えられているが、まだ、詳しくは解明されていない。

「五百万、町長が自腹を切ってください」

ふにゃふにゃしている谷山氏の耳元に、香山氏がささやく。

「そんな無茶苦茶な……出せるわけがないがよ」

ふにゃにゃ現象から辛うじて脱した谷山氏は、ぶるぶると首を横に振った。

「香山くん、わしの給料、幾らやと思うとるんで」

「〇〇円です」

香山氏は正確に谷山氏の給与額を述べた。それは、少なくはないが、「えー、びっくりぃ。谷ちゃん、そんなに貰うとるの」とびっくりぃするほどの額でもなかった。

「だろ？　その給料で五百万なんて、どこから湧いてくるんね」

「町長、極楽温泉町マラソン大会のために、町長が身銭を切ったという事実、それが重要なんです。かなりの好感度アップに繫がること請け合いですからね」

「けっどもよ。そんな大金、寄付しようものなら悪う言うやつが出てくるぞ。反感こうてしまうかもしれん。裏金を貯め込んどるだの、私腹を肥やしとるだの言われたら、かえってマイナスやろが」

「マイナスにならないようにするんです。そこのところもお任せください。まずは、五百万の出処を誰の眼にも明らかにしておくのです。僅かばかりも曇りないきれいな金だということを、町中に知らしめておきます」

「……と、言うと？」

「町長、温泉会館の裏手に土地を持ってますよね。あれを売っていただきたいのです」

「ふにゃ？」

「多分、あの土地なら一千万から一千三百万の間で売れるでしょう。そこから五百万、寄付してください」

「ふにゃ、にゃにゃにゃ？」

「町長」

「ふにゃんにゃにゃにゃ？」

「じゃあ、へそくりから出しますか」

「ふにゃ！　香山くん、なっ、何を言うんなら。わっ、わしは、へそくりなんぞビタ一文、持っておらんて」

「ドスコイイチバン」

「ふにゃ？」

「この名前、よーくご存じですね」

谷山氏の顔色が俄かに悪くなる。頬から血の気が引いたのだ。

「なっ、名前？　へぇ、そうなのか。何とも奇妙な名前だねえ。どこかの国の要人の名前かねえ」

「違います」

「違う？　ああ、それではちゃんこ屋かな？　ははは、どうだね、香山くん、ずばりだろう。ずばり当たっただろう。ぼくのカンの良さに、畏れ入っただろう。ははは」

「町長。往生際が悪過ぎますよ。無理やり惚けようとするから、標準語になるんです。昔からの癖ですよね。ふふふ」

　香山氏はふふふと薄く笑った後、また、呟いた。

「ドスコイイチバン」

　谷山氏は観念した。がっくりとうなだれる。

「そうです。馬の名前です。去年の菊花賞で優勝した馬ですね。あのレース、大穴も大穴。一番人気のアッチムイテホイがゴール直前でまさかの転倒、他の馬も巻き込まれて倒れる中、はるか後ろをてくてく走っていたドスコイイチバンが一着ゴール。ものすごい騒ぎになりました。町長はそのドスコイイチバンのファンでしたよね。デビュー当時からずっと応援していて、出走レースには必ず馬券を買っていたはずです」

　ここで谷山氏の名誉のために一言、書きくわえておくが、谷山氏は決してギャンブル好きではない。パチンコも麻雀もしない。ただ、お馬さんが好きなのだ。サラブレッドのすらりとした姿に魅せられて、飽くことなく見続けてしまう。特にドスコイイチバンには一目惚れしてしまった。

　つぶらな瞳がかわいい。

　尻尾の生え際にハート形の白い模様があるのもかわいい。

　鼻の形もかわいい。

　テレビで偶然、ドスコイイチバンを見てから、谷山氏はファンになり〝ドスコイイチバンファンクラブ〟もしくは〝ドスコイイチバンを励ます会〟もしくは〝ドスコイイチバン友の会〟なるものがあるなら、ぜひ入会したいと切望している。

その熱き想いに応えるかのように、ドスコイイチバンは快走し（実際には運が良かっただけなのだが）、みごと、谷山氏に巨額の配当金をもたらしたのであった。

「あのレースで転がり込んできたお金は、ぴったり五百万。町長、それを奥さまに内緒で、○○銀行極楽温泉町支店に貯めていますね。それがばれると……」

「香山くん。きみは、わっ、わしを脅しとるんかい」

「脅す？　とんでもない。町長、わたしは町長にずっと町長でいてもらいたいんです。どんな手を使っても堂原さんに勝ってもらいたいんです。極楽温泉町のために、勝ってもらいたい。でなければ、極楽温泉町は破滅です。町長、あなたでなければ駄目なんですよ」

　ここまで言われて、ふにゃふにゃしているわけにはいかない。

　そうだ、ドスコイイチバンは三冠最後のレースで晴れ姿を披露した。今度は、わしが町民のために立ち上がるときだ。

「わかったが、香山くん。わしは土地を売って金を作るがよ」

「おう、それでこそ、極楽温泉町町長です。ありがとうございます」

「そのかわり、しっかり頼むで。マラソン大会が、ほんまに派手な花火になるようにな」

「お任せください。きっと全国から注目されますよ。なにしろ、ゲストランナーには、あの五十嵐五月女を呼びますから」

「ふにゃ？」

谷山氏がまた、首を傾げる。

今、香山くんイガラシサツキとか言わんかったかね。

「……香山くん、今の、馬の名前やないね」

「違います」

「人の名前かね」

「そうです」

イガラシサツキ。五十嵐五月女。

まさか、まさか、まさかのまさか。

「あの……オリンピックマラソン金メダリストで、でぇらぁ美人で、引退後女優に転身して、ハリウッドのなんちゃらて俳優と恋仲だと騒がれて、洗剤と軽自動車とアイスクリームとインスタントラーメンと保険のコマーシャルに出とる五十嵐五月女かや」

「町長、よくご存じで。もしかして……」

「だ、だ、大ファンなんや」

「ドスコイイチバンとどっちが好きですか」

「その件につきましては、コメントを差し控えさせていただきます」

ああ、五十嵐五月女。

谷山氏は固く口を結んだ。

ああ、ドスコイイチバン。

「しかし、香山くん。どうして、あんな大物を呼べるんじゃ。それこそ、ギャラが払えんじゃろが」

「ギャラは必要ありません。彼女はボランティアで参加してくれます。そういう風に話は通してありますから」

そういう風にって、ギャラなしで五十嵐五月女が走ってくれるわけか？　信じられない。

「ふふふ、町長。どうぞ全てをわたしにお任せください。明日から、いや、今日から活動を開始いたします」

香山氏が再び不敵に笑った。

まさに野心家といった笑みであった。谷山氏は口を半ば開けて、その笑顔を見詰めていた。

頭の中では、ドスコイイチバンにまたがった五十嵐五月女が極楽温泉町の通りを疾走している。

どこまでもどこまでも、走っている。

その七●チームＦ、誕生

「ご、五百万！」

健吾が眼を剝いた。

美少年というのは眼を剝いても、口をぽかんと開けても、眉を顰めても、虫歯で頰を腫らしても、鼻水が出ていても、モノモライができていても美少年である。逆に言えば、どのような条件下でも「あの、かっこいい」とか「あら、すてき」とか「くそっ、やっぱりええ男やな」とか他人に羨望やら、嫉妬やら、喜びやら、敗北感やらを与えるのが美少年の美少年たる所以なのである。

美少年の定義はさておき、健吾の場合、自分の容姿にまるで関心がないというか、どちらかというと劣等感を持っている風がある。

「ちっちぇえころから、『〝ピー〟みたいやね』って言われ続けてみ、おれはもしかしたら〝ピー〟なのに、間違えて生まれてきたんじゃねえかって悩みもするぞ」

ある日、ある時（おそらく夕暮れ時の『Gマート』極楽温泉町支店の前で、好物のチョココロネに齧(かじ)りつきながらだろう。語尾がやや不鮮明なのは、咀嚼(そしゃく)運動による弊害と思われる）、やや憂いをおびた声でそう呟いたことがある。


問題①『〝ピー〟みたいやね』の〝ピー〟の部分に入る、適切な単語を左より一つ選び、記号で答えよ。
ア　プリンセス
イ　女の子

ウ　お姫さま
エ　ラブハート・キララ
因みに、エは昨今女の子の間で大人気のアニメの主人公である。いわゆる美少女変身キャラクターで、世界を悪の力で征服しようとするアクラーン将軍と戦う四人のキララ戦士の一人の名前だ。得意技はラブハート・キララトルネードである。

「ほんとうはお姫さまなのに間違えて、犬山家の息子に生まれてきたっちゅうわけか？」

久喜があっさり正解（ウ）を口にした。その口に烏龍茶を流し込む。

「そりゃあ、ありえんやろ。お姫さまっちゅうたらお姫さまやろ。『姫、落城でございます。一刻も早くお逃げくださりませ』『父上さま、母上さまはいかがなされた』『殿は天守閣にてご切腹あそばされました。奥方さまもご自害なされた由にございます』『なんと……。ならば、わらわも父上さま、母上さまのお後を追うてこの場で』『なりませぬ。姫さままでお命を失くせば、お家再興の望みは完全に断たれまする。ここは、どうか落ち延び、犬山家のために生き長らえてくださりませ』『いやじゃ。わらわ一人生き延びて、この世に何の甲斐があろうぞ』『姫、なにとぞ』って感じの」

「おまえ、たとえが長過ぎ。しかも、なんで戦国時代バージョンなんや。なっ」

健吾が同意を求めるように芳樹に顔を向ける。

「え？　あ、それでどうなったんや」

「は？」

「姫はちゃんと逃げ延びて、犬山家の再興を果たしたんか」

芳樹は久喜に向かって、思わず身を乗り出していた。

「おれ、何かどきどきしながら聞いとったんじゃけど。その続きはどうなるんじゃ、久喜」

「うんうん。まあな、だいたい姫なんてのは波乱万丈の人生を送るもんと決まっとるからなあ。この後も数々の冒険をくぐって、大人になるわけよ」

久喜がしたり顔でうなずく。健吾は鼻から息を吐き出した。鼻の穴が膨らんでも美少年は美少年である。

「ふん。誰が決めたんや、そんなこと。だいたい姫と冒険をセットにするっちゃあ、おれ、違和感満載やな。どっかのモーニングセットみたいに、トーストに粒餡が付いとるみたいな感じかな。ふふん、おれのたとえは短いぜ」

「そんなことは、ねえだろ」

芳樹は、これも思わず口を挟んでいた。

「姫と冒険って、意外にいけてる組み合わせな気がする」

「ええー、そんなんありえん。絶対に、ありえん」

健吾が強固に反対の姿勢を見せる。健吾は個人的に〝姫さま〟に対して敵愾心、あるいは嫌悪感を抱いているのだ。

ここで、彼の名誉のために付け加えておきたい。健吾はフェミニストではないが男尊女卑に凝り固まった石頭でもない。男と女が同等であることなど、常識の範疇にすっぽり納まる、つまり、子育て、掃除、洗濯、料理、皿洗い等々、「は？　そんなの手が空いてる方がすればええでしょ」と抵抗なく言える世代なのである。その健吾が、

「冒険とくりゃあ、やっぱ騎士とか選ばれし戦士とかヒーローやぞ。姫さま、完全にミスマッチ」

　と、言い張り、

「うわぁ、健吾。おまえ、意外に頭が古いんじゃな」

と、芳樹にからかわれるのは、〝姫さま〟に対し過敏に反応しているからに過ぎないのだ。それは、花粉症に苦しむ患者が、そのアレルゲンとなる草木を「ことごとく引っこ抜いて枯らしてやりたい」と叫ぶのとほぼ同レベルである。

　健吾は不貞腐れ、やや口調を荒らげ、芳樹を睨む。

「うっせえよ。とにかく、おれは姫さまが嫌いなんや。おれの前で姫さまの話なんかすんな、ぼけ」

「えー、でも、久喜の話、気になる。続きが聞きてぇ」

「悲しい展開になるぞ。ハンカチが何枚あっても足らんぐらいの悲しーい話じゃ」

　久喜が泣く真似をする。今度は健吾が、泣き真似をする久喜に向かって身を乗り出した。

「え？　そうくるか？　なら、おれも聞きてぇ、それ系の話、案外、好きなんよな、お

れ」

　こうして話題は少年の日々の悩みから徐々に、いやもろに逸脱し、あらぬ方向へと進んでいくのだった。このまま、三人といっしょにあらぬ方向に進むわけにもいかないので、〝ある日ある時〟から現在に戻る。

「ご、五百万！」

　健吾が眼を剝いた。

「五百万って、円か？　五百万円ってことか」

「健吾、落ち着け。極楽温泉町のマラソン大会やぞ。賞金がドルやユーロであるわけなかろう。落ち着かんと、言うことがだんだん支離滅裂になるの、おまえの悪い癖やないか」

　久喜が金時豆入りスティックパンを手に静かに諭した。

「けど、五百万円って……むっちゃ、すげえ額じゃぞ」

「うん、確かに。むっちゃすげえな」

　久喜がストローでパック牛乳を吸う。パックの側面がべこりとひしゃげた。

「……相変わらずの肺活量やなあ」

　芳樹は遠慮がちに、オレンジジュースのパックを吸った。

　三人は極楽温泉町に二つしかないコンビニの一つ『エイト・エイト』極楽温泉町中央支店の前にたむろしている。『Gマート』ではなく『エイト・エイト』である。帰宅経路から大きく外れた『エイト・エイト』にいるのは、いつものパターンを打ち破り、マンネリを抜け出そうという意志の許に……ではなく、久喜が『エイト・エイト』の期間限定金時豆入りスティックパンをどうしても食べたいと言い張ったからである。

久喜は豆小僧だった。

豆が何より好きなのだ。

これだけの身体をしていながら、好物はあまりにちっちゃい。久喜が嬉々(きき)として、煮豆やら納豆やら五目豆やらを箸(はし)でつまんで食べる様は滑稽を通りこして、どこか物悲しくさえ眼に映る。もっとも、久喜本人は満足そのものの顔つきで、豆を口に運ぶのだが。

その久喜が金時豆をふんだんに使ったスティックパンが発売されたと聞いて、行動を起こさぬわけがない。ただちに自転車をかっとばし、吹き出物に悩むキリンの首のような形状のパン（この説明でご理解いただけるだろうか。やや心配）を手に入れたのである。

暇はある、金はない、腹は減っている、の男子高校生・健吾と芳樹も久喜にくっついて『エイト・エイト』までやってきた。

健吾がくっついてきた理由は、新しいコンビニの店内を一応チェックしておこうかという、軽い好奇心からだった。が、芳樹の方はずっと真剣である。兄、和樹からの密命を受けていたのだ。

あの二人とともに極楽温泉町マラソン大会に出場せよ。健吾と久喜を必ずや引っ張り出せ。

これが、兄から下された密命だった。

そのあたりを、もう少し詳細に述べよう。

昨日の夕、香山家の和樹氏自室にて。

極楽温泉町役場内、町長室での谷山氏とのやりとりをあらかた話し終え、和樹氏は一息吐いた。渇いた喉を紅茶でうるおす。

「……というわけだ」

うーん、やっぱぁ彩ちゃんの紅茶は美味しいにゃん、にゃん。こんな美味しい紅茶を奥さんが毎日淹れてくれるなんて、ぼくちゃん、幸せだにゃん、にゃん。

心の中で呟く。

紅茶を淹れたのは、妻、彩乃さんではなく祖母のカネ女である。そのことは彩乃さん自身から伝えられたはずだが、和樹氏はまったく失念していた。最新鋭の精密機械の如き精度を誇る和樹氏の頭脳も、こと愛妻に関する限り、空回りするらしい。

今度、二人で紅茶を買いにスリジャヤワルダナプラコッテ*まで行っちゃおうかにゃー、にゃん。にゃん。

芳樹と眼が合う。

和樹氏は紅茶のカップを置き、空咳を一つした。

＊スリランカの首都です。

「何か質問はあるか」

「ないこともないけど、あるほどのこともない」

「ややこしい言い方をするな。何か言いたそうな顔、しとるぞ」

芳樹が自分の顔を撫でる。

何か言いたそうな顔って、どんな顔だろうかと、考えたらしい。

「あのさ、兄貴」

「うん」

「あのさ、町長って意外にええ人なんやな」

和樹氏は顎を引いた。想定外の感想だった。

ここで、町長の話題に振るか？

和樹氏としては、しゃべりおえた直後、弟が、

「ごっ、五百万！」

と、絶句するか、

「いっ、五十嵐五月女！」

と、絶句すると思ったのだ。が、芳樹の反応はいたってクールというか、ズレているというかで、意表を突かれる。

昔からそうだった。

芳樹はいつでも自分のペースで思考し、答えを見つけ、行動する。曖昧な他人の言葉に

流されたりしない。実は和樹氏は、我が弟はかなりの大物ではないかと心密かに考えている。考えるだけで、決して口にはしない。それは、香山家にとって大物発言はタブーになっているからだ。実は、例の●造氏、父親の財産を食い潰し、子に多額の借金を残し、死の間際に「みんな、後のことはよろしく。葬式には、綺麗どころをわんさか呼んで賑やかに、頼むで。あぁ手鞠ちゃんともう一度、×××がしたかったのう」とちゃらんぽらん男に相応しいちゃらんぽらん遺言を残した●造氏に関しても、若いころ「人間の器量が大きいかなりの大物になるのでは」と期待されたとの言い伝えが残っているのである。故に、香山家に限り、〝大物＝周りに迷惑をかける可能性の高い人〟という図式ができあがっているのだ。

和樹氏は横目で弟のぼけっとしているようでぼけっとしているが、肝心なところではやはりぼけっとしている顔をちらりと見やった。そこに、写真で見ただけのひい祖父さんの面影が重なった。

いや、いかん、いかん。

慌ててかぶりを振り、もう一度空咳をする。

「ええ人とは？」

わざと訝しげな表情を作る。

「だって、極楽温泉町のことを損得抜きで、一生懸命に考えとるって気がする。兄貴の話を聞いてたらだけど」

「まあな。親仁……うちの町長は、ぼけっとして、何も考えていないように見えて、なかなかの人物だからな。いろいろ欠点もあるが人間に裏表がない。かなり短所は多いが人はいい。かなり難が目立つがいざとなれば信頼できる。うん、褒めるに値する数少ない政治家かもしれんな」

「……あまり、褒めていない気がするけど……」

「いや、おれとしてはかなりの高評価なんや。谷山町長なら、極楽温泉町の再興が実現できると信じとるわけよ。まぁそうでないと、わざわざ帰ってきたりはせえへんがな」

「えっ、そうなんか？　おれ、てっきり兄貴は義姉さんと離れてるのが嫌になって、我慢できんで帰ってきたと思うとった」

ぎくっ。

和樹氏は努めて平静を装い、「はは、何を甘っちょろいことを言うとるんや」と芳樹の発言を一笑に付そうとした。しかし、かなり動揺していたのか、「はは、何を甘ラッキョウの辛子漬けは湯にとかせ」と、まったく意味不明の発言をしてしまったのだ。和樹氏がこのように慌て、失言するのはまったくもって珍しい。そして、驚くべきことである。極楽温泉町を囲む山々（お不動山、おったけ山、白尾山、ずり山、オイノ子山等々）で、アルマジロの棲息を確認したに匹敵する驚きである。むろん、お不動山その他の山のどこにも、アルマジロは棲息していない。シカとイノシシとフクロウの数は近年、急増している。多くはないがツキノワグマもいる。タヌキやキツネ、ウサギ、サルの類は言うに及ばずである。

シカとイノシシについては作物への被害がとみに増え、農林業関係者を悩ませていた。地元猟友会に依頼して地区ごとに害獣駆除活動、つまり猟を行っているが、なにぶん数が数だけにめぼしい成果はあげられていない。

このイノシシとシカに目を付けたのが、和樹氏である。新たなイノシシ料理、シカ料理を作り上げ、極楽温泉町の名物にできないか、『極楽温泉お料理隊・イシシシカ』を立ち上げ、目下、模索中である。因みに『極楽温泉お料理隊・イシシシカ』には町内の飲食店組合、農協婦人部、幼小中高のＰＴＡの有志が参加している。これまでに、シカ肉のとろとろシチュー、とろとろ角煮、イノシシカレー、イシシシカハンバーグなどを開発、試食段階までこぎつけている。これらの品々の生産に実用化の目処がつけば、極楽温泉町特産の野菜、それに飲料用温泉水をセットにして、『極楽健康セットメニュー』（仮称）として売り出す計画も持ち上がっていた。

現代人はなべて健康志向が強い。しかも、温泉が好きである。ゴクラクという語呂もなかなかにキュートである（これにはついては異論がなくもない）。まだ試作中ながらと但書きを添えて、町役場のホームページに『極楽健康セットメニュー』（仮称）についての情報を載せたところ、県内外からかなりの反響があり、和樹氏は内心ほくそ笑んだのだった。

もちろん、『極楽健康セットメニュー』（仮称）の実用化までにはまだ今少しの時間が必要だ。できれば、極楽温泉町マラソン大会にてそのお披露目をしたいというのが、和樹氏の計画の一つだった。

で、その和樹氏。

かなり慌てている。

図星だった。

芳樹の何気なそうな（本人は本当に何気なくだったのだろうが）発言は的の真ん中をずばりと射抜いていた。

うわっ、もろ見抜かれてる。

和樹氏は外見はクールだが、心内はけっこう熱い。極楽温泉の源泉は約六十二℃だが、これは湯煙の中、湯に足の指をつけたとたん「うおっ、あちちちち。早う水をまえろ*、まえろ」と叫んでしまうレベルの熱さである。その熱と同等、あるいはそれ以上の情熱の人であった。

＊「混ぜる」の方言です。

和樹氏は故郷を愛している。生まれ育った極楽温泉町が大好きなのである。しかし、熱く郷土愛を語ったことも、そのように振る舞った覚えもない。いかにも、いかにもという態度、言動は和樹氏の美意識に著しく反するからである。

一見、クール。二見でもクール。三見、四見どう見てもクール。イエッ、イエッ、イエイッ。クールクール、どこからくーる。くるくる回って、やっぱりクール。でも、白けちゃおりません。胸の内にはよう、どどーんと熱い男飛沫（しぶき）が男飛沫が、唸りをあげる。

このように、ヒップホップと演歌が融合した如き精神こそが、和樹氏の理想とするところだったのである。

中央官庁に入省したのも、正直なところ、郷土愛が強い故に視野狭窄（きょうさく）に陥ってはならないと自戒し、広く深く世間を知り、見聞を広め、その上で故郷極楽温泉町にどのような貢献ができるか見極めるつもりであったからだ。

しかるに、その中央官庁たるや、まるで視野狭窄、一点豪華主義、ここだけ何とかすれば、後は知らないよ的な連中の巣窟（そうくつ）であったのだ。部屋の真ん中（大都市）、目立つところだけは片付けて、がらくたやらゴミやら不用品やら危険物やらは全て、四方の隅（地方）に放り投げておいて、何ら良心の呵責（かしゃく）も違和感ももたないという連中であった。むろん、志高く、広い見識と良識と誠実をもって事に当たろうとする者もいるにはいる。極めて少数派ではあるが、いるのだ。

そういう有志たちと連携し、勉強会を開き、意見を交換し、さらにさまざまな分野で知己を増やし、人脈を太くしていた矢先、吾平翁から便りが届いた。

便りは、定型の挨拶から始まり、三行目で既に帰郷を促す内容となった。なにしろ、便箋七枚にびっしり認（したた）められた書簡である、詳細を語るのは遠慮したい。

ここで突然ですが、問題です。

問題②　吾平翁と和樹氏の関係について、適切な答えを左より一つ選び、記号で答えよ。
ア　かつて師弟関係にあった
イ　幼馴染
ウ　地域のおじちゃんと少年
エ　刑事と犯人
オ　かつて恋愛関係にあった

正解はウでした。

ここは袴田吾平翁令室佳代子さんの存在抜きでは語れない。佳代子さんは農協婦人部での活動のかたわら、自宅の一室を開放して『ことり文庫』という地域文庫を開いていた。そこに、幼い和樹少年は入り浸り片っ端から本を読み漁(あさ)ったのだった。十歳になるやならずで、すでに氏は古今東西の名作を読破したばかりか、『雑学事典　日本編』『雑学事典　海外編』『四十代からの全身マッサージ　腰痛ともほうれい線ともさようなら』『旬の野菜を食卓に』『幸せになるための心磨き』『わかり易い日本国憲法』等々の良く言えば大人びた、悪く言えばオッサン、オバサンくさい書物にまで手を伸ばしていたのだ。

和樹氏の聡明さにいたく感嘆した佳代子さんから話を聞き、直接和樹少年と言葉を交わし、吾平翁はいずれこの少年は極楽温泉町のために大きな働きをしてくれると確信するに至ったのだった。それから吾平翁は、和樹少年が望めば、どれほど高価な事典でも専門書でも購入し、『ことり文庫』の蔵書とした。和樹少年は、袴田家の一室で、心行くまで好きな読書に没頭できたのであった。それは和樹少年が極楽高校を卒業するまで続いた。自分に心を尽くしてくれた吾平翁からの招請となると、首を縦に振らざるをえない。いや、むしろ、これは千載一遇のチャンス、渡りに船ではないかと、和樹氏はこぶしを握った。

愛する故郷のために働くときが、ついにやってきたのだ。これぞ、まさに天の声。

いざ、ゆかん。

クールだけど本当は熱い男、和樹氏は大いなる決意をもって、極楽温泉町に帰って来たのであった。

と、これが表の話。

極楽温泉町の住人の大半はこの物語（ストーリー）を信じている。久喜や健吾ももちろんである。光ある処に必ず影がある。堂々と語られる物語の裏には、闇から闇へと語り継がれ決して日の目を見ることのない影の物語（アナザー・ストーリー）が張り付いているのである。その影とは……。

だってにゃん、これ以上、彩ちゃんと離れているの限界にゃんだもん。彩ちゃんはぁ、かわゆいにゃん。とってもかわゆいにゃん。ぼくちゃんが東京にいる間に、他の男が言い寄ってくるかもしれないにゃんにゃん。それで、にゃにかのはずみで彩ちゃんが……。嫌だにゃー。そんにゃことになったら、ぼくちゃん死んじゃう、死んじゃう。涙の川で溺れちゃうにゃん。

彩ちゃーん、ぼくちゃん、もう我慢できないにゃーん。極楽温泉町に飛んで帰るから、結婚してほしいにゃーん。それで、おひざの上で思いっきり甘えさせてにゃー。彩ちゃーん。にゃんにゃん。


とまあ、このような具合である。

右は和樹氏の心境を格調高く綴ったものだが、和樹氏はこれを愛妻彩乃さんにしか晒していない。門外不出、極秘マーク付きの心模様を、芳樹はあっさり言い当てたわけだ。驚きである。しかし、そこはやはり和樹氏。束の間の驚愕と動揺が過ぎ去ると、我をしっかりと保ち、クールな外見を崩さないまま話を続けた。

「要するに、おまえたちにも協力してもらいたい。久喜や健吾を誘い、ぜひ、極楽温泉町マラソン大会に出場してくれ」

「フルを走るのか……」

「そうだ。いっとくけど、頭数を揃えるために、おまえらに声をかけたんやないぞ。おまえらには重要な任務があるんや」

「任務？」

「そうだ。実は某テレビ局と、極楽温泉町マラソン大会のドキュメンタリーを撮る約束ができている。全国版で、な」

「テレビが入んの？」

「そうだ。地域興しのために私財をなげうって奮闘する町長とそれを支えるスタッフの涙と笑いのドキュメンタリーだ。泣いて、笑って、笑って、笑って、泣けるという番組になるはずだ」

「笑う方が多いんだな」

「涙で笑いをサンドイッチ状態にする。これが、受ける法則なんや。しかも、あの五十嵐五月女がからんでくる」

「この前、プロ野球選手と熱愛報道されてたよな」

「そうそう。あれはまぁガセネタなんだが、話題性は十分だろ。そこで、おまえたちにはぜひ華になってもらいたい」

「ハナって」

芳樹が自分の鼻を押さえた。

「違う違う。華やかの華だ。やはり若さは華だからな。若者が必死に走る姿は絵になる。だから、どうしても、おまえたちには出場してもらいたいんや。そして、本気で走ってもらいたい。むろん完走を目指してな」

「それだったら、健吾一人でええって気がするけど……」

和樹氏は微笑みながら、かぶりを振った。

「健吾はそりゃあ確かに抜群に絵になる。けど、おまえや久喜だってなかなかのもんやぞ。うん、なかなかのもんや。それに、完走できる可能性は、おまえが一番高いやろうが」

「それはどうかなぁ。フルなんて、自信、まったくねえよ」

「さっきも言ったろう。明日、明後日、走れって言うとるわけやない。まだ、準備期間は十分ある。うん、十分あるんや。な、頼む。このとおりだ、協力してくれ、芳樹」

イスに座ったままではあったが、和樹氏は深々と頭を下げた。

「えー、うーん。兄貴に頭を下げられたりしたら、やばいよなあ」

「じゃあ頼めるな。久喜と健吾を何としても引っ張り出してくれ。三人で四十二・一九五キロを走るんだ」

和樹氏は芳樹を見据え、低い声で念を押した。


「ご、五百万！」

健吾が眼を剥いた。

「五百万って、円か？　五百万円ってことか」

(以下、『エイト・エイト』前での三人の会話を一部、カットさせていただく)

「五百万って言うても、賞金総額らしいから、一等賞金はたぶん三百万円ぐらいになるんじゃないかて、兄貴は言うとった」

「三百万かあ」

久喜がため息を吐く。

「おれ、バイクが欲しいんだよな」

「三百万あったら、すげえのが買えるな」

「うん、買えるな」

「おれ、別に欲しいもんないけど、どっか南の国に行きたい」

「泳ぎたいんか」

「日に焼きてえんだよ。がんがん焼いて、真っ黒になりてえ」

久喜と健吾のやりとりに、芳樹はそっと口を挟んだ。

「なあ……いっしょに参加せえへんか」

久喜と健吾が顔を見合わせる。

「けど、無理やろ。フルなんて走ったら、おれらよれよれになるぞ。優勝どころか、完走すらやばいって状態やないんか」

「そうやなあ。幾ら準備期間があるって言うても一年もあるわけやないし。こういう大会って賞金目当てに、半プロ（セミ）みたいな選手がエントリーしてくるんやろ。そういうやつらと互角には戦えんぞ」

「やってみんと、わからんやないか」

芳樹は胸を張り、久喜から健吾へ、健吾から久喜へと視線を行き来させた。

「あの……おれ、ちょっと考えたんやけど。おれらチームを作ったらどうやろか」

「チーム？」

久喜と健吾の声が重なった。

「うん。一人で走るんじゃのうて三人で走るんじゃ。おれらの中で完走するのは一人でええ。後の二人はその一人を完走させる、いや、優勝させるために協力するんや。つまり、チームとして勝つ」

「……チームか」

　久喜が呟き、目を細めた。健吾は軽く唇を嚙んでいる。

「そうじゃ、チームじゃ。確かにおれたち三人がエントリーしても、優勝できるとは思えん。十位以内に入れたら奇跡ってとこやろ。それが、今のおれらの実力や」

「だいたい、フルマラソンの実力なんかねえもんな」

　久喜が小さく笑う。健吾は笑わなかった。唇を嚙んだまま、芳樹を見詰めている。

「けど三人がチームになったら、どうや？　三人で一つのチーム。それなら、やれるんじゃねえか」

　昨夜一晩、考えていた。考えているうちに眠ってしまったが、やはり、今日はやや睡眠不足気味だ。

　それでも、心地よい。心地よく高揚している。

　三人で一つのことを成し遂げる。

　久々だ。久しく忘れていた感覚が、胸の内で息衝(いきづ)こうとしている。

　なあ、久喜、健吾。そう思わんか。

　おれら一人ひとりでは不可能なこと、無理なこと、諦めなきゃあ駄目なことがいっぱいある。三人になったって、いっぱいある。とうてい太刀打ちできない壁の前に立ち尽くすことも、しゃがみ込むことも、やっぱりあるよな。けど、できること、諦めなくても済むことも増えると思わんか。

四十二・一九五キロを走り切ること。ゴールのテープを誰よりも早く切ること。優勝すること。そういうの、三人だったらできるんやないか。無理だと諦めないで済むんじゃないか。

芳樹は大きく目を開け、二人の顔を覗き込む。

夕日にほんのりと赤らんだ顔だった。

「……チームか」

今度は健吾が呟いた。初めて知った大切な名前を呼ぶように、ゆっくりと丁寧に呟いた。

「おもしろそうだ」

呟きの後、健吾は唇をゆっくりと舐めた。さっき噛んだので、ちょっと赤くなっている。唇を噛んだり、舐めたりするのは健吾の癖、母親からは「みっともないから、止めんさい」と、幼いころから再三注意を受けてきた悪癖である。もっとも、極楽温泉町某婦人団体の一部からは、

「犬山さんとこの健ちゃん、かわいいねえ」

「そうそう。あの舐め舐めしとるとこなんか、もうたまらんわ」

「ぷっくりした唇を舌でちょろちょろって……いやぁ、眼福やわあ」

「何だったら、うちが舐め舐めしてあげたいで」

「いやぁ、うちは舐め舐めしてもらいたいわあ。健ちゃんやったら、どこでも舐めさせてあげるのに。うひひひ」

「いやあ、いやらしいわぁ、うへへへ」

との、不穏かつ危うい声があがっているのだが、それを健吾本人は知る由もなかった。知れば、唇を縫いつけてでも、舌を引っこ抜いてでも、己の悪癖を矯正したであろう。

「おもしろくて、大金が手に入る。うん、ええかもな」

「のってくれるか、健吾」

芳樹が健吾をちらっと見やる。

「おれはバイクに乗りてえ」

久喜が、健吾が答えるより先に口を開いた。こちらも唇を舐めているが、これは単に金時豆入りスティックパンの欠片を舌先ですくいとっただけで、偏った嗜好による行為ではないし、極楽温泉町某婦人団体の誰からも注目されることはなかった。

「バイクでツーリング。ええなぁ」

「ツーリング場所、南の国にしてくれや。そしたら、おれも行く」

「なるほど。おれが海岸沿いの道路をぶっ飛ばしてるときに……」

「うん。おれは海岸でのんびり日光浴や。こんがり焼いたるぞ。海辺の太陽、しかも南国となるとチョウ強力やからな。うへへ、チョイ焼きしたスルメみてえに、真っ黒になれるかも」

「あ、おれも行く。海、ゆっくり眺めたい」

芳樹は一瞬、兄からの密命を忘れ、ふにゃっと笑ってしまった。目の前に、いつか見た雄大、かつ、紺碧(こんぺき)の海が浮かぶ。

何度も繰り返し恐縮ではあるが、極楽温泉町は四方を山に囲まれた小さな温泉町だ。当たり前だが、海はない。海に行き着くためには、日本海側に二時間余り、内海側に三時間近く車を走らせねばならない(普通乗用車を平均時速五十〜八十キロで走行させた場合である)。

山間(やまあい)の住人にとって海は憧れなのである。

因みに芳樹は、小学五年生の夏、「海」と題した詩で、全国コンクールの優秀賞に輝いた。左に、その抜粋した一部を挙げておく。「海への、子どもらしい一途な憧れ、畏敬の念が見事に表現されて」いるとの審査委員長のコメントつきである。

海

極楽第一小学校五年　香山　芳樹

海。

海は広い。そして、青い。

どこまでも、どこまでも広い。そして、青い。

海の向こうには何があるのかな。

海の向こうにはだれがいるのかな。

海は何でも知っているんだろうか。何でも知っているような気がする。ざぶん、ざぶん、波がくる。

ぼくは、波を追いかける。

でも、波はにげてしまう。ぼくは、おいつけない。

（中略）

いつか、行きたいなあ。

海の向こうに行きたいなあ。

ぼくはいつか、行くだろう。

この広い、青い海の向こうに行くだろう。


コメント。香山くんの詩は、海への、子どもらしい一途な憧れ、畏敬の念が見事に表現されていて秀逸でした。海の大きさと少年の夢の大きさが重なっていて、心をうたれました。優秀賞に相応しい作品と言えるでしょう。

丸副鞠子（まるふくまりこ）（日本詩人の会、会長）

このように、見知らぬ遠国と繋がる海に、まさに一途な憧れを抱いてしまうのだ。それは高校生も同じで、「海」と耳にするだけで、うへへ、あるいはふにゃっと笑い、遠い眼になってしまうのである。

さらに因みに、健吾の言うところのスルメのチョイ焼きとは、スルメを甘辛いタレにつけてチョイと焼いた一品である。極楽温泉町を含む東西二十キロ、南北やはり二十キロのエリアでは、お雑煮の出汁はスルメと昆布でとる。使用後のスルメを甘辛タレに付けて、チョイとしたおかず、おやつ、酒のアテにするという実に経済的な、無駄のない調理方法なのである。〝もったいない〟精神に基づいた先人の知恵といえよう。

さて、話を高校生三人に戻すと。

「優勝賞金が三百万。三百万だぜ、三百万。三人だと一人、手取り百万の計算になるよな」

「久喜、手取りって何だよ。おまえはサラリーマンか」

健吾のツッコミを無視し、久喜は真顔で唸った。

「うーん。百万か。バイク、買えるな」

「南国ツーリングもできるぞ」

芳樹が身を乗り出す。

「な、どうや。やってみんか。極楽温泉町マラソン大会。フルに出場して、見事、賞金をゲットしようぜ」

ずいぶん、熱くなってるな。

芳樹は心内で呟いていた。

自分の熱が自分でおかしい。しかし、心地よくもあった。

賞金は欲しい。

買いたい物も、手に入れたい物も人並みにある。でも、それより、こいつらと一緒にやりたい。高校生の間に、もう一度、何かをやり遂げてみたい。ずっと一緒につるんできた。「また、あっぺこどもが悪さしよって」（＊悪童の意）と、周りからはときに叱咤されときに苦笑され、たまに（本当にたまに）感心されたりしてきた。

小学校の卒業記念にオイト子山の麓に秘密基地を作ろうという話になった。言い出しっぺが誰かは忘れたが、十二歳男子あたりの思い付きそうな企てではある。ただ、芳樹も健吾も久喜も真剣だった。本気で〝すげえ、おれたちの秘密基地〟を作る気だった。枝振りの良い樫の大樹を選び、樹上基地にすることも決め（このあたりも十二歳男子の発想である）、設計図を描き（健吾が意外に才能あり）、材料を集め（トタン、材木、古畳等々。芳樹が意外に才能あり）、枝に板を渡して小屋を作る（久喜が意外に才能あり）。一カ月余りの時間をかけて完成した秘密基地は、贔屓目抜きで最高の出来と言えるものだった。雨風はほぼ完全に凌げたし、白いペンキを塗った外観は、光を弾いて眩しい程だった。窓もドアも付いて、堂々としていた（と芳樹の目には映った）。

「おれたち、すげえな」

久喜が言った。うんすげえ。うなずいていた。

たった三人でこんなすげえ物作れたおれたちって、すげえ。

基地は翌週極楽温泉町を襲った春嵐に屋根を吹き飛ばされ、危険物だと見做され敢え無く撤去されたけれど、あの満足感、あの誇らしさ、あの高揚感は、芳樹の内にしっかり刻み込まれていた。

だから、もう一度、やってみたい。すげえ何かを。おれたちはもう十二歳のガキじゃないけれど、十七歳のおれたちとして、もう一度、やってみたいんだ。

こいつらは、どうなんだろう。

芳樹は健吾と久喜を交互に見詰めてみる。

どうなんだろうか……。

「で、芳樹、もう名前、考えてるんやろ」

久喜がにっと笑う。

「え?」

「チームを作るんだったら、名前、トーゼンいるやろ。全然、考えてないんか?」

「あ、うっ、うん。名前な。一つ、考えてんのがあるけど」

「へえ、どんな?」

「うん。えっと、あの……チームF」

「え？　エフって、アルファベットのＦか」

「そう。チームＦ。どうかな」

健吾と久喜は顔を見合わせ、ほとんど同時にうなずいた。

「ええんじゃないか、何かかっこええし」

健吾が親指を立てる。久喜は右肩だけを軽く上げた。

「けど、何のＦじゃ。やっぱ、Ｆ組のＦか」

「いや、ちがう」

健吾が指を鳴らした。意外なほど澄んだ音が響く。

「もしかしてＦ―１のＦか。ぶっちぎりで走るぜ、みたいな」

「いや、そうじゃなくて……」

「じゃあ、FightのＦ。ちがうか？」

「ビミョーに、違うかも」

「まさか、ＡＢＣ評価のＦやないよなあ」

「ありえん」

Ｆは不可評価だ。ありえない。不可じゃなく可能性だ。おれたちの可能性。

「うーん、とすれば何やろなあ」

「まあ、ええだろ。名前なんかどうでも。登録するのに、チーム名があった方が便利やから一応、つけるだけなんやから」

いささかぶっきらぼうな物言いになる。

チーム名は昨夜、ベッドに入ったとたん閃いた。

チームF。これで、いこう。

FはFriendsのFだ。

そう素直に伝えればいいはずなのに、なぜか面と向かって告げられない。躊躇ってしまう。

気恥ずかしいのだ。高校生にもなって、Friendsだなんて面映ゆくてしかたない。でも、これしかないとも思ってしまう。

「そうだな。まあ、ええか。名より実。名前にこだわるより、チームとしてどう勝つか、それが一番肝心じゃもんな」

久喜の言葉に、健吾が相槌を打つ。

「確かに。何せ南の国でコンガリ日光浴が、かかっとんじゃからな」

「おれの、バイク買って南の国でツーリングもかかっとる。で、芳樹。これから、具体的にはどうするんや」

「具体的にか……それは、まだで」

「まずは、計画を練らんとあかんやろ。練習計画も考えなあかんし、綿密な作戦をたてる必要がある。誰を完走させるか。残り二人は、どんな方法でサポートしていくか。そのためには、どんな練習が必要か。うーん、けっこう忙しゅうなるな」

「けど、おもしろそうじゃな」

夕日を浴びながら、健吾が大きく伸びをした。

「むちゃくちゃおもしろくなりそうじゃぞ、芳樹」

わくっ。

芳樹の胸が鼓動を刻む。

わくっ、わくっ、わくっ。

そうだ。おもしろくなりそうだ。

兄貴の思惑も町長の立場も正直、どうでもいい。三人で、おもしろいことをやれる。それが最高だ。

夕焼けの風景の中を風が吹き通っていく。

芳樹も両手を空に伸ばした。

チームＦ、誕生。後は、ゴール目指して突っ走るのみ。

こうして、次の町長選挙をにらみ、水面下でさまざまな動きが始まろうとしていた。

その動きの中心にいるのは、むろん、香山氏である。にゃんにゃん男の素顔を、冷静沈着かつ有能な秘書の仮面で隠した香山氏は、スマホを眺めながら、一人、ほくそ笑んでいた。弟の芳樹が夕焼けの中で、若者らしいときめきに身をゆだねてから三日後、秘書室内においてである。

香山氏、別に新機種のスマホを手に入れて、喜んでいるのではない。実は、かの美女マラソンランナーにして女優&モデル、さらにテレビコメンテーターまでこなす才色兼備五十嵐五月女に連絡を取り、極楽温泉町マラソン大会の特別ゲストとなることを正式に承諾してもらったのである。しかも、ボランティア、つまりノーギャラで。

五十嵐五月女の人気、その知名度の高さから考えれば、とうてい信じられない話であった。これも、ひとえに香山氏の人脈による。

香山氏と五十嵐五月女の繋がり、その関係については、また後ほど詳しく語るとして、大物ゲストを担ぎ出す香山氏の画策は、とりあえずは上首尾だったわけだ。それは、極楽温泉町マラソン大会の成功への第一歩となる。マラソン大会成功の目算が立ったとなれば、ほくそ笑むのもいたしかたないだろう。

「よし、これでゲスト問題は解決だ」

香山氏が独り言を口にする。スマホを胸ポケットに滑り込ませる。

そのとき――。

むっ、この気配は。

香山氏は足音を忍ばせ、ドアまで進むと勢いよく手前に引いた。

「あっ」

短い悲鳴とともに、そこに立っていたのは黒装束の男……ではなく、黒っぽいスーツに身を包んだ若い女性であった。この春から、町の臨時職員として採用されていた本間由紀(ほんまゆき)

乃さん（二十六歳）だ。

　由紀乃さんは、隣県の短大を卒業後、某アパレルメーカーに派遣社員として就職したもののあまりの激務に体調を崩し、昨年、極楽温泉町に帰ってきた。観光協会に長く勤めた父（本間幸次氏［六十四歳］）の伝で町役場に職を得た。ゆくゆくは、採用試験を受けて、正式な職員になりたいとの希望を持っている。ここで注目されるのは本間氏が約三十年の長きにわたり、観光協会で働いていたという事実である。言わずもがなではあるが、観光協会の会長である堂原氏との関係を忖度するにやぶさかではない。蛇足であるが、本間氏の住所は極楽温泉町八部坂三の二の一〇二九である。

「あ、あの、お、お茶をお持ちしました」

本間氏次女由紀乃さんがこわばった笑みを浮かべ、丸盆を差し出す。緑茶が湯気をあげていた。

　香山氏は心の内で舌打ちをしていた。

チッ。がんがんに沸騰した湯を注いだな。茶の淹れ方の一つも知らんのんかい。そこにいくと――。ぼくんちの彩ちゃんはえらいにゃん。ちゃーんと、適度な温度のお湯を使うもんにゃん、にゃん。

　愛妻の童顔を思い出し、緩みそうになる口元を意志の力で引き締め、香山氏は冷やかに言った。

「ありがとう。しかし、お茶を頼んだ覚えはないが」

「あ、はい。あの、わたしが勝手に気を回しまして……」

「ほう。それはそれは、ありがたい。では、机の上にでも置いておいてもらおうかな」

「は、はい」

由紀乃さんは、香山氏の机に湯飲みを置くと、足早に出て行った。その背中に、香山氏は「ふん」と鼻息を吐き出す。

「立ち聞きをされるとは、まったく油断も隙もないな。ふーむ、役場内の五割は敵方の手が回っていると見て、間違いなさそうだ」

待っていたかのように、風が吹き込んでくる。カーテンが大きく膨らんだ。

「望むところだ。来るなら来い」

香山氏の呟きを風はさらい、彼方へと運び去った。


「マラソン大会?」

堂原剛史郎氏は、片眉をぐいっと上げた。これは、驚いたときの癖である。堂原氏の姉、絹子(きぬこ)さんも同様の癖がある。もっとも、絹子さんは、今でこそ皺と白髪が目立ち始めた初老女性ではあるが、かつては、極楽温泉町でも評判の美人であった。眉も品良い柳眉(りゅうび)で、堂原氏のげじげじ眉とは、雲泥の差であるのだが。

「谷山のやつ、この極楽温泉町でマラソン大会を開く気かや」

「……の、ようです」

堂原氏の前に座り、コーヒーをすすっているのは小柄な、年のころ四十前後の男である。名も素性もあえて伏せる（誤解していただきたくないのだが、筆者は当然、この男の正体を知っている。知っているのに伏せているのである。決して、行き当たりばったりに登場人物を増やし、後で何とかしようなどと好い加減に考えているわけではない）。仮に、怪しいXくんとしておこう。

「何を考えとんじゃ。あいつ。そんなもんが地域興しのイベントになるつもりでおったら、痛い目に遭うぞ。まあ、遭ってくれれば、こっちとしてはありがたいがのう」

「そう、軽く見てよろしいもんかねえ」

怪しいXくんが首を傾げる。

「なにしろ谷山さんの後ろには、厄介な男が控えておりますでなあ。用心の上にも用心した方がええんじゃないですか」

「香山か……」

堂原氏は舌打ちして、ついでに、舌の先で虫歯の穴をほじくった。

極楽温泉町の一等地にある堂原氏の邸宅。その奥まった一室での会話である。

「ほんに、目障りなやつだ。おい、怪しいXくん（むろん、ここで堂原氏は本名を呼んだわけだが、先刻、あえて正体を伏せた手前、あれこれ明かすわけにはいかない。何度も念を押すようで恐縮だが、筆者は全てお見通しである。後で適当に考えようなどと、不埒な思いを抱いてなどいないのであるのである）、あいつを何とかできんもんか」

「何とかと言いますと」

「何とかとは、何とかじゃ」

「ふむ、何とかとは、何とかですか。つまり、香山と谷山さんをばらばらにすればええわけですなあ」

「できるか、怪しいXくん」

「できんことはないでしょう。もしかしたら、このマラソン大会とやらがええチャンスになるかもしれませんでなあ」

「そりゃあ、どういうことじゃ」

「今まで、香山はまったく隙がありませなんだでしょう。万事そつなくという感じでした。しかし、大きなイベントを計画しているとなると、ともかくあれこれ動き回らにゃあどうしようもなくなる。動けば動くほど、失敗の種をまくことにはなりますで」

「なるほど。マラソン大会とやらが、あっちの命取りになるかもしれんてことか」

「なるかもじゃなくて、命取りになるようにするんですが」

怪しいXくんはコーヒーを飲み干し、僅かに笑んだ。つられて、堂原氏も笑った。

「なるほどの、おもしろい」

「おもしろいことに、なりそうで」

芳樹たちのおもしろいとは、あまりにかけ離れたおもしろさであったが、堂原氏と怪しいXくんはウヒウヒと声を合わせて、笑い続けた。

第二章　極楽温泉町の決戦

その一●あぁ、町議会の夜は更けて

極楽温泉町町長、谷山栄一氏はすこぶる機嫌がよかった。いや、もともと谷山氏は温和な性質で、不安や戸惑いで取り乱すことはあっても、不機嫌、偏屈、横暴などとは、ほとんど縁のない人物だ。
本来なら、〝仏の栄ちゃん〟と称されてもおかしくないのだが、その風貌から心ならずも〝三角お握りの栄ちゃん〟と呼ばれてしまう。これは谷山氏にとってかなり不本意なニックネームではあるのだが、そこは、不機嫌、偏屈、横暴とは縁のない人柄。不快感を表すことは、まずない。というか、できない。

縁がなーい。
円もなーい。
金もなーい。
怒れなーい。
いかれてーる。
それでも、払うよ、五百万。

ふるさと、ごくらく、五百万。

イェイ、イェイ、イェイェイ。

今、谷山氏は心密かに、かようなRAPを口ずさんでいた。これは、すこぶる機嫌のいいときの谷山氏の癖である。調子が悪い、不穏な空気を感じる、そこはかとない不安感を覚える、アクシデントに遭遇する等々、気分が落ち込んだときは海鳴りとともに演歌が、しんみりと悲しいとき、あるいは、しみじみと憂いを覚えたとき、あるいは、しっとり風情を感じたときなどは、バラードが心の奥で響くのであった。

蛇足ながら付け加えておく。

このような事例から、谷山氏の音楽的素養を評価する向きもあろうが、谷山氏の音楽の成績は小学校では『もう少し努力しましょう』、中学では2、高校では選択科目で書道を選び、音楽とはそれこそ縁がなーい状態だったのである。

ともかく、RAPを口ずさめる（あくまで心の内限定）今、谷山氏はいつにも増して、愉快な愉快な気分だった。

たった今、極楽温泉町町議会が閉会した。そこで、町長権限として緊急提案した案件が、すんなりと可決されたのである。

むろん、極楽温泉町マラソン大会についての提案であった。優秀にして頼りになる秘書、香山和樹氏がしっかり根回しをしてくれているとは信じていた。一点の疑いもなく信じていた。

　しかし、谷山氏ほどの年齢となり、人生経験を重ねると、人の世には信じられないことがまま起こると、身に染みてわかってもいたのだ。

　谷山氏が、その〝人生にまま起こる信じられないこと〟に初めてぶつかったのは、忘れもしない間もなく七歳になろうかという夏、つまり、小学校一年の夏休み前だった。

　そのころ、谷山氏はモテた。今では真っ赤な嘘（うそ）のようではあるが、真実、モテた。かわいかったのである。お人形さんみたいだと、言われたことさえある。現在もその痕跡を辛うじてとどめるのは、パッチリとしたお目々と長い上にカールした睫（まつげ）のみである。

　七歳にならんとする谷山少年は髪はふさふさ、お目々ぱっちり、睫くるん、お肌すべすべと美少年の要素を満たし、「いやぁ、谷山さんとこの栄ちゃん、お人形みたいでかわいいねえ」「ほんま、ほんま。見てると舐（な）め舐めしとうなるわ」「いやあ、あんた、どこを舐めるつもりよ」「いや、あんたこそなに、いやらしいこと考えとんで」と、極楽温泉町某婦人団体の一部から、このような声があがったとの記録も残っているらしい（どこでどのように記録されたかは不明）。げに、ご婦人方の美少年に対する反応（舐め好き）はいつの世も変わらぬものなのだ。

　かわいくモテまくった谷山少年。

「栄ちゃん、今度のうちの誕生会に来てな」

「うちのクリスマス会にも、絶対、来てよ」

「栄ちゃーん、いっしょに遊ぼ」

「栄ちゃーん、ほっぺにチュッしてもええ」

「あ、ずっこい[*1]、ずっこい。うちもチュウしたいが」

「だめだめ。虫歯のある人はチュウできんのよ。チュウしたら、虫歯がうつるんじゃからな[*2]」

＊1　ずるいの意。
＊2　これはまったく根拠のない風説である。

「栄ちゃーん、お手々繋ごう」

「あっ、じゃあ、こっちのお手々はあたしと繋ごうな」

「カヨちゃんはだめ。栄ちゃんとお手々繋ぐのサユリだけ」

「どうして、そんなこと言うん。みんなで仲良うせないけんて、先生が言うたが」

「そんなん知らんわ。栄ちゃんとお手々繋ぐのサユリだけなんやから。カヨちゃん、あっちいって」

「うわーん、サユリちゃんのいけず。先生に言うちゃるから。うわーん。サユリちゃんが栄ちゃんを取ったよう」

これは、谷山少年を巡るトラブルの一例である。このようなトラブルが谷山少年の周辺では頻繁に起こっていたのである。

子ども心にも、谷山氏が自分をモテ男だと認識するのはいたしかたないと言えよう。

ぼくって、かわいいんだ。モテモテなんだ。ヒデくんより、イチロウくんより、コウジくんよりモテモテなんだ。ふふふんふん♪

カヨちゃんも、ミツコちゃんも、サユリちゃんも、カズエちゃんも、ミキちゃんも、ハナエちゃんも女の子はみんなみんな、ぼくが好きで、ぼくと遊びたくて、手を繋ぎたくて、チュウをしたいんだ。困ったな、困ったな、ふふふんふん、困ったな♪

実はこの幼少期、七歳の夏までが谷山氏のモテピークだったのであるが、神ならぬ身の知る由もなかった。

転落は不意にやってきた。

小学生として初めての夏休みを一月後に控えた六月の月曜日。町立極楽第一小学校（第二、第三があるわけではないが）一年一組に転校生がやってきた。

名をケン・アーティ・フンボルトという。そう、ガイジンである。父親のアントニー・ジュニア・フンボルト氏が極楽温泉町教育委員会に、町内の中学、高校の英語講師として招かれたのを機に、一家で〝日本の田舎を学ぶ〟ために来日したのであった。再びの蛇足ではあるが、これは当時としては画期的、かつ、進歩的な試みだった。ン十年前、極楽温泉町には進取の気風を培う土壌と経済力が存在していたのだ。ああ、昔日の栄光に涙する……。気を取り直し、一年一組の教室に目を転じると、それはもう、大変な騒ぎとなっていた。

ケン・アーティくんは金髪碧眼(へきがん)、白いすっべすっべの肌をした極めつきの美少年だった。

しかも、大の親日家の両親の影響で、赤ん坊のころから日本語、日本文化、日本食に親しみ、お寿司大好き、お習字得意、もちろん日本語ぺらぺら、読み書き算盤、OK OK dontokinasaiだったのだ。

極楽第一小学校一年におけるトップアイドルの座から、谷山少年が滑り落ちたのは言うまでもない。

女の子たちはこぞって、ケン・アーティくんに夢中になり、英語がしゃべれなくて、髪も瞳の色も黒い栄ちゃんのことなど、あっさり忘れ、弊履の如く捨て去ったのである。悪いことは重なるもので、このころから谷山少年、なぜかぷくぷく太りだした。トップアイドルの座をいとも簡単に奪われたストレスが因ではなく、どうやら遺伝的要素に大きく起因していると思われる。谷山氏の父親、かの失恋の痛手のあまり、あたら一〇一歳の清き命を散らした甲三郎氏も、その父親の又次郎氏もその父親の煌里（きらりと読む。なぜか、お江戸の時代にキラキラネームなのだ。これも時代先取りの進取の気風のなせる業か）殿も、みんな七、八歳を境にぷくぷくとなり、あまつさえ、鼻がでかく胡坐をかくようになり、むっちりとかわいかったはずの唇はただの分厚いタラコ形となり、口の大きさを強調し、さらに長じるにつけ、眉毛はもじゃもじゃと増殖してくるのだ。しかも、不惑を前にして、髪は何を惑うのか、ぐんぐん、どんどん、薄くなっていく。

谷山氏もこの変貌の運命から逃れることはできなかった。ここで、読者諸氏にちらっと振り返っていただきたいのだが、谷山氏が最初の町長選挙に敗れた要因を吾平翁の糟糠の妻佳代子さんは次のように看破した。

「栄一ちゃんは顔が締まりなさ過ぎるんよ。見るからに緩そうで、あれじゃ女性票はなかなか難しいわなぁ」

と。さらに「そうやねえ。谷山さんちゃ人好きのする顔じゃないし。不細工過ぎるわ。もそっと優男やないとねえ」という、農協婦人部広報課の某部員の言葉を引き合いに出し、谷山氏の外見に苦言を申し立てたのだ。

何を隠そう、この佳代子さんこそ、サユリちゃんに谷山少年を独占されて泣きに泣いたあの可憐（かれん）な少女カヨちゃんなのである。しかし、あろうことか佳代子さんの記憶からは、栄ちゃんは昔々はかわいい顔してたんよなあという一文はきれいにぬぐい去られていた。ケン・アーティくんの美少年ぶりがあまりにすてきだったために、それ以前の美少年記憶は完全に上書きされ、消去されたものと推測される。女心とは、このような冷酷な一面を隠し持つものらしい。

因みに、そのケン・アーティくん、三年後に母国アメリカへと帰っていった（彼は日本を離れるその日まで、見事な美少年ぶりであった）。トップアイドルの座は空いたが、谷山少年がそこに返り咲く日は二度と訪れなかった。

やや、例示が長くなったが、このように、絶対、永遠、不変と信じていたものがあっさり覆る恐ろしさを谷山氏はよくよくよーく理解していた。だから、香山氏から、

「町長、この案件についての趣旨説明、堂々と行ってください。私財を抛（なげう）ってでも極楽温

泉町の活性化を図りたいというくだりを特に熱っぽく語ってくださいね。昨日、練習した通りです。あのタイミング、あの調子を忘れなければ、絶対に上手くいきますからね。それに、できる限りの根回しはしておきました。だいじょうぶです。何も心配することはありません」

と、議会が始まる直前、力強く励まされたときも、そうだやれると己を鼓舞する反面、心の奥底に一抹の不安が過るのをいかんともしがたかった。

いかん、いかん、こんな弱気じゃいかん。香山くんにも申し訳がねえ。そうじゃ、地獄の特訓をしのいできたこの谷山栄一、何を恐れることがあろうぞ。

己をさらに鼓舞する。自分自身に檄を飛ばす。

フレーフレー栄一、行け行け栄一。

そう、ここ数日、谷山氏は香山氏により趣旨説明、答弁、演説等の特訓を受けていたのである。それは、一昔前の鬼コーチもかくやと思わせるほど厳しいものだった。

「町長、そこで息を吐いちゃ駄目です。トーンダウンしてしまうじゃないですか。そこは一気に最後まで言い切るんです」

「ひえっ、け、けど、息が続かんで……」

「最初が早口過ぎるからですよ。そこで息を出し切るから後がこたえるんです。はい、初めからもう一度」

「ひええっ、香山くん、一休みせんかね。美味しい栗饅頭があるんやけ。お茶でも淹れようや」

「町長！」

「はいっ！」

「そんな、気の入らないことでどうしますか。議会はもうすぐ始まるんですよ」

「わ、わかっとります」

「じゃあ、お茶じゃなくて気合いを入れてください」

「おっ、香山くん、上手いこと言うたやないか。座布団一枚、はいどうぞ。なーんちゃって、はははははは」

「町長！」

「ひえっ、わっ、わかりました。トホホホホホ」

うなだれる谷山氏を見下ろし、香山氏は眼鏡を外し、レンズを磨き、かけ直した。それから、やや口調穏やかに語りかける。

「町長、あえてお尋ねしますが、この提出案件が通らなければ、どうなるとお思いです」

「そりゃあ……極楽温泉町マラソン大会ができんようになるわな」

「そうです。でも、それだけに止まりませんよ。町長自らの提案が議会に受け入れられないとなると、町長の町政運営の手腕が疑われます。それを町政における町長の求心力の低下だと非難されても、しかたがないんですよ。そんな噂が広まると、民心は離れていきかねません。つまり、ものすごくものすごく次の選挙に不利になるということです」

「ふへぇ〜。香山くん、そんなん、嫌だよ〜」

「ほら、もう涙目になってる。すぐに泣く癖も治さなきゃ駄目ですよ。鼻水まで、出して。しょうがないなぁ」

　香山氏はポケットティッシュを取り出すと、谷山氏の鼻に当てた。

「はい、チーンして」

「チーン。シュッグシュッ」

「ほら、涙も拭いてください」

「ううっ、すっ、すまんのう。うっ、香山くん、このティッシュ、去年の暮れの極楽温泉町商店街の福引きの外れ賞品、『残念でした、これに懲りずに来年もよろしくティッシュ』やないか」

「そうですけど。それがどうしました」

「いや、えらく物持ちがええんやなと思うて」

「祖母が福引きの二等を当てたんですよ。それが『残念でした、これに懲りずに来年もよろしくティッシュ』ダンボール一箱分だったわけです。まだ、我が家には山のように残ってます。惜しくはありませんから、たくさん使ってください。涙も鼻水もちゃんと拭いて。はい、これでいいです。もう泣いたりしちゃあ駄目ですよ」

　鬼コーチから慈母の如くに変貌した香山氏は優しげに笑(え)みながら、優しい眼差(まなざ)しで、優しく谷山氏の肩に手を置いた。

「町長、がんばれますね。あなたはやればできる人なんだから」

「う、うん……でも、香山くん厳し過ぎるで……」

「あなたががんばらないと、極楽温泉町の未来は暗く閉ざされてしまうんですよ」

谷山氏は顔を上げ、香山氏と眼を合わせた。香山氏が屈み込み、そっと顔を近づける。キスをするためではない。内緒話を谷山氏の耳元にささやくためだ。ささやきの内容は、むろん、ちっとも色っぽくないものだった。

「これは、極秘情報ですが、堂原さん、とんでもない野望を抱いているみたいですよ」

「なに？　とんでもない野望じゃと？」

「はい。それはもう歪んだ野望としか言いようのない代物です」

「香山くん」

谷山氏は立ち上がり（それまでは、床にべったり座り込んでいたのだ）、鼻から息を吐き出す。

「もう少し詳しゅうに話してみいや」

このとき、谷山氏はもう泣き虫の栄ちゃんではなく、政治家谷山栄一の顔つきになっていた。香山氏が微かに笑む。

「お話ししましょう。町長、堂原さんは、どうやら国会議員の夢を完全に断念したようです」

「断念？　国政選挙には立候補せんちゅうことか」

香山氏がゆっくりとうなずく。

「はい。町長というポストを足がかりに国政へというビジョンを放棄するもようです」

「そりゃまた、何でや。あれほど、コッカイコッカイと囀っておったのに、何か理由があるかや」

「二世です」

「二世とな？」

「はい。この場合の二世は息子の意味です。地元選出の国会議員の某先生、どうも地盤を丸ごと息子の某氏に譲り渡すつもりらしいのです。つまり、自分が引退した後をそっくり息子に継がせる気が満々で、既に、その方向で動き始めているとか」

「しかし、某先生は国会議員は世襲制やないて、いつぞやテレビで、舌鋒鋭くちゅう調子で二世問題を批判しとったぞ」

「舌の根の乾かぬうちに云々は国会議員の得意技じゃないですか。あの先生方は公約は膏薬と同じ、貼り付けてしばらくしたら剝がして捨ててもかまわん、かまわんって考えているんですから」

「香山くん、またまた上手いこと言うのう。今日も冴えとるぞ」

「畏れ入ります」

「なるほど、わしにも見えてきたで。某先生が地盤を息子に譲るっちゅうことになったら、堂原は他の選挙区から立つしかねえわけや。そりゃあ、ちょっと無理じゃのう」

「それか、政党の比例代表の候補に加わるかですが、比例代表で当選を狙うのはかなり難しいでしょうね。かといって、無所属で立てば某先生とその後ろに控えている与党を敵に回すことになる。そこまでの度胸は堂原さんにはないでしょう」

「わしにもないのう」

四半世紀にわたり、極楽温泉町を含む一帯を選挙地盤とし、与党政調会長と農林水産大臣をつとめた大物政治家某先生の間延びした狸のような顔を思い出し、谷山氏は身震いした。

そういえば、某氏は父親そっくりの間延びした狸顔をしている。

「堂原さんは国会を諦めざるをえなかったわけです。どう足掻いても、勝ち目はありませんからね。しかも、某氏はまだ三十代、堂原氏よりずっと若いのです。引退をじっくり待とうというわけにもいきません。堂原さんとしては八方塞がりですよ」

「なるほど、気の毒にな」

皮肉でも嫌みでもなく、谷山氏は呟いた。某先生の変節に振り回された堂原氏に同情を禁じ得ない。

ころころころころ言うことを変えるなっちゃ。自分の言うたことに半分でも責任、持てや。

心の中で毒突く。あくまで、心の中でだけである。

「町長、同情している場合ではないのです。ここからが重要になるのです。国政を諦めた堂原氏は、次の町長選に出馬する意向を固めました。『勝算はかなりあるでや。なんせ、わしは国政選挙のためにずっと準備してきたんや。町長選なんぞ軽い、軽い。オリンピック代表選手が運動会に出るようなもんじゃ』と豪語したらしいです。酒の席での発言ですが本気なのは確かです。しかも、国政選挙の下に町長選をおいて見下している。実に傲岸不遜な発言です。しかし」

ここで香山氏は一息吐き、眼鏡を押し上げた。息が切れたわけではない。間を取るタイミングをそれとなく谷山町長に教授しているのだ。さすがである。

「堂原さんの傲岸不遜には裏付けがあります。どうやら、某先生の応援を取り付けたもようですね。堂原さんは後釜（あとがま）狙いの下心で、ずっと某先生の後援会副会長をつとめていましたから、さすがの某先生も無下にはできなかったのでしょう。堂原さん、いざ選挙になれば、某先生を応援演説に引っ張り出して、中央の大物政治家とのパイプを強調するつもりなんですよ。嫌になるほど古いやり方ですが、まだ、かなりの効果はあります。国会議員は偉い人って認識が、お年寄りを中心に根強く残っていますから。ましてや、某先生のこの地方での知名度と影響力は相当なものがあります」

「う、ううう、うーむ」

谷山氏は唸（うな）る。唸り声しか出てこなかった。事態は予想を遥（はる）かに超えて過酷なものとなっている。

「町長、いいですか。肝心なのはここからです。堂原さんの中では、大量得票で当選↓周りを身内&側近で固め、ばらまき政策を強行。一時的なプチバブル感を演出し次の選挙でも当選→長期安定政権樹立→極楽温泉町の帝王となり、好き放題、やりたい放題。という図式ができあがっているのではないかと思われるのです」

「て、帝王？　そりゃ、また、なんぞね」

「そのまんまです。町長、わたしはさる筋から、堂原氏が小学生のときに書いた作文を入手いたしました。タイトルは『ぼくの夢』です。まあ、ありがちなタイトルですね」

「確かに」

香山氏の手には、いつの間にか数枚の原稿用紙が握られていた。まさにマジシャンの技であった。さすがである。

「一部を読みます」

空咳（からせき）を一つして、香山氏は堂原少年の作文を朗読し始めた。

「ぼくの夢。極楽第一小学校6年二組　堂原剛史郎。うーん、6だけが算用数字になってますね。堂原さん、やや集中力に欠けるきらいがあるらしい。いわゆる極楽温泉町で〝とっずりこ〟と呼ばれる慌てん坊の類のようです」

優秀なる秘書の香山氏は子ども時代の作文からでも、的確な情報を読み取ろうとするのだ。さすがである。

「ぼくは、おとなになったら政治家になるときめているのだ。国会議員になって、国の政治にかかわり国を動かす人物になるのです。そのためには、国会議員になっただけではだめで、まずは、入閣をはたし大臣になります。どんな大臣でもいいです。いろんなポストをけいけんしなければなりません。おとうさんもそう言っています。おじいちゃんもそう言っています。

うーん、どうも六年にしては文章が稚拙だな。入閣とか国会議員とかは漢字を使っているのに、他のところは、ほとんど使っていない。経験ぐらいは書けなかったんでしょうかねえ。どうも、知識の偏りが随所に見られますね」

香山氏の情報分析は鋭く、かつ、的確なようである。うなずきながら谷山氏は、早う続きを読んでくれやと胸の内で呟いていた。あくまで、胸の内でだけである。

香山氏、再び空咳を一つ。

「もし、国会議員になれなかったら、ていおうになります。極楽温泉町のていおうになって、極楽温泉町をしはいして、夢のワンダーランドにつくりかえます。温泉かいかんにアイスクリームの店をつくったり、となりに遊園地をつくったりします。ぼくは、ていおうなので、何でもすきなようにできるのです。じゃまする者はいません。いたら、しけいにします。ぼくの悪口をいったり、批判したりしたら、そく、しけいです。そういう法律をつくるのです。みんな、ぼくのことを〝ていおうさま〟と呼びます。ぼくは、そういうおとなになりたいです。

以上です。どう思われますか」

「どうって……えらく過激やなあ」

「そうですよね。後半部分は本音が出たってところでしょう。いささか、歪んでますね。小さいときから、国会議員になれと一方的に親の望みを押しつけられてきた弊害があるのかもしれません。しかし、堂原さん、今でもこの夢を追いかけているように思います」

「帝王かいな」

「はい。堂原さんは絶対的な支配者になりたいのですよ。自分の思うように動かせるものが欲しいのです。町長、そういう人を町政のトップに据えるわけにはいきません。あなたが、がんばるしかないんです。わかりますね」

「もちろん、わかる」

谷山氏はこぶしを握った。

わかるとも、香山くん。

「では、特訓開始です」

「おうっ。やるぜ」

闘志の塊となった谷山氏は、激しい特訓に自ら飛び込んでいった。

どんなに苦しくったって、泣くもんか。

この苦しさに耐えてこそ、開く花があるのだから。

みんなのためにがんばるぞ。

自分のためにもがんばるぞ。

正義と平和を守るため、いけいけ栄一、ゴッゴゴー。

アニソン風応援歌を脳内で響かせ、谷山氏はがんばったのである。

その成果は、はっきりと現れた。

谷山氏の演説はすばらしく、傍聴席からはすすり泣きが聞こえたほどである。極楽温泉町マラソン大会の開催は実にすんなりと決定した。反対意見はほとんど出なかった。

谷山氏の一抹の不安は杞憂に終わったわけだ。

これは……。

るんるん気分の谷山氏を横目に、香山氏は眉を顰めた。

あまりに上手くいきすぎる。

根回しはした。できる限りの手は打った。この案件が議会を通ると香山氏は確信していた。しかし、それは、現状から鑑み辛うじて、だと読んでいた。堂原氏の息のかかった議員たちが相当の抵抗をするだろうと。

それがない。

議員たちは羊の群れのようにおとなしく、賛成票を投じたのだ。

どういうことだ。

眼鏡を押し上げる。

香山氏の胸に冷たい風が走り抜けた。

堂原さん、何を企てている。

窓を揺らして、本物の風が吹きすぎていく。

カタッ。

香山氏は腕組みをしたまま、風に揺れる木々の枝を見詰めていた。

その二●あなたはどなた

「うー、もう駄目だぁ……」

健吾が地面にへたり込む。

額から汗が滴り落ち、前髪がびちゃっという感じで、へばりついている。これが谷山氏なら、毛の薄さが際立ち、

「いやぁ、うちの町長、水を被ったパグそっくりやわ」

「ちょっと、ダイアナちゃんの悪口、言わんといて」

「ダイアナ？　誰よ、それ」

「うちの愛犬。証明書付きのパグなんよ」

「証明書やのうて血統書やろ。それに、あんたとこの犬、パグと違うでしょ。どう見ても、ブルドッグやで」

「え？　そうなん？　うちのダイアナちゃん、ブルドッグやったの。いやあ、知らんかったわぁ」

「まあ、パグもブルもいっしょみたいなもんや。オッサンがみんな同じに見える理屈やねえ」

「オッサンとダイアナちゃんを同じにせんといて」

等々、ご婦人がたの率直な、遠慮ない、歯に衣着せぬ物言いに晒されるところであろう。谷山氏の髪はさておいて、ここは極楽高校のグラウンドである。健吾、久喜、芳樹の幼馴染三人組は三百万のために、もとい、極楽温泉町マラソン大会優勝のために、自主トレを開始したのであった。

年々、学生が減り続ける極楽高校のグラウンドには他の人影は見えず、ハコベ、ゴギョウ、ナズナといった雑草があちこちに茂っているのが物悲しい。因みに、ハコベもゴギョウもナズナも、めでたやな春の七草である。が、芳樹たちが「あっ、うちのグラウンドで草むしりしたら、七草粥の材料が揃っちゃうぞ」と草取りに精を出すことは、まずない。健吾に至っては、粥とかオートミールとかのどろどろ系は苦手中の苦手である。

「おい、健吾。ばてるの、早過ぎ。まだ、六周目やないか……と言いたいとこやけど」

久喜が健吾の横にしゃがむ。

「おれも限界。もう、走れん」

舌を伸ばし、ハッハッと喘ぐ。それこそ、真夏の犬の如くである。前を走っていた芳樹は振り返り、数メートルを戻る。

「え？　ちょっと、ちょっと二人ともマジでもうリタイア？」

「マジで……もう……リタイアです」

健吾と久喜の声がぴたりと重なった。喘ぐ箇所まで同じなのは、幼馴染パワーの為せる業なのか、どうか。

「うーん、そんなんじゃ、フルへの道程は遠いで」

「遠いどころか、手も届かんわ」

健吾はグラウンドに大の字になり、「あーぁ」とか細い声をあげた。

「もうちょい、やれるて思うたのに。覚悟してたより、ずっと、体力、落ちとったんやなあ」

「ほんまや。ショージキ、おれ軽いショック。ここまで、身体がナマってたとは……」

「そりゃあ、しゃあないわ。二人ともこのところ、ほとんどトレーニングしてなかったんやから。体力戻るのに、もうちょい時間はかかるやろ」

芳樹は首に掛けたタオルで額の汗を拭った。健吾や久喜のように、滴り落ちるほどには出ていない。

「うっ、くそ。おまえのその余裕こいた態度が、イラつく」

久喜が口元を歪める。本気で悔しがっているようだ。健吾が上半身を起こす。背中にくっついていた小石がぽろりと落ちた。

「おれ、アリとキリギリスの話、思い出したで」

「は？」

「真面目なアリが一生懸命に働いて餌を集めている間、キリギリスは遊んでばっかだったんや。それで、冬になって食べ物がなくなったとき、哀れキリギリスは餓死してしまうって。そんな話があったやろ。えっと、イソップ童話だったっけ」

「……餓死って、そんな、後味の悪い話だったか？」

芳樹は顔を顰め、右手を左右に振った。

「人が死ぬ話は、おれ、キホン、NGだから」

「人じゃなくてキリギリス。冬が来たら、たいていのキリギリスちゅーか、昆虫は死んじまうと思うけどな」

「けど、アリは生きてるわけやが。土の中でのうのうと」

「芳樹、そういう言い方はアリに失礼やで。夏の間、地道にこつこつと働いたからこそ、今があるってもんだ。アリは偉いんや」

「だから、それが何なわけ？　話を前に進めろ」

久喜が空のペットボトルで健吾の頭を軽く叩く。

「いや、だからキリギリスはおれとおまえで、アリは芳樹ってわけや。おれたちがぼけっとしていた間も、芳樹はせっせと走っとったがな。その差が、これってわけ」

健吾の視線がグラウンドを巡り、芳樹の上で止まる。

「おれたちは六周で音をあげてへばってるけど、芳樹はまだまだ余裕こけるわけよ。悔しいけど、これが現実さ、久喜くん」

うーむと久喜が唸る。

「てことは、チームFの代表としてゴールテープを切る役は芳樹か」

「いや、待てや。そんなに早うに決めんでもええがね。まだ、正式な日程も発表されてねえのに。これから、じっくり体力を回復して、走れる身体を作っていきゃあ問題ないって」

「問題は、おおありね」

突然、背後で声がした。

三人の少年は同時に首を回す。久喜が「いてっ」と叫んだのは、捩じり過ぎたからだろう。

グラウンドには風が吹いていた。

その風に栗色の髪をなびかせて、女性が立っていた。すらりと背が高く、みごとに均斉のとれた身体つきをしている。ぴっちりと張り付いた黒の半袖ニットシャツ（上半身）、脚のラインを際だたせるストレッチ素材の黒いデニムパンツ（下半身）という出で立ちなので、いやでも抜群のプロポーションが目につく。

てか、露骨に見せびらかしてないか？

芳樹は、背筋を伸ばし軽く腕を組んでいる女性をちらっと見て、目を瞬かせた。眩しかったわけではない。風にのって埃が舞い、目の中に入ったからだ。

女性は黒尽くめの服装の上に、大きな黒いサングラスをかけていた。大きな黒い日傘をさしていた。いや、さしかけられていた。女性の後ろには、大きな黒い日傘を持った……。

「ひえっ」

健吾が悲鳴を上げて、飛び起きた。

「きゅっ、吸血鬼！」

芳樹に縋りつく。久喜も立ち上がり、じりっと後退りを始めた。芳樹は健吾に縋りつかれながら、生唾を飲み込んだ。

女性の後ろには吸血鬼が立っていた。大きな黒い日傘を持って。

血の気のない青白い顔、痩せて長い身体（高いではなく長いという印象だった）、尖った耳、妙に赤い唇、虚ろな眼……。

「お、おれ、年のわりにコレステロール値が高いんです」

後退りしながら、久喜が言う。なぜか、愛想笑いを浮かべていた。

「つ、つまり、血液どろどろで、まったくもって美味くないっすよ。ほんとに、半分、腐ってるみたいなもんですから。その点、こっちの二人なら、サラサラで美味いかと」

「久喜、てめえ、おれたちを生け贄にする気か」

健吾が目を吊り上げる。

久喜は顔を歪め、拝むように手を合わせた。

「すまん。おれ、血ぃ吸われるの嫌なんや。蚊に刺されただけでも赤く腫れる体質なんで」

「おれだって、腫れるわい。無茶苦茶痒くなるんや。蚊でそれだから、吸血鬼なんかにやられたら、全身、発疹が出るぞ」

健吾は半分、泣き声になっていた。芳樹の後ろで身を縮める。

女性と吸血鬼は黙って、三人を見詰めていた。

芳樹は健吾に押される格好で前に出る。

「あ、あの。ドラキュラさんとお呼びしていいでしょうか」

「サカタマカタシです」

「は？」

吸血鬼は音もなく動き、空いた手を芳樹に差し出した。指先で、四角い紙を摘まんでいる。一方の手は、女性の上に日傘をさしかけたままだった。

「これは？」

「名刺です」

「へ？」

「わたしの名刺です。どうぞ」

「あ……どうも」

両手で受け取る。

『ムーンライトプロダクション　チーフマネジャー』と黒字で横一列に記されている。その下に『逆田間　堅志』とあった。

「ムーンライトプロダクション、チーフマネジャーのぎゃくたまさんですね」

「さかたまです」

久喜が芳樹の手元を覗き込んでくる。

「ぎゃくたまって、何かエロくねえか」

「どこがエロいんや」

「だって、玉が逆なわけやろ。こう、雰囲気的にエロいやろうがよ」

「ああ……言われてみれば何となく、だな。けど、おまえ、ほんまにエロが好きやでなあ」

「あれ？　芳樹は嫌いなんか？　んなわけねえやろがい。エロ嫌いな男子高校生なんての、おるわけねえもんな」

「いやいやいや、久喜さんほどの方はおりませんよ。いよっ、偉大なるエロ大王、暴れエロ将軍」

「いやいやいや、何をおっしゃいますか。芳樹さんの隠れエロ度の高さに比べたら、わたくしなどヒヨッコ中のヒヨッコでございますよ。それに、わたくし、玉は逆にはついておりません」

「逆についてる玉ってどんなんや」

「いやあ、どんなんやろな」

「はははは、何かおかしいがな」

「ほんまや、むっちゃ、おかしいで。はははははは」

「さかたまです」

吸血鬼が咳払いをする。

「ぎゃくたまではなく、さかたまと読みます。逆田間堅志。ムーンライトプロダクションのチーフマネジャーを務めております。よろしくお見知り置きくださいい」

「あ、はあ……逆田間さんですか。どうも、失礼しました」

芳樹は頭を下げる。吸血鬼、いや、逆田間堅志氏は鷹揚(おうよう)にうなずき、うなずき終わらないうちにもう、黒尽くめの女性の後ろに戻っていた。この間、逆田間氏の身体はあちこち移動しても、日傘は微動だにせず女性の上にあり、日差しを遮断していた。

身体の芯が僅(わず)かばかりもブレていないってことか。

芳樹は軽く、唇を結んだ。

一見地味だが、その実、高度な技術と身体能力を要求される動きを、この男は苦もなく熟(こな)している。

久喜も気が付いたらしい。こくりと音を立て、唾を飲み込んだ。

「芳樹、あの男」

「うむ。かなりの手練(てだれ)と見た」

「伊賀か甲賀か、はたまた根来か」

「どれであっても、手強いぞ。ご油断めさるな」

「承知」

「逆さの玉が堅いってのも、よりエロいがな」

それまで一歩引いてやりとりを傍観していた（怖くて前に出てこられなかった）健吾が、口を挟む。

「あ、でも玉よりもっと別のところが硬うならんと、本当のエロにはならんのかあ。つーか、玉が硬くなったら、案外、病気じゃね」

「うむ。陰嚢硬化症の一種だな。慢性だと命に関わる」

久喜が重々しく首肯した。

「陰嚢硬化症……聞くだけで震えがくるで。どんな病気やが？」

健吾が震えながら尋ねる。

「わからん。今、思い付いたばっかの病名だけんな」

「なんだ、そうか。久喜もええかげんやな、はははは」

「健吾ほどやないぞいね、はははは」

「いいかげんにせんかいっ！」

怒声が響き渡った。

ものすごい迫力だ。

さえ止んだ。

芳樹は驚き、久喜も驚き、健吾は驚きつつビビった。グラウンドが静まり返る。風の音さえ止んだ。

怒鳴り声に、どの年代、どの立場よりも慣れ、多少のことでは驚きもビビりもしない男子高校生三人を一瞬にして黙らせたこの一喝。いかに、すごいものか、おわかりいただけるだろうか。

ライオンの咆哮を聞いた野兎の如く、鯨にぶつかったサンマの坊やの如く、三人は縮みあがり、唖然とし、声の主を見詰めるしか術がなかった。

声の主は、逆田間氏……が傘をさしかけている黒尽くめの女性だった。その黒（以下、尽くめの略）女性、傘の下で腕を組み、両足をやや開き加減にして立っている。首元には「親分、ありゃあどう見ても、ブランド物ですぜ。少なくとも『富田屋』（極楽温泉町のメインストリートに店を構える洋品店）で売ってる安物じゃありやせんね」的な、いかにも高級そうなスカーフが巻かれていた。

いかんせん、少年三人は当たり前だが少年である。このほっそりした、メリハリのある（B90W60H95。±5の誤差を含む。久喜の目測による数値）身体つきの、粋な装いの女性が、かように凄味のある、迫力のある、やや下品ともとれる怒声を発した現実を受け止め難く、頭真っ白、お口あんぐり、いったい今何が起こったのよ状態に陥ってしまった。

人生の場数を踏むと、「はは、あなたの音域の広さには感服しましたよ」などと軽くレシーブを返せるようにもなるのだが、人生の反射神経を若い芳樹たちに求めるのは、酷というものだろう。そもそも話の流れからして、誰も求めているようには思えないが。

「さっきから黙って聞いとりゃ、ごたごたばこばこ、最新式下水道管の会話を交わしやがって。おのれたち、このあたしを誰やと思うてんねん」

「は？」

「え？」

「うん？」

三人は顔を見合わせ、目で牽制しあい、目相撲（視線で押したり、引いたり、投げたり、うっちゃりをくわせたりするのであるが、勝敗の判断が極めて難しい）に負けた芳樹がしかたなく、前に出る。

「あのう……」

「なんじゃい」

「お尋ねしたいことが……」

「だから、なんじゃい」

「あの、さっきおっしゃった最新式水道管の会話とは、いかような意味でございましょうか」

黒女性はフンと鼻を鳴らし、顎を上げる。口元がやや緩んだようだ。怒りは治まりつつあるらしい。

「水道管じゃなくて下水道管。最新式の下水道管なら物が詰まることもないでしょう。物が詰まらない。詰まらない。つまり、つまらない会話を交わしちゃってという意味よ。どう？　けっこう、おもしろいでしょ。ほほほほ」

どう？　と尋ねられて、芳樹はそれこそ返答に詰まってしまった。黒女性の口元が再び引き締まる。

「なに？　おのれは、おもしろうないて、ぬかす気か」

「へ？　いや、滅相もございません。おもしろいです。抜群に愉快です。な、抜群やな」

「うんうん、うんうん」

久喜が赤べこ*のごとく首を振る。

*会津若松の郷土玩具。赤い張子の首振り牛。愛嬌があってかわいい。

「おもしろい、おもしろい。センスの良さが光り過ぎて、くらくらする。うわっ、眩しい」

健吾がすかさず応じる。このあたりのタイミングは、さすが現役高校生、そつがない。ただ、少し芝居がかりすぎてはいまいかと、芳樹は危惧する。

「あまりの眩しさに、目が開けられんで」

あほ、やりすぎや、健吾。

芳樹が胸の内で突っ込んだとき、黒女性は高らかに笑った。

「おほほほほ。そうでしょ。おもしろいでしょ。白い犬でしょ。白い犬は尾も白い。おもしろいったら、おもしろいって、ね」

「あははは、すげえ、すげえ。最高だぁ」

健吾が太鼓の乱れ打ちのごとく、拍手する。黒女性の機嫌はぐんぐんと改善され、今や最高値に達しようとしていた（ように見えた）。

「あの……ところで」

騒ぎが一段落するのを見計らい、芳樹はさらに尋ねた。

「……誰です？」

「……」の場所は、危うく「おばさん」と言いかけた芳樹がとっさに「おばさん」を呑み込んだためにできた間である。

サングラスに、黒女性の顔は半分以上隠れている。ために、その容姿、年齢等を判断することはできない。が、三十前後だろうと芳樹は見当をつけていた。そんなに若くないと思えたのだ。今どきの若い女の子は黒尽くめの格好なんかしないだろうし、ヘンテコなダジャレを口にしたりしない。そして、三十過ぎた女性の大半は赤の他人から「おばさん」と呼ばれることを忌み嫌う。あののんびり、ほんわかの義姉でさえ、曲がり角で走ってきた中学生とぶつかり「うわっ、おばさん、ごめんやでよ」と謝られたことに少なからずショックを受けて、へこんでいた。

「うー、ぼくの彩ちゃんを傷付けるなんて許せない。中学生おばさん使用禁止条例をつきつけてやりたいよぅ」

「和ちゃん、お馬鹿なこと言わないの。そんなの職権乱用でしょ。和ちゃんが一番、嫌いなことでしょ。駄目よ、メッ」

「うわぁっ、彩ちゃんに怒られちゃった。ごめんなさい。ぼく、反省するにゃんにゃん。にゃあ、彩ちゃん」

「なあに」

「膝枕してほしいにゃあ」

「はいはい、わかりました。ついでに耳掃除もしてあげる」

「わーい、嬉しいにゃあ。彩ちゃんは、とってもとってもかわいいぼくのお嫁さんですよ」

兄夫婦のあほらしくも、ほのぼのとした(あくまで主観の問題だが)やりとりを計らずも耳にした芳樹は、〃おばさん〃という一言に向けられた女性心理の深い闇(と、兄のニャンニャン振り)にため息を吐いたものである。ここで思い出すのが、かの金子茂乃さんとのエピソードである(お忘れの方は、〃香山家の秘密〃を再読しましょう)。女性心理に疎かったばかりにアップルパイの欠片にもありつけなかった苦い経験を経て、芳樹は些かでも成長したのではなかろうか。黒女性の前で、とっさに「おばさん」の一言を呑み込んだ行為こそ、まさに成長の証であろうと筆者は考える。

しかし、しかし、そして、そして、十代の少年からすれば二十歳を超えた女性は、なべて「おばさん」であり、名も知らぬ二十歳超えの女性に対して「おばさん」より他に、どんな呼称も持ち得ていないのである。

嘆かわしい限りではないか。これこそが、我が国の教育コンテンツの最大の弱点、汚点、改善点ではあるまいか。香山和樹氏には『中学生おばさん使用禁止条例』について真剣に検討していただきたいものだ。

ともかく、芳樹が「おばさん」の一言をすんでのところで呑み下したのは実に賢明だった。

黒女性が指を一本立てる。チッチッと舌を鳴らし、左右に振る。

「どなたでしょうか」

「はい？」

「誰です？ じゃなくて、どなたでしょうか？ と聞きなさい。ちゃんとした言い方をしないと、他人から信用されないわよ。美しい言葉遣いをするように常日頃から心掛けなくちゃ」

「え？ でも、さっきの、そっちの言葉遣いはかなり」

「はあ？」

「あ、いえ、何でもありません。えっと、あの、あなたはどなたでございましょうか」

「そこまで丁寧でなくてもよろしい。かえって、馬鹿にされてる気になるから」

「はあ……」

何か面倒くせぇ。

「あの、えっと、悪いですけど、おれたち練習があるんで」

「何の練習かしら」

「え、それは……」

このあたりで、芳樹にはそこそこの余裕が戻ってきた。何か面倒くせぇという己の感情を取り戻したのが、余裕奪還のきっかけとなったようである。

メリハリ黒女性と吸血鬼＋圧巻の身体能力＋ド迫力の怒鳴り声＝度肝をぬかれて思考能力半減。

この図式からやっと抜け出せたわけだ。抜け出せば、先刻からの相手の不遜ともとれる態度に腹立ちを覚える。のんびりしてるようであっても（実際、のんびりやである）、芳樹も花の十代まっただ中、プライドはそれなりに尖っている。

「それは……って、そんなこと、いちいち言う必要ないでしょ」

精一杯の苛立ちを口調と視線に滲ませる。ところがどっこい、黒女性に動ずる気振りはまったく現われない。

「ふふ。じゃあ、わたしが指摘してあげる。陸上競技、長距離、ずばりマラソンね。でしょ」

ここで「おうっ、お見事。全問正解です」とのけぞるには、芳樹はあまりに冷静過ぎた。

「そうですけど。それが何か？」

おれたちがマラソンの練習をしていようと、日舞の稽古に汗を流していようと、セパタクローの試合をしていようと、おたくに何の関係がありますか、とまではさすがに続けなかったが、言外にぷんぷん匂わせてみる。

黒女性、顎を上げ不敵に微笑む。

芳樹、その笑みにやや怯みながらもさらに苛立ちを覚える。もう少しで、あの禁句「おばさん」を口走りそうになる。

「だとしたら、わたしにも少なからず関わりがありそうね」

「いや、ないですけど」

黒女性の額に青筋が浮いた。テレビドラマならここで「ピキッ」と効果音が入るところだ。

「ところがあるんです」

黒女性より先に、逆田間氏が口を開いた。

「というか、きみ……えっと、失礼だがお名前を教えていただけるかな。こちらは名刺を渡したわけだからねえ」

さっきも記したが、逆田間氏の唇は妙に紅い。口紅等の紅さではなく、地の色が濃いようだ。そこが何とも不気味で、芳樹の強気は早くも萎え始めた。目の迷いか、紅い唇の下から鋭い犬歯が覗いたような気がした。

「はあ、そっ、そうですね。どうも、あの、おれ香山芳樹です。で、こっちが……」

「坂上久喜です。何度も言いますが血液、どろどろです。そこのところ、よろしく。で、こっちが……」

「犬山健吾です。蚊に刺されても赤く腫れる体質なんで、ご配慮お願いします」

「はい、どうも。香山くん、坂上くん、犬山くんね。で、香山くん、さっきのところをもう一度、やり直してもらえるかな」

「はい？」

「『いや、ないですけど』のところ。それじゃ、話が前に進まないからね。脚本がないから口頭で伝えるけど、だいじょうぶだよね」

逆田間氏が舌先で唇を舐める。紅色がひときわ鮮やかになる。芳樹は我知らず首を手でガードし、何がだいじょうぶなのかわからないまま「だいじょうぶです」と答えていた。

「けっこう、けっこう。『いや、ないですけど』じゃなくて『は？』とさも意外そうに……そうだな目を二度ほど瞬かせてもらおうか。で、一呼吸おいて、『どういう意味ですか』と問いかけるんだ。ここの間が、けっこう大切だから。どう、呑み込めた？」

「はあ……まぁ、だいたいは」

「うん。よろしい。それじゃいってみようか。謎の美女の『だとしたら』から」

えっ、この人、謎の美女なわけ？　ただの黒尽くめじゃなくて？

芳樹の胸内に過った「？」を蹴飛ばすかのように、逆田間氏の掛け声が響いた。

「はい、スタート」

黒女性、いや、謎の美女がふっと笑む。

「だとしたら、わたしにも少なからず関わりがありそうね」

「は？」

　ここで瞬き二回。一呼吸。

「それ、どういう意味ですか？」

「ふふ、まだ、わからないの」

「さっぱりわかりません」

　謎の美女がサングラスに手をかける。焦らすかのようにゆっくりと、外していく。

「あっ」

　久喜が叫んだ。健吾と芳樹が同時に、そのいかつい顔を見やる。

「ふふ、初めまして。若きアスリートさんたち」

「蚊だ！」

「はい？」

「目の下に蚊が止まってる」

　久喜が謎の美女を指差す。

「きゃっ。顔を刺されたら大変じゃない。痕が残っちゃう」

　謎の美女が手のひらで自分の顔をぱちぱち叩く。意外に大きな手だ。哀れ極楽高校グラウンドに棲息していたと思われる蚊は、ぺしゃんこになり謎の美女の頬に張り付いた。逆田間氏がそれを指先で払う。謎の美女はすかさず、コンパクトを取り出し、化粧を直し始めた。なるほど、なかなかの美人である。鼻筋がすっと通り、目の形が整っている。全体的にややきつい感じ（芳樹の好きなタイプではない）はするが、美人と公言して何ら差し障りのない顔立ちである。

あれ、この人、どこかで見たことが……。

「あっ」

健吾が叫んだ。久喜と芳樹が同時にその甘いマスクを見やる。

「なに、今度は蠅(はえ)でも止まってんの」

コンパクト越しに謎の美女が睨(にら)んでくる。なかなかの目力だ。

「五十嵐五月女だ」

健吾がさらに叫ぶ。

「五十嵐五月女……あ、ほんまや、五十嵐五月女や」

久喜が健吾より、さらに大きく叫んだ。

黒女性、いや、謎の美女、いや、五十嵐五月女はコンパクトを閉じ、舌打ちを二度した。

チッチッ。

「気付くのが、遅い」

「サングラスを外すところからやり直しますか」

逆田間氏が傘を持ったまま、五月女の顔を覗き込む。むろん、傘は僅かばかりも動かない。

「けっこうよ。こんなところで愚図愚図していたら、蚊の餌食になっちゃうわ。まったく、雑草を茂らせるから蚊が発生するのよ。教育委員会は何をしてるのかしら。教育現場における害虫対策にもっと真剣に取り組んでもらいたいものね。でも」

　身体をやや斜交(はすか)いにして五月女は、顔を芳樹たちに向けた。

「今はそんな話をしているときじゃないわ。香山芳樹くん」

「はい」

「勝ちたいんでしょ」

「は？　……勝ちたいというのは」

「そこで一呼吸空けなくてもいいの。マラソン大会のことよ。あなたたち、優勝したいんでしょ」

「はあ、まあ……そりゃあその、勝ちたいっていうか、三人でせっかくチームを作ったんで、何か特別なことをしたいっていうか」

「はっきり言いなさい。勝ちたいの、負けたくないの」

「え？　いや、それ同じ意味じゃないかと……」

「どっちやて聞いとるんやないか」

「はいっ、かっ、勝ちたいです」

「そう、そうよね。アスリートは勝利を欲するものよ。わかったわ、あなたたちのその熱い心意気、この五十嵐五月女がどんと受け止めてあげる。ふふ、いいのよ、そんなに感激しなくても」

「え？　……それ、どういう意味ですか」

「だから、一呼吸、間を空けなくていいの。瞬きもしなくていいから。あのね。あたしが、きみたちのコーチをしてあげるって、そう言ってるの。わかった」

「コーチですか」

「コーチよ。あたしが来たからにはもう怖(おそ)れるものはないわ。勝利に向けて、一直線よ。ただし、途中で脱落しなければね。ふふふ、きみたちの根性、じっくり試させてもらうわ」

「はあ」

三人が三人とも、あまりの急展開についていけない。芳樹は口を半開きにし、健吾は首を傾(かし)げ、久喜はつい鼻の穴を穿(ほじく)ってしまった（悪癖だと、家族からかなりの非難を浴びている）。

「徹底的にやるわよ」

五月女の呟きを風が空へと運び去った。

その三●谷山町長、有頂天

極楽温泉町町長谷山栄一氏は、今、天にも昇らんかという心持ちになっている。昇天、つまり、神さまやら仏さまに召されて、天国とか極楽に特別優待されたわけではない。

谷山氏の目の前には女神あるいは天女とも見まごう美女が座っているのだ。しかもその美女、谷山氏が長年、応援し憧れてきた迷馬ドスコイイチバン……ではなく、元、オリンピック代表マラソン選手にして女優の五十嵐五月女が、谷山氏のグラスにビールなどを注いでいるのだ。

これは夢か幻か。はたまた、狐にたぶらかされているのか。湯中りして朦朧となった意識の為せる悪戯か。

「さ、町長さん、ぐっとお空けになって。うふふ」

女優五十嵐五月女がうふふと笑ったその息が、谷山氏の耳朶にかかる。

あっ、ああん、もう……。

蕩ける心地に、谷山氏は思わず、

わたし、何だかトコロテン
鍋で煮られたテングサの
汁を固めたトコロテン
蕩け、蕩けたその後に
一突き、二突き、それ三突き
くねくね、くねくね、紐になり

あなたのお口に入ります

と、脳内作詞・作曲をしてしまった。

タイトル　トコロテンの詩（うた）。

作詞　作曲　編曲　谷山栄一。

「町長。アルコール類はほどほどにしておいてください。ふっ」

反対側の耳朶に冷たい息がかかる。

谷山氏の脳内トコロテンは瞬く間に凍りつき、凍み（し）豆腐のようになってしまった。カチンカチンである。

「今日は、食事会だけでなく極楽温泉町マラソン大会について、五十嵐さんから意見をいただく席でもあるんですよ」

この瞬間凍結器の如き息&声の主は、言わずと知れた香山和樹氏である。香山氏はビールのグラスを手に軽く咳払いをした。

「町長、どうか、お立場をお忘れなく」

「あら、香山さん、そんなお堅いこと言わなくてもよろしいんじゃありません。せっかく、町長さんにお会いできたんですもの。今夜は無礼講ということで、ねぇ。うふふ、ふうっ」

ふうっ。

　またまた、甘やかな息が谷山氏の耳をくすぐる。

　あああん、あんあん、もう……。とろとろ、トコロテン。

「町長、だめです。ふうっ」

　香山氏、凍結吐息を噴出。谷山氏、カチンカチン。

「もう、香山さん、いいじゃない。ビール一杯ぐらい」

「いや、うちの町長はビールならグラスに二杯、日本酒なら一合弱、ワインならグラス一・五杯、梅酒なら湯呑みに一、二杯、テキーラ、ウオッカ、泡盛ならほんのちょっぴり、甘酒なら好きなだけと決まってるんだ。それ以上飲むと」

「飲むとどうなるの」

「踊り出す」

「踊る？　盆踊りを？」

「いや」

「泥鰌すくいとか、阿波踊りとかじゃないの」

「ちがう。ソーラン節とか極楽温泉音頭の踊りでもない」

「じゃあ……なによ」

「フラメンコ」

「フラメンコ！　あの、フランスの」

「フラメンコはスペイン、アンダルシア自治州の民族舞踊の一つだ」

「……知ってるわよ、それくらい。フラが重なったらおもしろいかなって思っただけ。フラが二つでフーラフラなんちゃって。ほほほ」

「はははは、相変わらずおもしろくないダジャレを連発してるんだな。昔とちっとも変わってない」

「あら、そういう香山くんだって、全然、変わってないわ。いや、昔よりちょっと良い男になったかしら。香山くんは、三十過ぎてからどんどんかっこよくなるタイプよね」

「そりゃあどうも。まだ、二十代だけどね」

「将来が楽しみじゃない。うふふふ」

「そういうきみも、間もなく主演映画が封切られるんだろう。しかもドラマの主演まで決まっているとか。楽しみなことこの上ないね」

「あら、ほんとに楽しみにしてくれてんの」

「もちろん」

「じゃあ、試写会に来てくれる？　招待状、出すから」

「忙しくなけりゃあね」

「ほら、すぐそういうこと言う。どうせ見に来る気なんかないんでしょ。ほんと、つれないんだから。嫌になっちゃう」

女優五十嵐五月女は唇を突き出し、頬を軽く膨らませた。典型的と言おうか、わざとらしいと言おうか、ちょっと漫画的と言おうか……典型的でわざとらしく、かつ、漫画的なすね顔だった。

うおっ、か、かわいい。

谷山氏の心臓が大きく鼓動を打った。ちょっと胸が苦しい。ああ、この疼(うず)きこそは……。

十代なら甘酸っぱい胸の高鳴り、二十代なら『この女、どうにかならんかのう』という生々しい欲望、三十代なら『どうにもならんじゃろなあ』という諦め、四十、五十代をとばして、六十代以降なら、まずは心筋梗塞を疑うべきものである。

ううん、きゅんきゅん。

このきゅんきゅんは、若さの証か心臓の悲鳴か。

それにしてもと、谷山氏は目の前の空になったグラスを見詰める。中身のビールは先ほど飲み干した。メーカー名はあえて伏せるが、日本で一番売れている、つまり、どこでも手に入る、ごくごく普通のビールである。

それが美味しかった。実に、美味かった。ラベルを隠され、あるいは谷山氏自身が目隠しされて味わった後、「このビールを何と心得るか。ここにおわすは千年に一度、突如、この世に現れる幻のおビールさまであるぞ。おのおの方、頭(ず)が高い。控えおろう」と告げられれば、へへへぃと平伏するほどに美味かった。変な譬(たと)えでごめんなさい。へへへぃ。

女房だとこうは、いかんで。ビールはただのビールのまんまじゃでなあ。やはり、注いでくれる者で味が違うんかのう。人の心とは、はてさて、不思議なものよ。

と、谷山氏は、奥方の秀代さん（姉さん女房、糟糠の妻、賢妻、しっかり者だがやや嫉妬深い。これは、一部の者しか知らない特定秘密に属するかもしれないが、実はこの秀代さん、香山カネさんに師事し、神顥流手裏剣の技に日々磨きをかけている猛者でもあったのだ）が聞いたらどれほどの惨事を家庭内に及ぼすか、空恐ろしくなるような呟きを胸の内で漏らす。

それにしてもと、谷山氏は今度は、香山氏と香山氏に寄りかかるようにして楽しげに笑っている女優五十嵐五月女（いささか女優の二文字がうるさいぞ、しつこいぞと御不快の読者諸氏もおられるやもしれないが、実は、女優五十嵐五月女の所属するムーンライトプロダクションから女優五十嵐五月女の名を使用するからには、必ず女優を冠すべしとの、厳しい条件を突きつけられてしまったのです。前節で、呼び捨てにしたのが癇に障ったらしく……、芸能界、こ難しいです）を見やる。

ちらっ、ちらっ、ちらっ。

いつの間にか、香山さんから、くんになっとるじゃねえか。なんだ、この気易さは。うーん、それにわしのこと、二人とも忘れとるんかい。おーい、グラス、空っぽだよーっ。

「どうぞ」

ビールがグラスに注がれた。

ドラキュラを連想させる、というより、ドラキュラそのものとしか思えない男が無表情のまま、ビール瓶を手にしていた。

女優五十嵐五月女のマネジャーで、確か……ぎゃくたまがかたい……いや、逆田間堅志と名乗った男だ。つるつるした妙に高級そうな名刺を先ほど渡されていた。

さかたまかたしって、何とのうエロっぽいのう。

と、谷山氏はこれも胸内で呟いたのであった。芳樹たち十代真っ盛りの高校生と同じ発想をするとは、谷山氏はさすがに若い。と、筆者などは密かに感嘆するのであった。

「あ、こりゃあ……どうも……」

谷山氏は慌てて頭を下げる。逆田間氏から目を逸らす。まともに目を合わせられないのだ。

正直、怖い。

谷山氏はどっちかというと恐がりで、化け物、妖怪、幽霊、怪物の類は大の苦手であった。子どものころ、極楽温泉町二分区の子ども会（かつては、極楽温泉町には大勢の子どもがいた。町内は六分区に分けられているが、それぞれに三十人から五十人のメンバーを抱えた子ども会が成り立っていた時代もあったのだ。因みに、子ども会メンバーとは、極楽温泉町に住む小学生全般を示す。今現在は、どの区でも十人に満たないありさまで、数年後には子ども会自体の消滅が懸念される。かなりリアルに。ああ、やんぬるかな。昔の栄華、今いずこ）で、毎年夏休みの最後の週に行われる肝試し大会ほど、谷山少年を悩ませたものはなかった。

それは、極楽山寺の裏手にある墓場を一人で一周するという実にシンプル、かつ、過酷な催しであったのだ。

毎年、死ぬ気で参加して、死にそうな目に何度もあった。墓場の闇の暗さ、不気味さ、怖さと言ったら、それはもう、筆舌に尽くしがたい。これも、特定秘密の部類であろうが、谷山氏は小三と小四のとき二年連続でおもらしをしてしまった。あまりの怖さにちびったのである。不幸中の幸いか、天の助けか、仏の気紛れか、神の微笑みか、単なる偶然か、小三のときは突然の雷雨に見舞われ全身ずぶ濡れとなったが故に、ごまかすことができた。小四のときは密かに持参していた着替えが役だった。

谷山少年、なかなかに学習能力は高かったようだ。加えて、用心深い性質でもあったのだった。

〝谷山栄一、隠しておきたい秘密ワースト3〟の一つが谷山氏の歴史に刻まれた夜については、これ以上は語らない。要するに、谷山氏は相当の恐がりで、その性質は還暦を越えた今も変わっていないということである。

逆田間氏は、かの吸血鬼の代表格、ドラキュラ伯爵にそっくりではないか。むろん、ドラキュラ伯爵が極楽温泉町町長を表敬訪問したことも、谷山氏が直接、言葉を交わしたこともない。ドラキュラ伯爵は、いわば、世界的な大スター、何度も映画の主役を務めてきた人物（？）なのだ。しかも、トランシルヴァニアに住居を構えているというではないか。そうそう簡単に出会える相手ではない。簡単に出会いたい相手でもないが。

「さっき着いたばかりですが、極楽温泉町、なかなかに良いところですなあ」

逆田間氏が言った。

「はあ、そう思われましたか」

「思いましたよ。日本の原風景が残っているという感じで、実に気持ちの良いところです。それに、この旅館も風情があってすばらしいです。料理も極上ですしねえ。うんうん、こんな美味しい料理、なかなか口にできるもんじゃない。すばらしい。しかし、一番すばらしいのは、温泉ですなあ。じっくり身体に染みてくるというか、身体の芯をじんわり温めてくれるというか……。いやあ、すばらしい。まことにすばらしい。まったくもって、すばらしい」

ここで、谷山氏は顔を上げ、逆田間氏をまじまじと見詰めた。逆田間氏の口調に、あながち社交辞令ばかりとは思えない真摯な称賛を感じとったからだ。

再三述べているように、谷山氏の郷土愛は半端じゃない。しかも、逆田間氏言うところの「この旅館」とは、谷山氏の生家にして、町長になるまでは自らが社長を務めた『ごくらく亭』であり、絶賛の料理は、『ごくらく亭』の現社長であり板長でもある弟清治氏の手になるものだった。つまり、今このとき、旅館『ごくらく亭』の奥まった一間で、谷山町長、香山和樹氏、女優五十嵐五月女氏、そのマネジャー逆田間堅志氏の四人は夕餉(ゆうげ)の膳を囲んでいるのである。

やや本筋から離れはするが、ここで一つ、どうしても書き添えておきたい事実がある。

町長選に出馬するため、料理一筋、料理大好き、料理をしていればご機嫌よの清治氏に、経営者というある意味面倒くさい、厄介な役目を押しつけ、丸投げしてしまったという負い目を谷山氏は持っている。負い目を持つ者としても、兄としての情からしても、『ごくらく亭』を盛り上げ、できる限りサポートしていきたい気持ちは胸の内に渦巻いている。しかし、公用及びそれに近似した集まり、つまり、議員あるいは職員の集い、職員の忘年会、新年会、歓送迎会の類に『ごくらく亭』を使うことは一度としてなかった（因みに、今夜のこの集まりは、あくまで私的なもので、谷山氏と香山氏が自分の客人を接待している形になっている。ので、費用は当然、谷山氏と香山氏の折半であった。もっとも、『ごくらく亭』社長清治氏の配慮により、五割引き、消費税○パーセントではあったが）。

公私混同をしてはいけない。町長であるからこそ、『ごくらく亭』に一円なりとも町税を落としてはならないと己を戒めているのである。まさに政治家の鑑、見上げた心意気ではないか。あえて名前は明言しないが、国政の場にいながら我が身の益しか考えぬ輩、○○○○氏や△△××氏や□◆◆○氏、及びその他諸氏は谷山氏の爪の垢を煎じ、涙と汗を煮詰め、抜け毛を焼酎漬けにして飲んでもらいたいものだ。

「そうなんです。うちの町長はそりゃあまあ……いろいろと欠点、短所もありますが、政治家としての根っこが実に正しく、基本が実にしっかりしているのです。本気で信用できる。そこが、最大の魅力ですね。ええ、このごろ、こういう魅力を持った政治家はそう多くないと思います。我が国全体を考えると、実に憂慮すべき事態だとも思っています」

右は町の広報誌の新春インタビューで記者（観光情報課職員）に答えた香山氏の談話の一部である。

香山氏の人柄、その性質、これまでの経緯を少しでも解してくださる読者諸氏であれば、この科白が上役への媚びへつらいなどではなく、本心の吐露であると容易に察していただけるだろう。

閑話休題。失礼しました。

故郷と生家の旅館と弟の腕前と温泉、この四点セットへの称賛（しかも本気の）に、谷山氏がいたく感激したのは言うまでもない。

「そうですか。ほんまに、そう思うてもらえますか」

「思いますとも。いやあ、極楽温泉町、最高。『ごくらく亭』、最高。料理、最高。温泉、最高。全て最高」

「いやあ、はっはっは。こりゃあ愉快、愉快。ドラキュラさん、あんた、実にええ人ですなあ、うわっははは」

「逆田間です」

「あっ、失礼、失礼。ささ、どうぞ、どうぞ。もう一杯ぐぐっと」

谷山氏はビールを逆田間氏のグラスに注いだ。

「あー、どうも、どうも。いいですなあ。なーんか、谷山さんとは気が合う感じですなぁ。むふふふ」

「まったくです。嬉しゅうなります。うへへへへへ」

二人は乾杯し、一気にビールを飲み干した。

いた。

谷山氏が桜色に染まった顔で笑う。

「ほんまのこと、わしらむちゃくちゃ、気が合いますで。うわっはははは。あっ、身体がむずむずしてきた」

「ジンマシンでも？」

「いや、わたしのダンサーとしての血が疼きだしたんですわな」

「おお、ダンサーとは。まさか盆踊りではないでしょうな」

「ちがいますがな」

「泥鰌すくいや阿波踊りじゃないんで？」

「ちがいます。ソーラン節や極楽温泉音頭で踊ったりもしませんで」

「では……なんなんで？」

「フラメンコですわい」

「フラメンコ！」

「マネジャー！」

「町長！」

香山氏と女優五十嵐五月女の声が響いたが、時既に遅し。グラスはきれいに空になっていた。

逆田間氏がのけぞったのと、谷山氏が床の間の水盤から菊の花を抜いたのは、ほぼ同時だった。

薔薇ならぬ菊の花を口にくわえ、谷山氏がすっくと立つ。

さてさて、再び脱線っぽい展開になり心苦しくはあるが、ここで一つ、思い起こしていただきたい事件がある。谷山氏の乳親、いや、父親である甲三郎氏はなぜ、亡くなったか？　失恋の痛手が引き金となった悲しい死であった。が、そう……思い出していただけただろうか。甲三郎氏が藤倉勝子さんに手酷く振られたのは、老人クラブ主催のダンスパーティの会場であった。甲三郎氏は若いころ、ダンスの名手ともてはやされた一時期があり（ほんの短い時期だが）、ダンス大好きのまま年を経て、ダンス大好き老人となったのであった。その血が谷山氏にも流れているのだ。

「セニョーラ、セニョール、セニョリータ、わたしの華麗なフラメンコに、今宵、心行くまで酔い痴れていただきたい」

と、谷山氏は告げた……つもりであったが、なにしろ、菊の花を口にくわえているので「じゅじゅじゅじゅじゅーじゅ、じゅじゅじゅじゅずずじゅーい」と、意味不明な呟きとしか聞こえない。

しかし、そんなことにへこむ谷山氏（アルコール入り）ではない。手拍子を打ちならし、ステップを踏む。

「おお、フラメンコ、カルメーン、ワンダフォー、トレビアーン、グラッチェ、グラッチエ、カルメーラ」

逆田間氏も負けじと叫び、拍手を打ちならす。

「あぁあ、やっちゃった」

と、香山氏。

「うわぁ、やってもたわ」

と、女優五十嵐五月女。

香山氏は顔を歪めたまま器用にため息を吐き、女優五十嵐五月女は額を押さえて、目を閉じた。

「な、言ったとおりだろ」

「ええ、言ったとおりね」

「きみんとこのマネジャーは？」

「……酔うと、やたら陽気になって、しゃべり続けるの。もちろん、会話なんて成り立たなくなるわ。言わなかったっけ？」

「聞いてないな。今度から、アルコール類は要チェックだな」

「そうね。でも、こうなるとうちのマネジャーは使いものにならないわね」

「うちの町長もだ。しかし、まあ、いい。きみとおれがしっかりしていれば、話は前に進む」

「ふふ、まあそういうことね」

「では」

香山氏がカバンから茶封筒に入った書類を取り出す。かなりの厚さだ。

「これが、『極楽温泉町マラソン大会』関連資料だ。明日までに目を通しておいてくれないか。これが、開催までのざっとした流れだ。綿密な計画はこれからになる」

女優五十嵐五月女は長い指で資料の束をぱらぱらとめくった。

「香山くん」

「うん？」

「マラソン大会を開くのって、そう簡単なことじゃないわよ。コースになる道があればいいって、そんなもんじゃないんだから」

「わかっている、つもりだが」

「じゃあ聞くけど、マラソン大会の開催のために一番必要なのは、何だと思う？」

「人。もっと言うなら、人が作る組織かな」

即答だった。

女優五十嵐五月女は顎を引き、僅かに目を細めた。

「ふふ。さすがね。ちゃんとわかってるじゃない。そうよ、ちゃんとした組織なくしてマラソン大会なんて、考えられないわ。その組織を動かすのは人。しかも、大半がボランティアスタッフだわ。それだけの組織を作り上げられる？　そこに、成否のほとんどがかかっているといっても、過言じゃないわよ」

「ああ。そこのところはだいじょうぶだ」

「自信があるのね」

「まあね。一朝一夕に為せるわけがないことを、一朝一夕でやろうなんて馬鹿な真似(まね)はしないさ」

「なるほど、既に基礎工事は終わってるってとこね。うふふ。そうよね。香山くんに抜かりがあるわけないわよね」

「どうも」

そこで香山氏は薄く笑い、ビールのグラスに手を伸ばした。いささか生温(なまぬる)くなったビールに口をつけることもせず、香山氏は続ける。薄笑いは既に消えていた。

「このあたりの人たちは、昔からボランティア意識が高いんだ。温泉が観光資源となるまでは、山間部の小村で、米や作物が豊かに実るって土地柄じゃなかった。明治期に入ってからも、飢饉による餓死者や一揆(いっき)の記録がかなり頻繁に記されている」

「だから？」

女優五十嵐五月女は手酌(てじゃく)でグラスを満たすと、一息にあおった。見事な飲みっぷりである。

「だから、他人との結び付きが強いんだ。自分本位、自分だけが良ければいいって考え方をしていると生き残れない。生きていくうえで他者との協力が必要不可欠だったわけだ」

「ふんふん。でも、今は餓死だの一揆だのって時代じゃないわよね」

女優五十嵐五月女、再び手酌、豪快一気飲みの連続技を披露する。

「そうだな。しかし、土地柄、住民の質ってのは時代と共に変わる部分と深く刻まれて時代を超える部分がある。だいじょうぶ。極楽温泉町のためなら、協力してくれる人たちは相当数、いる」

「信じてるわけ？　香山くんにしては、お人好し過ぎるんじゃない」

「確信できるってことさ」

「けど、古くからの住民、我こそは極楽温泉町○○の末裔なりって人ばっかじゃだめよ。ボランティアに関わる層を特定しちゃうと広がりがなくなるんだから」

「むろん。いろんな人間を巻き込むさ。町外、県外からもボランティアスタッフが参加してくれるようにな。それが、大会自体の広がりにもつながる。そのために、きみに無理なお願いをしたんじゃないか」

「あら？　あたしは人寄せパンダ？」

「パンダじゃなくて花火、かな。誰も見たことのないほど華麗なでっかい花火さ」

「花火ねえ……、けどさ、香山くん。まさか本気で、マラソン大会一つで町興しができるなんて考えて……ないわよねえ。そんな甘いこと考えるようなキャラじゃないもの」

「むろん、考えていない。そうだな……今回のマラソン大会は、花火じゃなくて狼煙かもしれない」

「狼煙？」

「戦い開始の狼煙さ」

「戦い？　何の？」

「日本の国の片隅にある小さな町が理想郷になれるかどうか、そういう戦いだ。忘れられ、ポイ捨てされ、消えようが滅びようがどうでもいいと思われている町が圧倒的な存在感を示せる。国を揺さぶるほどのエネルギーを発信できる。おれは、そのことを証明したいんだ。いや、してみせるさ」

「相変わらず、野心家だね、きみは」

「おかげさまで。生まれたときから野心家のままさ。その野心を叶えるためにはどうしても」

香山氏はフラメンコを踊る谷山氏に目をやった。

「ああいう本物の政治家が必要なんだよ」

「野心ねえ」

女優五十嵐五月女がため息を吐いた。

「故郷のために私財を抛ってマラソン大会を開催しようとする一人の町長がいる。その意気に感銘したあたしが全面的に協力を申し出る。紆余曲折、さまざまな困難を乗り越えて、極楽温泉町マラソン大会はついに……ってのが、きみの描いた粗筋だったわね」

「そう。すでに八千葉光太郎に脚本とドキュメンタリー制作は依頼してある」

「八千葉光太郎。まあ、今、注目の新進監督じゃない」

女優五十嵐五月女の頬がアルコールのせいだけでなく赤らんだ。

「五十嵐五月女を友情だけを担保に使うわけにはいかないからな。このドキュメンタリーが成功すれば、それを元にして、極楽温泉町を舞台に五十嵐五月女主演で映画を一本撮ってくれるよう、八千葉には頼んである。スポンサーの見通しも八割方、立ってるしね」

女優五十嵐五月女が、再び吐息を漏らした。

「相手が香山くんじゃなかったら、鼻の先で笑い飛ばすような話ね。けど、きみは、でたらめやはったりを一度も言ったことないものね。口にしたことは、必ず実行してきたもんねえ」

「はったりは何度か言ったこと、あるな」

「まったくね。いつの間に、これだけの人脈を築いたのよ」

「生まれたときからの野心家だぜ。必死になれば、これくらいはできるさ。もっとも、この戦い、まだ、とば口に過ぎない。やっと狼煙を上げる用意に取り掛かったってとこだからな」

「長い戦いになるわけね」

「そうだ。とても長い、な」

女優五十嵐五月女はグラスを持ち上げ、妖艶な笑みを浮かべた。

「その戦いの最初の一歩に関われる。すごく、光栄だわ」

「そう言ってくれると思ってたよ」

不意に女優五十嵐五月女が笑い出した。天井を仰ぐようにして、呵々大笑する。妖艶さは吹っ飛び、豪快な笑い声だけが響いた。

「かかかかか、もう、香山ちゃん最高やないか。ほんま、おもろい男やわ。男なんが残念やで。かかかかか。女やったら、うち、完全に惚れとるわ。かかかかか。おもろい、おもろい。よっしゃあ、不肖この五十嵐五月女、香山ちゃんと極楽温泉町と映画とかわゆい高校生のためにがんばるでぇ。かかかかか」

「かわゆい高校生って、芳樹たちのことか」

「そやそや、あのぼんぼんたちや。香山ちゃんの弟、あれ、ものになるかもしれへん。ええ走りをしとったさかいにな。かかかかか。あの子が女やったら、カンペキ、いただきますの対象やったのに。兄弟して惜しいこっちゃ。かかかかか」

「しっ」

女優五十嵐五月女のしゃべりを制し、香山氏は立ち上がった。廊下に通じる襖戸を開ける。

誰もいなかった。

ふっと、微かな芳香を感じた。

これは、花の香りか、それとも女の香水か。

香山氏が『ごくらく亭』を女優五十嵐五月女たちの宿に選んだのは格安の料金のためだけではない（それも多分にあるが）。ここなら、安心して込みいった話ができると思ったからだ。

しかし、甘かったかな。

敵の手は、案外広く密に張り巡らされているようだ。

油断は禁物だ。心しなければ。

「ぎゃはははは。おっさん、谷山のおっさん。フラメンコなんてやめて、泥鰌すくいをやらんかい。そっちの方が似合うとるやないか。ぐわっはははは。どーんとやれ、ほいほい」

「は？　あ、あのあの……。いっ、五十嵐さん、どがいしました……」

「しまった。うちの五十嵐、酔っ払うと素に戻る……じゃなくて、人格が変わるんです。たっ、谷山さん、このことは、なにとぞご内密に」

「ぐわっはははは。おもろいわ。何かわくわくするやないか。ぐわっははは。なあ谷山のおっさん、どっかに、うち好みのかわいい女の子いてへんか」

「は？　好みの女の子？」

「あ、いやいやいや。空耳です。空耳。五十嵐はなーんにも言ってませんから」

「ぐわっはははは。ええやんか、逆田間。うちは男より女の方が、なーんぼか好きなんやから。ああ、おもろいわ」

「ひえぇぇぇぇ」

座敷の騒ぎは、最高潮に達しようとしている。

香山氏はもう一度、廊下を窺うと後ろ手に襖を閉めた。

狼煙は間もなく上げられる。

戦いが始まるのだ。

どうしても勝たなければならない戦いが。

眼鏡を指先で押し上げ、香山氏は挑むように笑んでいた。

その四●遠くへ、遠くへ

玄関のドアを開けると、皿が飛んできた。

プラスチック製の青い皿だ。隣の市のホームセンターで、母が購入したものだった。十枚一組で、九百九十八円だったとか。

安物にしては深い海を思わせる美しい色をしている。

その美しくも安物の皿が、回転しながら向かってきた。

腰を屈め、避(よ)ける。

皿は玄関のドアに当たり、跳ね返った。

「おのれ、この鬼嫁めが。今日こそは成敗してくれるわ」

「けけっ、何をほざくか、妖怪婆(ばばあ)。おまえこそ摘まんで畳んで生ゴミといっしょにお片付け、やわ。覚悟しいや」

「やかましい。生ゴミは残飯顔のあんたにこそ相応(ふさわ)しいわい」

「ざ、残飯顔！　意味がわからんけど無茶苦茶、腹が立つわ。そこまで口にしたのなら、命は惜しゅうないわけやな。その扁平面がどうなっても知らんで」

「それはこっちの科白じゃわい」

「隙あり、とあ――――っ」

「まだまだ、けやぁ――――っ」

芳樹は家に上がると、そのまま、二階の自室にこもることにした。空腹で倒れそうだったが、母と祖母のバトルが一段落するまで、台所には近付きたくなかった。二人とも、ちゃんと要領を心得ていて、割れ物の食器を投げたりしない。投げるとしたら、鍋の蓋かプラスチックの皿ぐらいのものだ。どちらも簡単には割れない。後で回収可能なものなのだ。割れないのはいいが、鍋蓋もプラスチックの皿も当たれば痛い。コブの一つや二つ、簡単にできてしまう。しかも、今日は二人とも声に張りがある。気合いが入っているのだ。この前のように、調理台付近のみの限定区域での戦闘ではなさそうだ。台所全体におよぶ規模だと考えた方がいいだろう。

危険地帯、戦闘地域からはできる限り遠ざかり、近寄らないのは、古今東西を通じて生き残るための鉄則である。

しゃーねえか。

ため息を吐きつつ、階段を上がる。

「あら、芳くん。おかえり」

義姉の彩乃さんが声をかけてきた。

「あ、義姉さん、ただいま」

「芳くん、えらく疲れてるみたいやが。だいじょうぶ？」

彩乃さんの視線が素早く、芳樹の全身を撫でた。

スポーツウェア（汗と泥に汚れている）、髪ぼさぼさ、頬にくっきり汗の筋、土ぼこりと汗の臭い……。母なら間違いなく、「あんた、汚いで」の一言で片づけてしまうだろう汚い格好だ。

「うん？　あ、そうかな。いや、だいじょうぶ。見た目ほどじゃないで、心配せんでええよ」

義姉に笑いかけてみる。

彩乃さんも微笑む。童顔の彩乃さんが口元をほころばせ、首を傾斜角度二十度あたりまで傾げると、無垢なる女学生（そんなものが存在するかどうかは、置いといて）の風情が辺り一面に漂う。

これぞ、必殺、微笑み返し。

かのクールな天才、香山和樹氏さえ、手もなくハートを射抜かれた秘術中の秘術である。

もっとも、彩乃さん自身は、己の術者としての能力にいたって無自覚である。ために、この必殺技を乱用し過ぎ、数多くの男たちのハートをいたずらに射抜き、女子たちからは「なによ、彩乃ったら。タラシなんやから」「ほんま、いやらしい。そんな美人でもないくせに」「ブリッ子なんて、好かんよねえ」等々の謂われない非難を浴びることになったのである。

一人、二人の親友を除き、女子生徒から完全無視され孤立化を深める彩乃さんに手を差し伸べ、その苦境を救ったのが誰あろう和樹氏、その人であった。和樹氏はそのころから卓越していた解決処理能力を駆使して、彩乃さんを取り巻く諸問題を解決し、ついでに彩乃さんのハートもちゃっかり手に入れてしまったのだ。このあたり、和樹氏もなかなかの曲者である。いや、このあたりだけでなく、全般にわたって曲者ではあるのだが。

彩乃さん、和樹氏の恋愛初期模様、そのやり取りやどたばた、事件、ドラマ等を詳細に述べていると、まるまる二日はかかり、詳しく書いていると三百枚（原稿用紙換算）近くに及ぶのは必至であるので、あえて割愛させていただく。蛇足ではあるが、筆者の頭の中には、むろん、『彩乃と和樹の物語　高校生✕編　初恋は山の彼方からヤッホー』は、ほぼ完璧な形でできあがっている。できあがっているものをあえて除く。これをプロ精神の発露と褒めずして、他になにをもって賞するかである。

「お風呂に入る？　今、和くんが入っとるけど」

「へえ、兄貴、もう帰っとんだ。珍しいね」

「うん。でも、お風呂から上がったら、またすぐ出掛けるって。なんや、無茶苦茶、忙しいみたい」

「あ、てことは」

笑顔のまま、彩乃さんがうなずく。

「うん、そう露天風呂」

「そうか、久々の露天風呂か」

「芳くんも、入る？」

「そうやな。入ろうかな」

以前にも記したが、香山家はとっくに廃業したものの、もともとは旧い、もとい、由緒ある旅館であった。そこを改築して香山家の人々は暮らしているわけだが、旅館の名残として、竹林に囲まれた露天風呂が裏庭に存在する。極楽温泉町を囲む山々から切りだされた（との謂われのある）岩でできた、岩風呂である。

普段は使用しない。というか、めったに使用しない。

お湯がもったいない。掃除が面倒くさい。広すぎて落ち付かない。

以上三点の理由によって、香山家の露天風呂は封印されていたのである。その封印を解いたのも、やはりクールな天才、和樹氏であった。和樹氏は、小学生のころ、我が家の露天風呂に浸かり、空を見上げ、竹林をすぎる風の音を聴いていると、冴えた頭脳がさらにさらに冴え渡り、心が落ち着き、思わぬアイデアが閃くことを実感したのである。それ以降、沈思黙考、三思九思、審念熟慮の必要ありと感じたとき、和樹氏は躊躇わず、露天風呂の給湯管を開くのだった。わざわざ一時間かけて、浴槽を掃除した後からであったが。

和樹氏がかの超難関国立大学に現役で合格（しかも、トップクラスの成績で）したとき、香山家の露天風呂に入ると頭脳明晰、成績優秀、学力向上の効果を得られるとの噂が流布し、受験生及びその保護者たちがわんさか押し寄せたことがあった。

当時、地方紙記者のインタビューに答え宣子さんが、

「はい。わたしも受験生の親でしたので、みなさんのお気持ちはよくわかりますからねえ。わたしとしては、どうぞお入りくださいと言いたい気持ちもあったんです。けどまあ、あんまりの人数なもんでしょう。ちょっとねえ。わたしたちにもプライバシーがありますから。ごめんなさいよ。ほんと申し訳ありません」

と、語っている。内心では、入湯料を一人五百円（小学生以下、半額）とったら、けっこうな儲けになるのではと、密かに計算し、料金表まで作成していた。この不況下、生活を守るための知恵であり、決して責められるべき行為ではない。

が、夫の輝樹氏は頑として、妻の提案を受け入れず、露天風呂自体の使用を当分禁止すると宣言した。輝樹氏から、

「あぶく銭、濡れ手に粟の儲け話ほど、危険極まりないものはないぞ。金っちゅうのは、額に汗して手に入れるもんじゃ。つまらん儲け話など考えるな」

と一喝され、宣子さんは、

「ふん。露天風呂がらみやからね。手が濡れるんも、泡がつくんも当たり前やないの」

などとうそぶくしかなかった。夫の言い分を、古臭いと思いつつも筋が通っていると納得してしまったのだ。

もうほんとうに、頑固なんやから。でも、そこんとこが、この人のええとこなんよねえ。不器用で、一徹で、真面目で、誠実で……うふふ、まぁ嫌じゃわ。なんだかんだ言うても、うち、まだ、亭主に惚れてるんかしら。うふふのふふふ。

宣子さんの心内の呟きからも察せられるように、香山家の夫婦仲は極めて円満、良好のようである。

そもそも、馴初(なれそ)めから現在に至る宣子さん輝樹氏両人の歴史を紐解いていけば、実に波乱万丈、荒唐無稽、支離滅裂な物語が現れるのだが、それを語っていれば三日や四日では日が足りず、書き表そうとすれば千枚を超える大長編になりかねないので、あえて割愛させていただく。むろん、筆者の頭の中には、その広大無辺な冒険物語にして、感涙の恋愛小説『宣子と輝樹の人生ノート　濡れ手に~~泡~~粟にご用心』の一部始終がきちんと納まっている。が、プロ意識を発揮して、今回はあえて、伏せておくとしよう。

「けど、兄貴、露天風呂に入らなくちゃいけんほどの難問に、ぶつかっとんのかなあ」

「そうねえ。じっくり考え事がしたいんやろうけど……、あんまり根詰めてほしゅうないわ。身体に障るもんねえ」

彩乃さんの眉が寄り、表情が憂いを帯びる。

「まっ、兄貴のことだから心配しなくてええと思うけど」

芳樹はわざと朗らかに、かつ、軽く言ってみる。義姉の憂い顔を見たくなかったのだ。

「そうね。けど……和くんに悩み事や困り事があっても、あたしじゃ助けにもならんし。

それが、情けないなあって思うんよ」

「義姉さんは傍におるだけで、強力な助っ人になっとるよ。義姉さんがおらんと、兄貴なんてなんにもできんのやから」

「まっ、芳くんたら。けど、ありがとう。芳くんから言われると、気持ちが楽になるわ」

「だから、あんまし重く考えんでええって。じゃあ、風呂が空いたら教えてよ。兄貴の邪魔、しとうないんで」

「わかった。あ、芳くん、ちょっと待って」

彩乃さんは、足元の紙袋の中から新聞紙の包みを取り出した。

「これ、焼き芋。スーパーの前で売ってて、つい買っちゃったんよ。食べるでしょ。あ、バナナもあるんじゃけど」

「焼き芋！　バナナ！」

この瞬間、兄の苦悩も義姉の憂鬱も消しとんだ。この世界の全てが焼き芋とバナナに覆われる。

「もちろん、いただきます」

「タコ焼きもあるで」

「食べます」

「苺とキンカンも買ってるで」

「食べる」

「チーズ入り竹輪と飲むヨーグルトは？」

「いただくとも」

「お義母さんに頼まれて、Mサイズのパンツと剛毛の歯ブラシも買うてきたんだ」

「却下」

焼き芋、バナナ各一本、タコ焼き五個、苺とキンカン各数個、チーズ入り竹輪二本、飲むヨーグルト一本を抱え、芳樹は自室の真ん中に座り込んだ。

ああ、幸せ。義姉さん、ありがとう。

まずはバナナにかぶりつく。

「これからは食事も意識的に摂ってもらうわよ。菓子類は控え目に、質の良いたんぱく質の摂取を心掛けなければ、アスリートとは言えないからね。はい、それはさっき渡した『五十嵐五月女のこれであなたもセレブなアスリート』井伊十子鳥出版社、価格一二〇〇円（＋税）に詳しく書いてあるから、読み込んでおいて」

女優五十嵐五月女の声がよみがえってくる。

フルマラソンに勝つための特訓に入ってから、今日で三日だ。

少し、いや、かなりきつい。今まで、自分たちのやっていた練習が児戯に等しいと思い知らされた。

バナナ八秒、焼き芋十秒で完食。

多少、性格がヘンテコであろうと、女優五十嵐五月女が世界に通用する一流アスリートであったのは間違いなく、その指導と練習方法に芳樹は何度も目を瞠った。

そして、三日、僅か三日しか経っていないのに、芳樹は自分が変わっていく手応えを確かに摑んだのだ。むろん、まだ、フルマラソンの距離を走ったわけではない。完走できる自信はないし、万が一できたとしても、凡庸な記録しか残せないだろう。

それでも、自分の中で確実に育っていく力、変化していく肉体を実感すれば胸が高鳴る。

久々の興奮だった。

そうか、おれたちって、まだ変わることができるんだ。

終わったわけじゃない。限界が見えたわけじゃない。道が閉ざされたわけじゃない。

どんな風にも変われる可能性を秘めていたんだ。

タコ焼き完食。熱々だったので、所要時間二十六秒。

単純だな。たかが長距離走の練習を始めたって、それだけのことじゃないか。そう嗤う声が自分の内から聞こえもするが、さして気にならない。高鳴りの音の方が遥かに強いのだ。

苺とキンカン、飲むヨーグルト完食。キンカンの皮が歯に挟まったため、所要時間一分二秒。

腹の空き具合が少しマシになる。これなら、夕食まで何とかもちそうだ。

芳樹はカバンから、薄いファイルを取り出した。『五十嵐五月女のこれであなたもセレブなアスリート』とは別に、女優五十嵐五月女から渡されたものだ。個人練習の方法、食

事の注意点、日常の暮らしで留意する点などが、びっしりと書き込まれている。その最後に、

大会まで、三人密に連絡しあうこと。


との一文があった。

ファイルが配られた直後、この一文に気付いた久喜が手を挙げた。

極楽高校のグラウンドで、のことだ。


「五十嵐さん」

「Shut up!」

「はい？」

「あら、あんまり発音が良過ぎて、聞き取れなかったかしらね。ふふふ、ごめんなさい。なにしろ、あたし、外国でのトレーニングが長かったものだから。つい、英語が口を衝いちゃって。ふふふ」

「いや、『黙れ』と言われたのはわかったんですけど、なんで黙らんといけんのか、そこんとこが今一つ、わからんで……げほっ」

芳樹と健吾のこぶしが左右から久喜の脇腹にめり込む。

「げふ、げふ……な、なんだよ、おまえら二人して……不意打ちとは卑怯じゃぞ」

「コーチだよ」

健吾がささやく。

「へ？　あ……あ、そうか」

久喜は納得した表情で、うなずいた。健吾も久喜も芳樹も、女優五十嵐五月女が呼称に厳格に拘(こだわ)る性質であると気が付いていた。

今、目の前にいるのは、女優五十嵐五月女ではなく、五十嵐さんでもむろんなく、五十嵐コーチなのだった。

「えっと、五十嵐コーチ」

「なにかしら、坂上くん」

「質問があります」

「あなたの質問、この五十嵐五月女が本気で受け取るわ、どうぞ」

「いや、そんなにマジになってもらわんでもええけど……。あのここんとこの、三人密に連絡しあうことっての、これ、マラソンと関係あるんですか」

「大いにあるわね」

「と、いいますと」

「聞きたい？」

「ぜひ、お願いします。コーチ」

「ふふ。じゃあ教えてあげる。ただし、一度しか言わないから、よく聞いておくのよ。できるなら、メモを取っておきなさい。いい、始めるわよ。逆田間」

呼ばれ、木陰から日傘を手に逆田間氏が登場する。芳樹は慌てて目を逸らし、健吾は胸の上で十字をきり、久喜はお経を唱える。

「はい、いきます。本番、五秒前。四、三……スタート」

逆田間氏の右手がひらりと動いた。

「マラソンだけではないけれど、マラソンってスポーツには特に、駆け引きってものが必要なの。どこでどのくらいのスピードで走るか、何番目を走るか、いつ仕掛けるか、どこでラストスパートするか……そういった諸々（もろもろ）を周りだけじゃなく、自分自身とも駆け引きしながら走るのがマラソンなのよ。この駆け引きが上手くいけば、勝利はぐんと近くなるし、失敗すれば離れていく。そういうもんなの。じゃあ、どうすれば駆け引きが上手くなるんですか。きみたちは、そう問うでしょうね。そして、その答えを渇望している。でしょ」

「いや、渇望なんて大袈裟なもんじゃないんで。コーチが教えたくないんならそれでいいと、ぐふっ」

再び左右からの攻撃に、久喜が呻（うめ）いた。その耳元に、再度、健吾がささやく。

「空気を読め、空気を」

「おれは何でも読むのは苦手なんだよ」

「賞金、賞金、南国、バイク、ツーリング」

「う、くそ……。コーチ、ぜひ、聞きたいです。お聞かせください。おれ、渇望しています」

「そうね、聞きたいでしょうね。でも、これって特効薬も特別な方法もないのよ。経験を重ね、覚えていくしかないの。むろん、先天的に駆け引きの上手いランナーはいるわよ。世界のトップで活躍している選手たちはほとんどそうよね。生まれながらに走るための才能と駆け引きの能力を備えているの。わたしもその内の一人なんだけど。むふふ。そう言えば、五歳のときの、こんなエピソードが残っているの（中略）*。……というわけで、わたしの駆け引きの上手さは生まれ付いてのものなのよ。でも、そうじゃないきみたちは、どうするか。本来なら、地道に経験を積み重ね、覚えていくしかないわ。まぁ、急がば回れじゃないけど、それが一番確実な方法だったりするのね。待って、言わないで。わかってる。きみたちに、経験を積み重ねる時間なんてないってね。いい、ここからが本題よ」

＊女優五十嵐五月女の五歳当時のエピソードに関しては、語りに五分、文字に起こせば原稿用紙十枚をゆうに上回ると考えられるので、筆者の判断で割愛させていただいた。

女優五十嵐五月女が三人を見回す。
え、ここから、本題なんかよ。今まで全部、前振り？（芳樹）
疲れた。早く帰りてぇよう（健吾）
あ、おれ、今一瞬、寝とった（久喜）
「ふふ。食い付いてきたわね。三人とも真剣な眼をしてるわ。そう、きみたちに経験はない。普通なら完走するのがやっと。ベテランのランナーに歯が立たないはずよ。ただし、これは一人で走ったときの話。今回、きみたちの最大の強みはチームだってこと。一人じゃなく三人で走るってことよ」
「コーチ、それは、つまり……えっと、チームワークで勝つって意味ですか」
芳樹がおそるおそる尋ねる。
「正解。きみたちの内の一人がトップでゴールすれば、いいの。後の二人は、そのために全力を尽くす。途中で棄権しても、走れなくなってもかまわない。それぞれの役目を果たすのよ。ふふふ、驚いたでしょ。素人では考えられない作戦よね」
いや、それ、おれたちも考えてたし（芳樹、健吾、久喜）
「それぞれの役目については、もう少し、みんなの特性、力量を見た上で、わたしが判断するわ。きみたちも、きみたちなりに考えてみて。頭をフルに使うのが、勝つためのコツでもあるんだから。考えて、三人でしっかり話し合ってみて。チームワークの強化にもつながるし。密に連絡っていうのは、そういうことよ」
いや、チームワーク、ばっちりです。なんせ、幼稚園のときからつるんでますから（芳樹、健吾）
あ、やばっ。今も一瞬寝てた（久喜）
極楽高校のグラウンドを、夕暮れの涼やかな風が吹き通って行った。
「チームで勝つ、か」

自室の床に転がり、ファイルを読み返す。

胸の内に静かに満ちてくる感情がある。

これは、なんだろう。

芳樹は胸にそっと手を置いた。

心臓の鼓動が伝わってくる。温もりも伝わってくる。

人は変われる。だとしたら、いつまでも、しかたないと諦めたままではいない。世間という川に流されたりしない。運命の袋小路を踏み破る。

起き上がり、窓を開ける。夜気が流れ込んできた。

深呼吸をしてみる。

ポコッリン。ポコッリン。

感情が湧き出す。ただし、不安ではない。不安とは異質の昂りだ。

ポコッリン。ポコッリン。

勝ちたいと、強く思った。

チームFとして、今度のレースに勝ちたい。

芳樹は、もう一度、大きく息を吸い込み吐き出した。

湯は熱くもなく温くもなく、まことよい加減である。

入る前に、一時間ほどかけて掃除したので、湯船もぴかぴかだ。もっとも、岩風呂のぴかぴかだからあまりぴかぴかしていない。素人目には、掃除のびぃふぉあ、あふたぁは判別できないだろう。

極楽温泉神社の本殿の奥深くに納められている（とされる）『極楽温泉秘伝帖』（作者、成立年代とも未詳）によれば、温泉ファンの内にも明確な線引きがあり、これすなわち、

湯であれば全て良しとするのは愚人。

湯加減にばかりに頓着するのは凡人。

温泉の質をあれこれ問うのは常人。

その効能、肌触りに拘泥するのは賢人。

湯船の良し悪しを目利きできるのは達人。

己の好みに合わせ泉質そのものを変えられるのは仙人（一例。極楽温泉十名峰の一つ尻鳥霰山［山の名が多々出てくるが、筆者は決して行き当たりばったり、適当に名付けているわけではない］に住むえぃ仙人は、無色無臭の塩化物泉に飽き、極楽温泉を白濁の臭気こてこて硫黄泉に変えてしまった。これに対し、十河川の一つ凄禄満月川の主、びぃ仙人は激怒。元の泉質に戻すことを強く要求し、これが聞き入れられないと知るや、己の霊力で全て元のあっさり塩化物泉に戻したのであった。それればかりか、極楽温泉の所有権を強引に主張し始めた。むろんえぃ仙人は激怒の上にも激怒。「極楽温泉は全て、わしのもんじゃい。川の者にゃあ一滴たりとも好きにはさせせん」とこちらも一方的に宣言し、源泉近くに『えぃ仙人のもの』という看板まで立ててしまった。これ以降、後に仙人騒動と呼

ばれる戦いが二百年近く続くのであった。つまり、仙人って、ちょっと偉そうで、全てに上から目線で、唯我独尊で、傍迷惑な存在なのである）であるとか。

ともかく、香山家のみならず極楽温泉町の住人の多くは、こと、温泉に関しては賢人、達人の域までは達しているものと思われる。

さすがに、昨今は廃れたものの、昭和の終わりまでは、嫁入り道具に湯船を持参する風習が残っていた土地柄である。

「ちょっとちょっと、亜平さんとこのお嫁さん、すごい湯船を持ってきたんやて」

「聞いた聞いた、総天然檜なんやろ。しかも、純国産。すごいがな」

「さすが、資産家の嫁さんやがねえ」

「あら、でも、古伊炭さんとこのお嬢さんも、負けてなかったそうやで。イタリア製大理石のバスタブ、もちろん特注品やて」

「総檜と大理石。いやぁ、すごい、すごい。庶民の感覚からはかけ離れてるがよ。一度、見てみとうあるがね」

「どっちの入り心地がええんやろね」

「そりゃあ、やっぱり檜やろ。国産やし」

「そう？　大理石のもんとちゃうかしら。なんせイタリア製なんじゃから」

という会話が、町のあちこちで交わされたりしていたのだ。

さて、香山家の露天風呂。

和樹氏は自ら掃除した岩風呂に浸かり、目を閉じていた。

一見、適温の湯に浸かり、くつろいでいる風情である。ところがところが、自宅露天風呂に身を沈めているときの和樹氏の脳内は、くつろぐどころか、すさまじく高速で回転しているのである。その図説ができないのが、まことに口惜しいやら怨めしいやら。

情報を処理し、現状を確認し、議会への対策を練り、課題を洗い出し、対処方法を設定し、その点検を繰り返す。第一回極楽温泉町マラソン大会組織委員会の設置と運営、ボランティアスタッフの募集と育成、メディアへの対応、協賛、後援企業の勧誘……あれこれ、それほれ、あんなこんな、あっちそっち、諸々、等々、エトセトラ。

といった具合である。

風が吹き、庭木の枝が揺れる。

その風が湿っているのは雨の前触れではなく、あくまで湯気のせいであった。

「よしっ」

和樹氏が目を開く。漫画なら、ここで〝くわっ〟とオノマトペが、ドラマなら〝ジャジャン〟と効果音が入り、アニメなら稲光の一つも走るくだりである。現実的には、むろん、和樹氏の瞼が上がっただけで、何事も起こらない。

「完璧だ。これで、いける」

和樹氏は己が言葉を噛み締めるように、ゆっくりとうなずいた。

「これで極楽温泉町マラソン大会は大成功する。そして、親仁の再選への一歩を踏み出せるわけだ」

言い忘れたが、湯に浸かると独り言が多くなるのは、和樹氏の癖の一つである。温まることで言語中枢の左半球第3前頭回の活動が変則性を帯びるのだろうと、和樹氏本人は考えていた。因みに独り言は標準語で語られることが多い。これは、思考方法の独自性に起因していると思われる。

「しかし、油断はできない。なにが起こるかわからないのが、人生と政治ってものだからな。そう、油断は禁物、油田は火気厳禁……。おれは何を言ってる？　つまらん、ダジャレを呟いている場合か。いかんな、五十嵐に少し感化されたのかもしれない。気を付けよう。忘れてはいけないのは、目標はマラソン大会の成功そのものではなく、その先にある町長選で親仁を当選させることだ、ということだ。むろん、そうだ。いや、さらに次の選挙にも勝ち、極楽温泉町のために奮闘してもらう。理想の政治をこの小さな町で具現するわけだ。官僚依存とも権力闘争とも既得権益の囲い込みとも、私利私欲とも無縁の……。おもしろい。まったくもって、おもしろい。これは実に壮大な試みじゃないか。堕落した国政に対し、地方の片隅から一矢を放つわけだ。うん、おもしろい。おもしろ過ぎる。いや、待て、逸るな。事はじっくり進めなければ、思わぬところで躓いてしまうぞ。急がば回れ。果報は寝て待て。待てば海路の日和あり。待たずに済むのはドライブ・スルー……いかん、思考が乱れてきた。少しのぼせてきたかも……。それにしても、気になるのは芳樹たちだな」

ここで、和樹氏は湯船の縁（黒光りする岩である）に腰を掛け、ふうっと息を吐いた。

女優五十嵐五月女の言葉が思い出される。私用の携帯に女優五十嵐五月女から連絡が入ったのは、一時間ほど前である。風呂掃除を終えた直後だった。


「どうしたの、息が上がってるやないか」

周りに他人の耳がないのか、女優五十嵐五月女の口調はぞんざいだった。

「いや、ちょっと運動をしてたものだから」

「そうか、悩んでたわけやな」

「悩む？　おれは運動してたって言ったんだぞ」

「だから、うーん、どうしようって」

はぁ、この、どがいにもならんダジャレ癖さえなけりゃあ、こいつ、けっこうええやつなんだがの（和樹氏心の声、方言バージョン）。

「……で、用件は？」

「芳樹のことや。さっき、練習が終わったんで、相当のよれよれになって帰ると思うで」

「なるほど。かなりの特訓が続いてるわけだ」

「そうやね。特訓だけにとっくんに終わったと思ってたんやろけど、お生憎なことに、今しがたまでやってたんよ」

「……で、用件は？」

「おい、香山」

　女優五十嵐五月女の物言いが俄かに引き締まった。引き締まったというより、ほとんど恫喝口調である。ドスがみごとに利いていた。和樹氏も一瞬、緊張した。

　学生時代から続く長い付き合いの中で、女優五十嵐五月女がこういう声を出すときは、真剣、本気と書いてマジと読むの心理状態にあると熟知している。

「やばいで、あれ」

　あれとは、もちろん芳樹のことだ。真剣になればなるほど、本気と書いてマジと読むの状態が深くなればなるほど、女優五十嵐五月女が指示語を使うケースが多くなることは、むろん、百も承知の和樹氏であった。

「芳樹がやばい？　何が？　ケガでもしたのか」

「ケガをしたのはあれや、久喜やがな。グラウンドでランニングの最中に蜂に刺されてしもうたんや。まっ、あれは頑丈にできとるみたいで、たいしたことなかったけどなあ。まあやはり、鉢合わせした蜂は怖いで。おまえも気ぃ付けや」

「……で、用件は？　ケガでなかったら、何がやばいんだ」

　間髪を容れず、女優五十嵐五月女が答える。

「才能や」

「才能？　何の？」

「ちょっと、香山。いつものキレはどうしたんや。便所にでも流してしもうたんかい。それとも、キレはきれいに忘れたってわけか。ええかげんにせえよ。このアホが」

ええかげんにしてもらいたいんは、こっちじゃがね（和樹氏心の声、方言バージョン）。

「マラソンの才能ってわけか」

「マラソンつーか、長距離全般や、ね。おまえの弟、あれはもしかしたら……もしかしたらやけど、オリンピックを狙えるぐらいの選手になるかも。カモ、アヒル、ダチョウの卵」

「五十嵐、頼むからまともにしゃべってくれ」

「じゃかましい。誰に向こうて物を言うとる。おれは、いつだってまともやないかい」

「どこが」

「なんやと？」

「いや、まあ、いい。おまえから見て、芳樹は相当な才能があるわけだ。オリンピックを狙えるぐらいの」

「そうよ。もちろん、これからの環境にもよるけれどね。スタッフを集めて芳樹くんのためのチームでも作れば……、ええ、貴方(あなた)の弟は世界を相手に戦うアスリートになれるわ。海を越えていける。国の枠から飛び出していけるのよ。その可能性は高いと、わたしは思ってるの」

周りに誰かが来たらしい。女優五十嵐五月女の声音が、小さく、柔らかく、女らしくなる。

海を越える。海の向こうに行ける。それは、芳樹の望んだこと、夢ではなかったか。

「きみのようなアスリートになれるわけか」

ため息の後、和樹氏は問うた。

「ほほほ。あたしを超えるかもよ。あたし、二大会連続でメダルは取れなかったから。でも」

「芳樹ならできる、と」

「断定なんてできないわ。けど、かなり期待はできるはずよ」

「ふむ、きみがそこまで言うなら、本物だな」

「そうね、本物よ。正直、あのフォームの柔らかさには瞠目したわ。柔らかいのよ、股関節も膝も、あちこちがね。あれは天性の柔軟性よね。努力云々のレベルじゃないわ。それに」

「それに？」

「それに何より、あの子の性格、むっちゃマラソンに向いとるわいね」

周りから他人がいなくなったのか、女優五十嵐五月女の口調が乱雑になる。

「あれは一人であれこれ考えるタイプやからな。思索的な人間ちゅうのは、マラソン向きやねん。まっ本人は自分のこと、あんまし肯定的には思うとらんみたいやけどな」

こほんと軽い咳払いの後、女優五十嵐五月女は、またまた口調を変えた。

「それとも、肯定とか否定とかじゃなく、自分のことが摑めなくて迷っている。それが青春てものなのかしらね。ふふ、そう考えると、少年たちがとても愛しくなるわねえ」

「きみが愛しいのは少女たちだろう」

「まっ、香山くん何を言うの」（周りに他人がいるバージョン）

「香山、おのれは何を言いくさっとんねん」（周りに他人がいないバージョン）

こほん、こほん。わざとらしい咳が続く。

「けど、彼の才能が開花するかどうかは、環境が整うか否かにかかってるわよ。このままじゃ埋もれちゃうわ。ここには、芳樹くんの才能を伸ばせるような環境、まるでないんですもの。あ、ごめんなさい。別に天国温泉町の悪口を言ってるわけじゃないのよ。ここ、ほんとにいいところよ。あたし気に入ってるの」

「極楽温泉町だよ」

おまえ、わざと間違えておもしろがってるだろう（和樹氏心の声、標準語バージョン）。

和樹氏は携帯を耳に当てたまま、小さく息を吐いた。

そうか、芳樹がな。

女優ではなくアスリートとして五十嵐五月女は、芳樹に可能性を見出したわけだ。その目に狂いはないだろう。正直、五十嵐五月女の真の能力は、女優でもスポーツ選手でもなく指導者にある——と、和樹氏は看破していた。

そもそもこの二人の出会いは遡ることン年前、和樹氏が学生、女優五十嵐五月女が新進気鋭のランナーとして注目されていたころ（詳しい年月日は、ムーンライトプロダクションの意向により伏せる）だった。きっかけは、ひょんなこと（これもあえて伏せる。あくまでプロダクション側の意向に添うためであって、決して筆者の意ではない。筆者の中では、『和樹と五月女の出会い編　ひょんなことからこんにちは』のストーリーが完璧にできあがっているのは言うまでもない）だったが、その折から和樹氏は、女優五十嵐五月女のセルフ・ケア、セルフ・コントロール、セルフ・メディケーションの技の高さに舌を巻く思いだった。しかも、五十嵐五月女はそれらを言語化して他者に伝える術にも長けていた。さらにしかも、他者の潜在的能力を見抜く眼力も相当なもので、五十嵐五月女が引退時に、「ポスト五十嵐として名をあげるなら、どなたですか」との某スポーツ紙記者からの質問に答えたランナーは、当時まったく無名の所月弥生であった。彼女が今や日本長距離界の牽引者であることは、万人の認めるところであるが、五十嵐五月女は、逸早く、その才を洞見していたわけである。

　表に現れない本質（時として本人さえ気付いていない）を捉え、伸ばす力が五十嵐五月女には備わっているのだ。

和樹氏の本心を覗き見れば、

五十嵐っちゃあ、女優なんぞより、指導者の方がよっぽど向いとるがいね（方言バージョン）。なのである。

　その五十嵐五月女がここまで言うのなら、芳樹にはトップアスリートとなれる才能が潜んでいるのだろう。

胸の奥が絞られるような気がした。温かな思いと歓喜が合わさり、噴き出してくる。それは、残り少ないと判断して力いっぱい絞った歯磨き粉のチューブから、予想以上にたくさんの中身が飛び出してきたときのような勢いだった（ここで、「なにこの譬え？」と感じたあなた、僭越ながらまだまだ甘いと言わせていただこう。ここで歯磨き粉チューブが出てくるのが、プロの技なのである。蛇足だが、洗面所でチューブを絞り過ぎ、飛び出した歯磨き粉がたまたま隣に立っていたダーリンの顔面にもろにかかり、即座に謝れば済むところを「もう、洗顔フォームやと思うて、洗えばええが。その程度の顔やし」と逆ギレし悪態をついたばかりに、第六十二次夫婦戦争が勃発したという経験は、筆者には断じてない）。

そうか、芳樹が、そうか……。

のんびりやで、茫洋としていて、諦めが早くて、抗いを知らなくて、素直で、かわいい弟だった。ほんとうに、かわいくてならない。小さいころ、引っ込み思案の芳樹はいつも、和樹氏の背中に隠れ、シャツの裾を力いっぱい握って放さなかった。「にいたん、にいたん」と差し出された手の、何と愛らしかったことか。

こいつを守らなくちゃいけない。

少年だった和樹氏の心内に芽生えた想いは、まだ枯れていない。密やかに息づいている。

ぼくが、こいつを守るんだ。

庇護の対象だった弟に、世界を相手にできる才能が眠っている。

なんだか、ぞくぞくする。が、しかし……。

「香山くん、ちょっと、困った展開になるかもしれないわよ」

女優五十嵐五月女の声音が翳った。

確かに、女優五十嵐五月女が伝えてきたことは、やばいと書いてかなりの不都合と訳す類のものだった。

芳樹の内にある才能が、コーチ五十嵐五月女の指導により、花開くとまではいかないまでも、蕾の先ぐらいは綻ぶと十分に考えられる。とすれば、芳樹、久喜、健吾のチームFが、第一回極楽温泉町マラソン大会フルマラソンの部を制することは、これもまた、十分に考えられるのだ。

芳樹の走りだけでなく、あの三人のチームワークを考慮すれば、その可能性はさらに高くなる。

それだけは避けねばならなかった。

チームFには善戦してもらわねばならない。高校生ランナーの必死の走りは、それだけでドラマになる。定番であるだけに、安定感のある青春ドラマとなるのだ。

観客がスポーツに求めるのは、このドラマに他ならない。衣食住の足りた者は、次に感動を求め、貪ろうとする。むろん、責められるべきものではない。スポーツそのものが、人の心を揺さぶり、夢中にさせる要素を内包しているのだから。

ただ、えてして、人はスポーツの試合展開、選手たちの技術や身体能力そのものへの称賛より、ドラマに酔う道を選ぶ。特に、選手に長く過酷な戦いを強いるマラソンはドラマの宝庫であり、感動の玉手箱ともなるのだ。

和樹氏は、そんな人々の感情をよくいえば役立たせ、悪くいえば利用しようと企てたのだ。

廃校間近の風説さえ流れる高校の陸上部員が、己を奮い立たせ、運命に挑んでいくために走る。そこに、あのアスリートにして女優である五十嵐五月女が関わり合ってくる。女優五十嵐五月女の叱咤激励と的確な指導によって、少年たちはめきめきと力をつけ、四十二・一九五キロに挑もうとするのだ。それは、己自身への挑戦でもあった。三人の友情の証を、自らの心内に刻むことでもあった。

定番ドラマの要素がてんこ盛りではないか。てんこ盛りにしたのは、和樹氏自身である。女優五十嵐五月女の助力に因るところが大きいが、さるテレビ局のさる部署のさるプロデューサーが、名もない高校生たちの奮闘ドキュメントに乗り気となり、密着取材の約束をとりつけてある。明日、監督の八千葉光太郎と一緒に最終的な打ち合わせをする手筈になっていた。

芳樹たちには、精一杯、がんばってもらいたい。人々の欲するドラマのためでなく、自分たちのために、全力を出し切って走ってもらいたい。

これは、和樹氏の兄としての本心であった。しかし……。

優勝してもらっては、困る。

これもまた、本心だった。こちらは、極楽温泉町町長付き秘書、策士香山和樹としての。日本人は敗者を好む。勝者として一等高い台に上がる者と同等、いや、それ以上の拍手を、敗れ涙する者に与える。悲劇は語り継がれるが、成功譚は露と消える定めなのだ。そういう意味でも、チームFが楽勝するとなれば、ドラマとしての価値は半減する。できるなら避けたいと、これは、さるプロデューサー自らが口にしたのであった。

それよりも何よりも、芳樹たちに賞金を渡すわけにはいかない。芳樹は和樹の弟である。町長付き秘書の弟が、町長自ら身銭をきって捻出した賞金の大半を受け取ったとあっては、拙い。

身内での茶番劇かと非難、揶揄されてもしかたない事態となる。揶揄で済めばいいがそうは問屋が卸すまい。堂原陣営辺りから、猛烈な抗議、非難、中傷が巻き起こるのは必至だ。

それだけは、どうあっても避けねばならない。ために、チームFの優勝が現実となっては困る。非常に困る。

「どうするの？　芳樹くんたち、本気よ。正直、あたしも本気。チームFの可能性に賭けたいの。ごめんね、香山くん」

「おい、ごめんねって」

電話が切れた。

和樹氏は右手に携帯、左手にデッキブラシを握り締めたまま、しばらく佇んでいた。

火照った身体に風が心地よい。

和樹氏は目を閉じ、女優五十嵐五月女の言葉を反芻する。

芳樹くんたち、本気よ。

本気でフルマラソンに挑んでみろとけしかけたのは、和樹氏本人だ。芳樹たちにドラマを盛り上げる一役を担ってもらうつもりだった。フルマラソンを完走することで、弟が自信を深められるかもとの期待もあった。

芳樹はいずれ、この町を出ていく。再び帰ってくるにしても、故郷を離れ生きるにしても自信、自らを信じる力は必要となる。悩みながら、迷いながら、惑いながら、それでも自分を信じられる者は強い。どん底から這い上がるための力は、とどのつまりそれしかないのだ。

ともかく、芳樹たちは真剣に〝走ること〟に向かい合い始めた。和樹氏は安堵し喜んでいたのだ。

まさか、こういう事態に陥るとは……。

肩が少し寒くなる。

再び湯に入り、大きく息を吐き出した。

これは、なかなかに厄介な問題だな。

さて、どうすべきか。

目を閉じ考え……ようとしたとき、カタッと音が聞こえた。

露天風呂の戸が開いた音だ。

足音が一つ、遠慮がちに近づいてくる。

あっ、彩ちゃんだにゃん。

和樹氏は顎まで湯に浸かり、むふむふと笑った。

もう彩ちゃんたら、さっき「いっしょに入ろうよう」って誘ったときは、「明るいうちから、そんな恥ずかしすぎるでしょ」なんて、断ったくせにぃ、やっぱり来たんだにゃん。むふふふふ。気が付かないふりしちゃおうかにゃん。彩ちゃん、恥ずかしがりやさんだから急に振り向いたりしたら、「きゃっ、嫌だ。恥ずかしい」なんて逃げちゃうかもしれないもんにゃん。

足音が止まり、湯をかける音が聞こえた。

むふふ、知らない振り、振り、振りしちゃおう♪

きみもあなたも知らないよ♬

和樹氏は心の内で密かに〝知らん振りの歌〟をハミングしながらも、素知らぬ顔で横を向いていた（脳内独唱癖は、明らかに谷山町長からの影響と思われる。和樹氏が認識しているかどうかは、まだ、未確認であるが）。

むふふ、むふふ、むっふふふ。

おっ、近づいてきたにゃん。彩ちゃん、捕まえちゃうぞう。あーっ、飛びついて風呂の中に二人で潜っちゃおうかにゃん。うわっ、小学生の悪ガキみたいだにゃーっ。

　よし、いくぞ。そぉれっ。

「ああ、やっぱり露天風呂はええな、和樹。うん？　和樹？　どうした？　急に潜ったりして。プールじゃあるまいし何しとる？」

　輝樹氏が頭にタオルを載せた典型的温泉入浴スタイルを堅持しつつ、そう言った。

　和樹氏は湯から顔を出し、「ああ、親父か。いつの間に入ってきたんだ気が付かなかった」と照れ笑いを浮かべた（むろん、演技である。とっさにこの程度の小芝居ができないようでは、極楽温泉町町長付き秘書は務まらない）。

「なんで、湯に潜っとんじゃ」

「……いや、こうすると全身の血の巡りがよくなって、温泉効果が高まり諸々の成人病の予防になるという、医学的根拠はまったくないが民間伝承として、古より語り継がれてきた入浴法が……」

「あるのか」

「まあ、ないとは一概には言い切れないが、あるとも断定はできないという曖昧な実に日本的な存在なんだな、これが。ちょっと、お遊びでやる分には問題ないと思うけど」

「そうか。わしもやってみようかのう。このごろ、中性脂肪とコレステロール値が高うなっとるで。風呂から上る寸前で潜ればええわけじゃな。そうか、ええことを聞いた」

　この素直さ、人を疑うことを知らぬ純粋さこそが父親の美点であると、常日頃はそれを好ましくも微笑ましくも（十代のころは物足らなくも）感じていた和樹氏であったが、このときばかりは、あまりにも後ろめたく、かつ、心苦しく、まともに輝樹氏と会話を交わす気になれなかった。

「じゃ、お先に」

そそくさと湯船を出ようとする息子を輝樹氏が呼び止める。

「おい、和樹」

「うん？」

「芳樹がはりきっとるのう」

「ああ……そうかも」

「おまえのおかげやが。おまえが、あいつに機会を与えてくれた」

「機会って、何の機会だよ。おれは、ただ、マラソン大会に参加するよう頼んだだけやないか。参加人数は一人でも多い方がええからな。それだけのことやで。親父に感謝されるようなことは、何もしとらんからよ」

輝樹氏は頭に手拭を載せたまま、小さくうなずいた。

「そうか、まあ……そうかもしれんが、ほいでも、芳樹にとったらええ機会を貰うたんやないか。親バカかもしれんが、わしはあいつが、ええとこまでやるんやないかと思うてる」

「どうかな。ほんまに、ただの親バカかもしれんで」

「そうやな。ただの親バカかもしれん。まあ、どこでもいつでも、親はバカなもんや。バカを見たけりゃ親を出せって、な」

輝樹氏がにっと笑う。タイトルをつけるとすれば〝初老の男の無垢なる笑顔〟とでもなろうか。まったく捻りがなくて、申し訳ありません。謹んで、お詫びいたします。

こういう笑い方をすると、輝樹氏と芳樹は目元がそっくりになる。なるようにしか、ならんかな。

〝初老の男の無垢なる笑顔〟を見たとき、和樹氏の脳裏にそんな思いが浮かんだ。なるようにしか、ならない。

他のことはともかく、芳樹とチームFに関しては手を出す必要はない。いや、出しようがない。

なるようにしか、ならない。ならば、放っておくしかあるまい。

生まれながらの策士、知る人ぞ知る極楽温泉町の諸葛孔明とまで呼ばれた男にしては極めて稀有なる決断を、和樹氏はこのとき下したのであった。

おれもまだまだ甘いな。

身体の湯を拭いつつ、和樹氏は一人、苦笑する。

肉親の情故に手をこまねいているわけではない。少年たちの可能性に賭けてみるのも一興かと、思い至ったのだ。一分の隙もなく事を組み立てていく、その過程に、小さな意外性を入れ込むのもおもしろいではないか、と。

そう、綻びに目を配り、石橋を叩いてばかりではつまらない。甘さではなく、石橋を叩かず渡ってしまう若さが和樹氏の内に存在していた。

「和ちゃーん、もうお風呂からお上がりしましたかぁ」

ドアの向こうで、彩乃さんの声がする。

「はーい、上がりましたよう。お着替えも終わりましたにゃん」

にゃんにゃん男に変身し（あるいは素を露出させ）、和樹氏はスキップしながら、廊下へと出ていったのである。


さて、ところ変わってこちらは……。

堂原邸、奥座敷、唐辛子の間。

行灯（あんどん）の灯に浮かぶ怪しき影二つ。

「あ、殿。ご無体な」「むふふふ、愛（う）いやつじゃ。それそれ」「あぁ、お止めくださいませ、このような……」「むへへへへへ、抗うと手打ちにいたすぞ。それそれ」「あーれー」

という展開とはまったく関わりなく、四十五平米の応接室で堂原氏ともう一人、かつて筆者が怪しいXくんと名付けた、あれ、危ないXくんだったっけ？　不思議なXくんの気もしてきたし。かわいいXくんでないことだけは確かなんですが……、ええい、面倒くさいからただのXくんにしちゃおう。

堂原氏とXくんは、極楽温泉町の地酒〝極楽湯神楽（ゆかぐら）〟を冷酒でちびちびやりながら、密談を進めていた。

「……というのが（ちびり）、わたしの手の者が調べてきた谷山陣営の動きで（ちびり）すがな」

「なるほどな（ちびり）、あの若造め、さすがに抜け目のう（ちびり）やりおるわけじゃ」

「そうですなあ（ちびり）、まぁ香山ですけえなあ（ちびり）、これくらいはすいすいやってしまいましょうて（ちび、ちび、ちびり）」

「で、Xくん、わしらはどうするんじゃ。おまえの言うとおりに、議会でも例のマラソンの案件、すんなり通したが（ちびり、ちびり）このままってわけじゃあるまいて」

「当然で（ちびり）。わたしに、極め付きの策がございますんで」

「おう、今夜はそれをとことん聞かせて（ちび、ちびりん）もらおうかいの」

「そうですの。うん？　堂原さん、銚子が空になりましたが」

「それがのう、このところ肝臓の数値が悪うて、母ちゃんからアルコール制限されとってての。これ以上、拝んでも脅しても、一滴も酒は出てこんで。このごろは、外で飲むのにもチェックが厳しゅうて、大変じゃ」

「そりゃあ、せつないですなあ」

ほんまかいな。堂原さん、ケチやからな。酒を出すのが惜しいんじゃないんか（Xくん、心の声）。

「で、Xくん、どうなんじゃ」

「わたしは、肝機能は正常なんですが血糖値がかなり高いみたいで」

「そっちじゃのうて、極め付けの策の方だがよ」

「おお、そっちですな。ふふふ、堂原さん。かのマラソン大会、見事、成功させましょうや」

「なに、Xくん、正気か？」

「正気も正気。ええですか、このマラソン大会の売りは、谷山が身銭を切って五百万を捻出したというそこですがな。つまり、次回町長選に向けて、谷山の好感度を飛躍的にアップさせるパフォーマンスっちゅうわけですわ。そこを逆手にとるんですがの」

ああ、もっと酒をちびりとやりたいと、舌がむずむず、喉がごろごろする（Xくん、心の声）。

「逆手と言うと？」

「賞金をわたしらがいただくんですが」

「なんと」

「それで、その賞金をポンと町の福祉関係に寄付する。元は谷山の金ですが、寄付したんは堂原陣営てことになります。好感度アップ、間違いありませんで。しかも、一銭も使わずに」

「……しかし、わしはフルマラソンなど走れんがよ」

「堂原さんに走っていただく必要はありませんて。ふふ、力太郎くんを呼び戻しましょ」

「な、なに、わしの息子で今二十一歳、小さいころから親に似ない大兵で力持ち、でも頭はさっぱりで、ただいま、コネを頼り、金を積んで裏口すれすれで入学した某大学の格闘部に所属しとる、あの力太郎か」

「堂原さん、そこまで読者にサービスせんでええんとちがいますか。まあ、その力太郎くんです。彼を走らせましょう。そして、優勝してもらいます」

「そんなに上手くいくかのう」

「いかせるのが策というもんですが」

「なるほど、して、その策とは……」

堂原氏が身を乗り出す。

こうして、策謀渦巻く極楽温泉町の夜は、更けていくのであった。

第三章　チームF　出動

その一●ついに、この日が

空が青い。

すかっと晴れている。

「ええ天気じゃのう」

極楽温泉町の谷山町長は空を見上げ、呟(つぶや)いた。

「午後からは雨になるそうです」

香山氏が眼鏡を押し上げながら、言う。

「ゲロゲロ、雨かいな」

「町長……今のは、蛙(かえる)の真似(まね)ですか」

「ゲロゲロ、そうだゲロ」

ここで突然ですが、問題です。

極楽温泉町町長の秘書、香山和樹氏には大の苦手の両生類がいます。それは何でしょうか。次の中から、正解を一つ選びなさい。

イ　サンショウウオ

ロ　イモリ
ハ　カエル

はい、そうです。正解は、ロのイモリでした。ここまでの話の展開で、ハと答えた人が大多数だったと思います。残念でした。こと和樹氏に関しては、そんなに単純にはまいりません。

和樹氏はイモリの腹部が苦手なのだ。毒々しい赤に黒い斑点が散っている。目にするとたん、吐き気と目眩を覚える。この前など、温泉旅館組合の役員との意見交換の場で、某老舗旅館の女将が、豊満な身体を赤い地に黒水玉模様のニットワンピースに包んで現れた。

香山氏はすんでのところで「悪霊退散！　百鬼夜行！　魑魅魍魎！」と叫びながら、女将を水槽（極楽温泉町一分区のコミュニティーハウスには、川の生き物と書かれたプレートの下がった水槽が設置されている。以前は、鮠やウグイ、泥鰌などがいたのだが、今はザリガニしかいない）に突き落としそうになった。その日は、女将に目をやる度に目眩と吐き気に襲われ、脂汗が滲み出た。

そのくらい、香山氏はイモリが嫌いなのだった。イモリを連想させる女（おそらく男も。しかし、今のところ、イモリ連想男には一度も出会ったことがない）も嫌いなのだ。それなのに、それなのに、この女将、何をどう誤解したのか曲解したのか、後日、ない)。

「むふふふ。あの町長秘書の香山ちゃん。どうも、うちに気があるみたいなんよねえ」

と、女将仲間に告げたらしい(情報源は明かせないが、かなり信憑性が高いのは間違いない)。

「えーっ、あの香山さんがあんたに?」

女将Bは、横目でイモリ女将(このときは、亀柄の着物だった)を見やった。

「それはないでしょ。あんた、思い込みが強すぎるって」

「なんのなんの。絶対、気があるんやって。会議の間中、うちの方をちらちら見ては、顔を赤くして、仕舞いの方には汗まで拭いてたんよ。部屋の中、ちっとも暑うなかったのに」

「そりゃあ冷や汗とちがう。どっか、具合が悪かったんやわ」

リアリストにして冷静なる観察者女将Bの言葉に、イモリ女将は気分を害し、その後当分の間、女将Bと口を利かなかったそうである。

香山氏は、蛙は別に嫌いでも好きでもない。蛙の足の唐揚げ(食肉用)が夕食のおかずであっても、一向に構わなかった。アマガエルに似せたカッパ(緑色でフードのところにギョロ目が付いている)を着るのも平気である。しかし、蛙の真似は許せないのだ。ここにきて、町長にゲロゲロ言って欲しくない。せっかくの盛り上がった空気に、水をさしかねない(蛙だけに)。何しろ、明日はいよいよ、記念すべき第一回、極楽温泉町マラソン大会の開催なのである。

既に準備はほぼ終えていた。

香山氏の人脈と奮闘が功を奏して、地方のマラソン大会としては異例ともいえるほどマスコミ各社が取材に訪れ、注目を集めている。主催者の代表としてだけではなく、私財五百万を故郷のためにぽんぽんと気前よく供出した町長として、谷山氏はあちこちから取材を受け、ラジオで語り、新聞に載り、テレビに出演した。

どれも谷山氏はそつなくこなし、なかなかの評判であった。特に、地方局ではあったがテレビの情報番組に出演し、目のくりくりした、口元にホクロのある、美人ではないが、かわいい系のキャスターから、

「谷山町長さんは、お肌がきれいですね。何か特別な御手入れをしていらっしゃるんですか」

と、事前の打ち合わせにはなかった質問を振られても（実はこのキャスター、荒れ性で冬場は肌がかさかさになるのが最大の悩みだったのである）、焦らず騒がず、

「いや、極楽温泉の湯は美肌の湯ですけえの。三日も続けて入りゃあ、お肌はつるつるになりますで」

と、答えたのである。お肌が悩みのキャスターは目の前に太めのミミズを吊り下げられたブラックバスよろしく、ぱくりと食い付いてきた。

「あら、それ、ほんとですか」

「ほんともほんと。わたしは嘘とため息は、めったに吐かん主義ですけえの」

「すてき。じゃあ、極楽温泉に三日通えば、お肌はつるつるになるんですね」

「そうそう。ただ今、極楽温泉ではマラソン大会と連動しましての、美肌の湯キャンペーンをしとります。これは極楽温泉のどの旅館、ホテルにでも連泊してくださったお客さんには三泊目を無料にするっちゅうものです。つまり、三泊してゆっくり、極楽温泉を堪能していただこうという趣旨ですな。さらに、コラーゲンたっぷり美肌用メニューの食事と無料エステのサービスまで考えとります。温泉に入り、美味しい食事を召し上がって、エステを受けて、お肌はもちもち、すべすべ、つるりんこ」

「いっやーん、もう、痺れちゃう。あたしをどうでも好きにしてちょうだい状態だわ」

「おお、あまりに過激な発言ですな。しかし、真面目な話、ぜひぜひ、極楽温泉にお出でください」

「もちろん。真面目にうかがいたいです。よろしくお願いします」

このような会話を交わし、抜かりなく極楽温泉を宣伝したのだった。なかなかに、見事ではあるまいか。

これには、スタジオの片隅で見守っていた香山氏も胸内で拍手を送った。

いいぞ、町長。その調子。

ガンバレ、ガンバレ。その調子。

拍手を送りつつ、エールも送る。さすが神童と謳われた香山氏、なかなかに器用である。

実は、谷山氏、かの女優五十嵐五月女のマネジャー逆田間氏からマスコミ対応のコツをしっかり、じっくり、みっちり教わっていたのだ。逆田間氏のアドバイスを取り入れ、お肌のお手入れにも余念がなかった。毎晩、温泉に浸かり、湯の花パックをし、化粧湯ミストを顔に振りかけていたのである。因みに、湯の花パックも化粧湯ミストも各旅館、ホテルの売店で販売している。

努力は報われる。

止まない雨はない。明けない夜はない。青空はきっと現れる。

明日を信じて生きていこう。

というわけで、今のところ、香山氏の狙いはぴた、ぴた、またぴたと当たり、このところ谷山氏の好感度と谷山町政の支持率は、ぐんぐん伸びている。

この調子を維持できれば、次期町長選もかなり有利に戦える。

香山氏は顔には出さず、にやりとほくそ笑んだ。ほくそ笑みながら、自分を律する。このあたりの器用さも、さすが昔神童、今町長秘書である。

戦いはこれからだ。あの堂原さんが、このまま黙っているわけがない。静かなのがかえって、不気味だ。気を緩めてはいけない。絶対にいけない。

香山氏は自分で自分を戒める。

町長選に出馬するのは必至であり、何が何でも勝ちにいく、どんな手を使っても勝ちにいくという堂原氏の心中、香山氏はとっくにお見通しさ。

「町長、いいですね。決して蛙の真似なんかしちゃあいけませんよ」

「え？　どうしてケロ」

「調子に乗っていると見なされるからです。しかも軽薄にも思われそうです。調子乗りで、軽薄。そんなマイナスイメージがついたら、これまでの苦労が水の泡になります。いいですね。くれぐれもケロケロ言うのは止めてください」

「じゃあ、ヌルヌル、サンショウウオならいいかね」

「だめです」

「じゃあ、ビチャビチャ、イモぐっ」

谷山氏は芋についてしゃべろうとしたのではない、両生類繋がりでイモ●と言おうとしたのである。それを、口を塞ぐという強硬手段によって、阻止された。

「蛙もサンショウウオもイモ●も駄目です。物真似はいっさい、駄目。禁止。レッドゾーン、即退却です。わかりましたね」

「ううっ……わ、わにゃった。わにゃったからてを……いきができにゃい……」

「あっ、これは失礼いたしました」

「こ、香山くん。相変わらず……厳しいのぅ……」

谷山氏が喘ぐ。

「本番間近ですからね。気合いを入れないと」

「確かに。よし、ここで一丁、気合いだ」

谷山氏が手を差し出す。香山氏は躊躇うことなく、同じように手を伸ばした。二人の男の掌が重なる。

「香山くん、いくで」

「町長、いってください」

「よっしゃあ、気合いじゃ。負けないぞ」

「も一つ、気合いだ。負けないぞ」

「ごーくらく」

「おーんせん」

「それそれそれそれ」

「それそれそれそれ」

「とおっ」との気合いのもと、二人の男は思いっきり手を振り上げた。

直後にノックの音。

今春、役場に就職したばかりの池澤三智子（いけざわみちこ）さんの顔が覗（のぞ）く。その名から推測されるように、池澤家の三女である。ちなみに、池澤家は兼業農家で、桃と葡萄（ぶどう）を主に栽培している。父親の洋介（ようすけ）さんは農協の事務職で、母親の啓子（けいこ）さんは牛乳配達二十年のベテランである。池澤さん、たぶん、この後は登場することがないので、無理に覚えなくてもいいかもしれない。

「どうしました」

先ほどの気合い入れの儀式などなかったかのように、香山氏が冷めた声を出す。

「あ、はい。あの、日月新聞の記者の方が取材にお見えです。それと、月刊マラソン大会という雑誌の方も……」

「あ、もう、そんな時間か。わかった、こちらにお通ししてください。町長、よろしいですね」

「わしは構わんよ。ただ、香山くん、害獣対策会議の時間は大丈夫かね」

「はい、午後六時からですので、まったく問題ありません」

「そうか、では」

「池澤くん、記者の方々をこちらにご案内してくれ」

「はい。承知いたしました」

ドアが閉まる。池澤さんは、年に似合わず物言いが丁寧で、尊敬語も謙譲語も正しく使える。これは、ひとえに祖母光代さんの教育の賜物であった。忙しい息子夫婦にかわり、光代さんは三人の孫娘を育て、躾けてきたのだ。まさに、祖母の鑑ではないか。苦労の甲斐あって三人の孫は健やかに、優しく育ち、敬老の日は必ず光代さんに国内一泊旅行をプレゼントするまでになった。ささやかではあるが、美しくも感動的な話である。この後、池澤さんが登場しないのが、つくづく惜しい。

「町長、これから、まだまだ取材ラッシュです。頼みますよ」

「まかせときな」

「明日の挨拶もちゃんとお願いいたします」

「まかせときな。どうせ、原案は香山くんが書いてくれるんじゃろ。わしは、それを読むだけで」

「駄目です。町長がご自分の言葉で、語りかけるんです」

「ぎょえっ」

「政治家の定番、類型の挨拶なんて聞いていて白けるだけです。晴れの舞台で、町長は生きた言葉で話しかけるんですよ。上手でなくても構いません。一生懸命な、誠実な言葉は人の心に届きます。そういう、挨拶をお願いします」

香山氏が指三本を立てる。

「うん、これは？　池澤くんは確かに三人姉妹だが」

「三分です。挨拶は三分までとしてください。それ以上、長引いては駄目です。わかりましたね」

「三分……わ、わかった」

谷山氏は、すらりと伸びた香山氏の指を見ながらうなずいた。

谷山氏が、やや上ずった調子で、「三分……わ、わかった」と答えた日（午後六時から、害獣対策会議が予定されている）から遡ること約一週間。

午後からは雨が降るはずだった（奇しくも、一週間後の、谷山氏が「三分……わ、わかった」と答え、午後六時から害獣対策会議が予定されている日の午後も、雨の予報が伝えられるのだ。ゲロゲロ)。

なのに、降らなかった。

朝方、某テレビ番組の天気予報のコーナーで、長い髪をお団子へアーに丸めた、顔立ちもお団子のようにかわいいキャスターが「今日は徐々に雲が広がり、午後には雨が降り出すでしょう。お出かけのさいは、雨具の用意をお忘れなく。それじゃあ、みなさん、今日も一日お元気でーっ。うふっ」と、お団子にあるまじき色っぽい雰囲気を醸し出しつつ告げたにもかかわらず、降らなかった。

いや、別にお団子が色っぽくてもいいのだが、やはり色っぽい和菓子とくれば、わらび餅の名を一位にあげざるをえないのではなかろうか。あの、ぷるるんぷるるんとした食感、黄粉(きなこ)から覗(のぞ)く白い肌(?)、「うふふ、あなた、こちらにいらして」と誘うが如(ごと)くの佇(たたず)まいに比べれば、団子などまだまだ童子の域を出ていない。その分、健康的で愛らしくはあるのだが。

で、雨は降らなかった。

昼過ぎに一時、曇りはしたが、一滴の雨も降らないまま夕暮れが迫る時刻となったのだ。あまつさえ、その時刻には西の空がほんのりと赤く色づいた。山の端に沈む太陽めがけて、カラスの群れがカラスだから当たり前なのだが「カア、カア」と鳴きながら飛んでいった。

「おうっ、夕焼けだ」

久喜が嬉(うれ)しげな声をあげた。

「雨、降らんかったな」

芳樹は空を見上げ、ボトル内のスポーツ飲料を飲み干す。グラウンドにしゃがんでいた健吾が立ち上がり、ちらりと芳樹を見た。

「それ、美味いんか」

「不味い」

「だよな。なんてったって、サツキスペシャルやもんな」

「サツキブレンドスペシャルや」

「何が入っとるんだっけ」

久喜が首を伸ばし、芳樹の手元を覗き込んできた。

「わからん。コーチから送られてきた粉末と豆乳とバナナと黒ゴマと黄粉をミキサーで混ぜてあるんやけど」

「粉末がなかったら、完璧な豆乳バナナ黒ゴマ黄粉ジュースやな。おれ、結構、好きかも」

「粉末がなかったらな」

「何の粉末なんや」

「だから、わからんがよ。コーチによれば、マラソンランナーにとって理想的な栄養成分が配合されとるらしい」

芳樹はボトルを傾け、中身を数滴、グラウンドに垂らした。

「うへっ」

健吾が息を詰める。久喜も気味悪そうに目を細めた。茶と赤と黒が微妙に混ざり合った色合いの、やや粘り気のある液が滴ったのだ。

「血便みたいやな」

久喜が身も蓋もない言い方をした。健吾が、形の良い眉を顰め、窘める。

「久喜、身も蓋もない言い方をすんな」

「おれ？　蓋がどうしたって？」

「露骨過ぎるって言うてんの。芳樹は毎日、これを飲んでるんやぞ。血便はないやろが、血便は。せめて、血尿あたりで抑えとけ」

「血尿か……。そう言うたら、親戚のおっちゃんが去年、尿道結石になってなあ。血尿がかなり出たって騒いでたでな」

「尿道結石って、かなり痛いんやろ」

「そりゃあ、尿道に石が詰まるんやから、そーとーじゃねえの。親戚のおっちゃんによれば、あそこを棘のいっぱいついたでっかい手で、ぎゅっと摑まれて捩じりあげられたぐらい痛いらしいで」

「ひえっ。そ、それは……」

健吾が尿道結石の恐ろしさに、言葉と顔色を失った。

「親戚のおばちゃんは、膀胱炎で血尿が出たそうじゃ。こっちは、おっちゃんほど痛がってなかったけどなあ」

「女が痛みに強いんか、尿道結石が手強いんか」

健吾が腕を組む。

「ふむ。さてさて、どちらであろうな。難問だ」

久喜も腕を組む。

「なにしろ、おれ、女にも尿道結石にもなったことないんで答えようがねえな」

「まったく、まったく」

健吾がうなずこうとした、まさにそのとき、

「こらっ、おまえら、何つまらんこと抜かしとるんじゃ」

険しい叱咤の声が飛んできた。

久喜、健吾、芳樹は同時に、さすがとしか言いようのないぴたりと一致した動きで、振り返った。

ここで突然ですが、状況説明です。

三人は、極楽高校のグラウンドにおります。ようやっと、一日の練習を終えたところです。因みに、極楽温泉町マラソン大会に備え、最後の調整に入ったところです。この数カ月の特訓が実を結び、三人はそれなりのタイムでマラソンコースを完走できるまでになりました。若いってすばらしいね。めでたし、めでたし、めでたし。

「めでたし、めでたしなわけがないやろが。大会は目の前に迫っとるんや。もっと気合い

入れてぃかんかい」

「コーチ」と、芳樹。

「五十嵐さん」と、健吾。

「女優五十嵐五月女」と、久喜。

「はい。芳樹、○。健吾、△。久喜、×」

コーチ五十嵐五月女が一人一人を指差しながら、○やら△やら×やらを空中に描いた。

「どこから現れたんです」

久喜が×評価にもめげず、というか、気にもかけず尋ねた。

「人をオバケみたいに言うんやない。ちゃんと正門から入ってきたわい。おまえら、ぼけっとしとるから気ぃつかへんのや」

「いつ、来たんです」

健吾が△評価を無視して、尋ねる。

「さっき着いたばっかりや。おまえらの練習が気になって、ドラマ撮影の合間にわざわざ様子を見に来たんやないか。因みに、そのドラマっちゅうのが消防士と女子高校生の恋愛を描いた『愛は炎と燃えて』っちゅうやつなんや。どや？　こんなん、ヒットすると思うか？」

コーチ五十嵐五月女の顔が芳樹に向けられる。

「え？　お、おれですか。いや、それはかなりベタなタイトルで……、いや、なかなかに、おもしろそうな予感がしないでもなくはないことはないかもしれないかもしれません」

「はあ？」

「いや、だから、その、ないことはないかもしれないかもしれないな、と……」

〇評価にもかかわらず、芳樹はしどろもどろになってしまう。

「それで、コーチは、その女子高校生役なんっすか」

健吾がさりげなく口を挟んできた。

「女子高校生役？　あたしが？　まさか、冗談は止めて。いや、健吾くん。さすがに、それは無理というものよ」

「えー、そうっすか？　コーチならいけると思うんですけど」

「やだ。無理無理。あたしは女子高校生の母親役なんだから。ほほ」

コーチ五十嵐五月女が口元を押さえ、上品に笑ったのは健吾の言葉に気を良くしたばかりではなく、グラウンドに、かの逆田間氏を先頭にした一団が姿を現したからだ。

「あれ、テレビ撮影？」

久喜が、とっさに髪を撫でつける。

「あぁ、気にしないで。ほら、例のドキュメンタリーの撮影よ。元オリンピック代表美人マラソンランナー、今、美人女優の五十嵐五月女と極楽高校陸上部員たちとの交流を追うってやつ」

「五十嵐さん、前振り長すぎません？　美人を二つも付けなくていいんじゃ、ぐふっ」

久喜の脇腹に健吾と芳樹のこぶしがめり込んだ。

「明日から大会までの一週間、わたしがつきっきりでコーチします」

コーチ五十嵐五月女が胸を張る。

「えっ、でもドラマの方は……」

「芳樹くん、あたしのことは心配しなくていいわ。あたしは、あたしなりに、きみたちに賭けているとこ、あるんだから。きみたちと一緒に、あたしももう一度、走ることの原点を見詰めたいの」

逆田間氏が大きくうなずいた。指を丸めOKサインを出す。

「えーっ、でもドラマの方が大切やないんですかぁ。なんてったって、今の仕事なんやし。あ、そうか、もう出番が終わったわけかあ。ドラマが一段落したんで、こっちに駆け付けたと、ぐっ」

久喜が黙り込み、一歩、退いた。今度は、脇腹にこぶしがめり込んだわけではない。逆田間氏がくわりと口を開けたのだ。眉を顰め、歯をカチカチと鳴らしている。久喜ならずとも怯えて口をつぐむだろう。

「試合前の一週間って、とても大切な時間なの。試合のときに、ベストコンディションに持っていくための調整をどうするか。つまり云々かんぬん、だからかくかくしかじか、さらにあっちこっちどっち、おまけにあれこれそれほれ」

延々と続くコーチ五十嵐五月女の話に芳樹はじっと耳を傾けていた。いつもなら、大人の長話など本気で聞いたりはしない。聞く価値がないとわかっているからだ。しかし、今は違う。コーチ五十嵐五月女が説くマラソンランナーとしての心得を真剣に聞き、心に留めようと思う。

フルマラソンのコースを完走できる。

その自信が胸の内に静かに、でも、確かに存在していた。

記録はわからない。しかし、完走はできる。つい数カ月前には二十キロも覚束なかった自分が、四十二・一九五キロを走り通すことができるのだ。

すごいじゃないか。

心底が震えるような思いがする。

「きみはマラソンに向いてる。というか、マラソンランナーになるために生まれてきたようなものよ」

この前、不意に、コーチ五十嵐五月女から告げられた。

「おれが?」

まさかと笑いそうになった。意外を通り越して、冗談としか思えなかった。

「冗談じゃないわよ。あたしは走ることに関しては、いつも本気なの」

ぴしりと鞭打つようにコーチ五十嵐五月女は言い切った。その真剣さもさることながら、芳樹を驚かせたのは健吾と久喜が真顔で首肯したことだ。

「うん、芳樹ならでける。つーか芳樹やないとでけんこっちゃ」

健吾にさらりと言われ、

「そうやな、芳樹なら、世界と闘えるかもな」

久喜にさらりと諾われ、芳樹は少なからず戸惑った。二人がそんな風に考えていたなんて、まるで気付かなかったのだ。戸惑いの後、ゆっくりと満ちてくる感情があった。自分を誇らしいと感じる。親友二人に本心から信じてもらえる自分を誇りたいと思う。

この誇りを抱いて、現実に対峙する。本物のリアリストになるんだ。

それは、遠い昔、フルマラソンを走りたいと望んだときより、ずっと静かで確かな情動だった。

勝ちたかった。

賞金など関係ない。と言えば大嘘になる。賞金は欲しい。とても欲しい。けれど、この誇り、この高揚感は金に換算できないとも感じるのだ。

ともかく、試してみたい。どこまでやれるか、自分に挑んでみたい。久喜や健吾といっしょに。

あと一週間だ。あと一週間後のその日、三人でどんな走りができるのか。どんな走りをするのか。楽しみでならない。不安や怖じけもあるにはあるが、それさえ久々の情動で刺激的だ。

わくわくする。ざわざわする。どきどきする。

「……ということで、しっかりやっていきましょう。この一週間、きみたちにつきっきりでコーチします。極楽温泉町マラソン大会は、たくさんある地方のマラソン大会の一つじゃないの。きみたちにとっては、新たなスタートを切る第一歩になるのよ。そのつもりで、大会に臨んでちょうだい」

「えーっ、コーチ、新たなスタートってなんですか。そこんとこ、もうちょっと具体的に言(ゆ)うてもらいたいと、ぐえっ」

久喜がくぐもった呻(うめ)きをあげた。コーチ五十嵐五月女の肘が鳩尾(みぞおち)に見事、ヒットしたのである。

「久喜くん、この程度の攻撃が避(よ)けられないようでは、まだまだね。下半身の強化が足らないんだわ。これでは、世界には通用しなくてよ。もっと、励みなさい」

「いや、げほげほ……。おれたち、格闘技の稽古じゃのうて、マラソンの練習をやってるんですけど。それに、新たなスタートってのはいったい、モガッ」

久喜はまたしても最後まで言い切ることができなかった。芳樹と健吾に口を塞がれたのだ。

「じゃあコーチ、今日の練習メニューはすべて終えましたから。これで失礼しまっす」

健吾が愛想笑いを浮かべる。

「明日から、また、よろしくお願いします」

芳樹は本気でそう言い、深々と頭を下げた。ついでに久喜の頭を無理やり押さえつける。

「何すんや。放せ、芳樹。このアホ」

「アホはどっちゃ。空気、読め。空気を」

「空気は無色透明の気体です。字なんかどこにも書いてません。空気を読むなんて無理でーす」

久喜がべろべろと舌を出す。

グラウンドでは、逆田間氏がやけに難しい顔つきとなり、テレビ局のスタッフと何やら相談をしていた。その渋面の怖ろしさに、スタッフ全員が及び腰になっているのが、遠眼からでも見て取れた。

久喜を二人で引き摺りながら、校門を出る。

「いよいよ、やなあ」

健吾が呟く。

「うん」

芳樹がうなずく。

「この夏、おれたち、けっこう頑張ったよな。頑張ったって言うてもええよな」

「ええと思う。毎日、走ったもんな」

「海にも山にもプールにも行かんとな」

「うん。ゲームもあんまりせず、テレビも見ず、漫画も読まなんだ」

「おれは夏休みの課題も勉強もせんかったぞ。そのせいで、休み明けのテスト、えらいこっちゃ。追試の嵐だったもんなあ」

「ほんまにいつの間にか夏も秋も過ぎてた。すっげえたいへんやったけど、めちゃめちゃおもしろかった気がする。芳樹はどうや」

「ああ……、おれも同じじゃ。けど、健吾、まだ一週間ある。気を抜かずに行こうぜ」

「うん、ほんまや。まだまだ、これからやったな」

「おーい、二人とも。なんで、おれを無視するんや。おれ、今度の期末テストで赤点とったら、十日間、夕飯抜きやて母ちゃんに言われとるんや。悲劇やろ。かわいそうとか思わんか。ううっ、自分で言うといて、涙が出てきたで」

「それに、うちのガッコから、大勢ボランティアとして参加してくれとる」

健吾の一言に、芳樹は深くうなずいた。意外なほど多数の極楽高校生がボランティアスタッフの登録をしてくれたのだと兄から聞いている。

「おれたち、よう走らんけど応援はするけえな」

「給水場で待っとるわ。がんばってな」

校内でそんな声をかけられる回数も増えていた。夏休みの間にも何度もボランティア会議が開かれたらしい。毎回、高校生の参加率は八十～九十パーセントと高く、兄の和樹をして「ここまで本気になってくれるとは思わんかった。嬉しい誤算や」とまで言わしめたのだ。走れ走れと、チームメイトが先輩が後輩が背中を押してくれている。そんな気がした。

みんな走りたいのだ。マラソンコースではなく、自分の途（みち）を走り抜けたいのだ。

マラソン大会一つで何が変わるわけもないと百も承知で、それでも、極楽温泉町のためにやれることをやろうとしている。自分たち個々の方法を手探りしながら、関わろうとしている。それを郷土愛と呼ぶのも、ボランティア精神と称するのも勝手だけれど、多分、どんな呼称も的外れだろう。

芳樹はふっと笑いそうになる。兄は仕掛人として、高校生たちを動かそうとした。それは一見、成功したかのように見える。でも違うのだ。みんな動かされたわけじゃない。嗅ぎとったのだ。このマラソン大会を足掛かりにして、ほんの僅かでも前に進めるかもしれない、そんな匂いを。それは兄たち大人の情熱から発せられたのかもしれない。この町をこの町の者の手で再生させるという意気込みに呼応したのかもしれない。

どちらにしたって主役は、おれたちだ。

芳樹は胸を張る。走るにしても、ボランティアとして活動するにしても、大人の想いや都合に振り回されているのではなく、大人たちが用意した舞台を利用して主役を張ろうとしている。

兄貴、そこんとこ、わかっとるんかな。

何もかも見通しているような兄の視線は、高校生たちの心の奥まで届いているだろうか。

「なあ、芳樹。チームFとしての作戦、もう一度、確認しとかなあかんことないか。いまいち、役割が曖昧なとこもあるし」

健吾の声が耳元で響く。

「あ、うん……そうやな。ただ、レースでは何が起こるかわからんで。とっさに対応できる柔軟性も必要やからな」

「うーん、何が起こるかわからんか。そこんとこが難しい。おれら、レース慣れしとらんからなあ」

「でも、他の参加者やって、慣れてないやろ」

「おーい、だから、無視するなって。おれに、ちっとは同情してくれ。十日も飯を抜かれたら、どうなるんや」

「安心しとれ。おれのサツキブレンドスペシャルをわけてやるで」

「じょーだん、よし子さん。あんなもの飲むぐれえなら、腹ペコの方がましだって」

久喜が、逆田間氏には勝てないまでも〝おっ、おまえいい勝負してるじゃないか〟程度の渋面となった。

「芳樹、その参加者のことなんじゃけど」

健吾がすっと身体を寄せてくる。

「あの噂、聞いとるか」

「噂？　参加者のことでか」

健吾は真顔でうなずいた。その表情に、微かな胸騒ぎが起こった。

「参加者に幽霊が交っとるってやつやろ。聞いた、聞いた」

久喜がやはり真顔で首を縦に振った。

「何でも、その幽霊ってのが極楽高校の陸上部員だったらしいぞ。長距離ランナーで、練習中、耕運機に轢かれて亡くなったらしい」

「耕運機って……時速十キロぐらいやないか。そんなんに轢かれたんかよ。陸上部の選手なのに」

「いや、耕運機が暴走したらしい。一説には、悪霊が乗り移っていたとも言われとる。ともかく、哀れな最期を遂げた男が走るのを諦められず、今度のレースにエントリーしたって噂が。まことにしめやかに流れとる」

「まことしやかに、だげな。けど、ちゃんとエントリーするなんて、律義な幽霊やな」

健吾がくすくすと笑う。農協婦人部のおばさま方のハートをキュンキュンさせる、必殺おばさまコロリビームだ。おばさんに大モテな状況については、健吾本人は黙して何も語らない(黙していれば、語れないのは当たり前だが)。

久喜がにやりと笑った。こちらの笑顔については、農協婦人部からはこれといった反応はない。一年前、道を歩きながら思い出し笑いをしていたら、幼稚園児に泣かれたというエピソードならある。

「幽霊だろうが、妖怪だろうが束になってかかってこい、だろうが」

「おっ、久喜ちゃん大きく出たね」

健吾のこぶしが軽く、久喜の胸を叩く。

「大きくも、でっかくも出る。なんせ、優勝狙いなんやからな」

久喜がもう一度、にやりと笑った。それから、不意に表情を引き締める。笑いなど微塵もない眼差しを芳樹と健吾に向ける。

「もちろん、狙うとるよな、おれら」

「当然。おれたちチームFなんやからな」

健吾がこぶしを突き出す。久喜と芳樹も同じように腕を伸ばした。三つのこぶしが合わさる。

健吾はおばさまコロリビームの笑いを、久喜は幼稚園児を泣かせた事件の笑みを、芳樹はごく普通の、しかし、いつもよりやや不敵にも見える笑顔をそれぞれに浮かべた。

「うん、そうじゃな。細かいことはあれこれ考えんでもええか。なんてったってチームFやからな」

健吾が一人、うなずく。

「で、参加者についての噂のことって？」

「そう、ちょいと耳に挟んで、気になったもんやでの」

「耕運機に轢かれた陸上部員は関係ないよな」

「幽霊やのうて生きとる人間。なんでも、馬鹿リキ丸が走るらしい」

「ええっ」

芳樹は思わず顎を引き、足を引き、結果的に後退りしてしまった。

「それ、マジ話か」

久喜の方は、甘納豆に唐辛子を大量に混ぜ込んだ混ぜ甘納豆を食したが如く、口を歪めた。

馬鹿リキ丸とは、堂原氏子息、堂原力太郎くんに三人がつけた渾名だった。力太郎くんと三人は、同じ小学校の出身である。四年の年の差があるので、共に在籍した年数はさほど長くはないが、この長くない年月の間に、三人ともとことんいじめられた。

帰り道に待ち伏せされて、帽子やカバンを川に捨てられた。トカゲを大量に背中に突っ込まれた。鉄棒にぶら下がっていたら、ズボンを脱がされた。雨の日に、水溜りに転ばされた。

このように、力太郎くんの極悪非道ぶりを示す例は枚挙にいとまがない。三人は力を合わせ、頭を使い、この悪の権化ともいうべき怪人とよく戦った。その模様を詳細に記せば、かの滝沢馬琴もびっくりこの一大冒険譚となるであろう。紙数の都合上割愛せねばならないことが、つくづく惜しまれる。

やがて、力太郎くんは、小学校を卒業していき、三人との接点はほとんどなくなった。やれやれである。しかし、過去の心の傷は深く、健吾などかなりのトラウマとなっていて、今でも水溜りが嫌いで、どうしても渡らなければならない場合、目をつぶって飛び越えるぐらいである。

第三者的、かつ、大人の立場からすれば、信頼すべき友人の一人としていない（おそらく、現在に至るも）力太郎くんは、あまりに仲の良い、ぴたりと息の合った、三位一体

（まさに、チームＦの本質である）的な三人が羨ましくも、妬ましくもあったのではなかろうかと、推察する。そうなると、典型的イジメッ子の力太郎くんを哀れにも感じるのだが、苛められた当事者たちは、そう甘いことも言っていられないだろう。

「なんで、あいつが参加するんや」

久喜が鼻の穴を膨らませる。

「賞金目当てやろ。けど、あいつ体力だけはめっちゃあるし、密かにマラソンの特訓をしてるって噂もあるでよ。なかなかに手強い敵になるんとちげえか」

健吾が芳樹を見る。

「芳樹、どうや」

「やるだけやろ」

そう答えた。強がりではない。格好をつけたわけでもない。本心からそう思ったのだ。誰が相手でも、三人で走るだけだ。それしかない。

健吾が瞬きした。それから、ふっと息を吐き出す。

「そうやな。やるだけやな」

「よしっ。馬鹿リキ丸はおれに任せぃや」

久喜がどんと胸を叩く。

「おれ、あいつに口の中に牛蛙を突っ込まれたことあるんや。それも二度も。あのときの怨みを晴らしたるで」

「どうやって晴らすんじゃ」

「わからん。けど、絶対に優勝なんかさせんからな。あげなやつに、賞金なんかわたすかい。おい、もう一度、作戦会議やり直そうぜ」

「おうっ」

健吾と芳樹の返事はぴたりと重なり、夕暮れの空気を震わせた。

極楽温泉町マラソン大会。スタートの号砲が鳴り響く。そのときが近付いていた。

その二●いよいよ、本番です

「えっと、あの、本日はお日柄もよく、天候にも恵まれ、このような日に第一回極楽温泉町マラソン大会を開催できますことを、ごくっ、えっと、心から喜ばしく思うております。これも、ひとえに関係者各位及び町民のみなさまのご協力の賜物と、ごくっ」

「曇ってるぞ」

どこからかヤジが飛んでくる。小さな笑い声もあちらこちらで起こった。

極楽温泉町町長谷山氏は、ちょっと泣きそうになった。ごくっと、また、唾を飲み込む。以前から演説や挨拶は苦手だった。それでも、このところテレビ出演もラジオでのトークも新聞の取材もそつなくこなし、議会での答弁もなかなか上手くやり抜いたと自負していた。それもこれも、香山氏が前もって演説なりトークなりの原稿を準備していてくれたからだ。香山氏の原稿は当然ながら完璧で、それが手元にあるというだけで、谷山氏は安心し、心を落ち着けることができたのである。

ところがどっこい、すっとこどっこい、今日にかぎって、記念すべき第一回目の極楽温泉町マラソン大会の開催日の今日にかぎって、最も頼りとすべき香山原稿がない。

これは辛い。

曇り空を背景に、ずらりと並んだ参加選手や関係者を前に、谷山氏は泣きそうになっている。

空は確かに曇ってるさ。そんぐらい、わかっとるわい。けど、マラソンにはカンカン照りよりちょい曇りの方が向いとるて、何かの雑誌で読んだんじゃい。そういう意味で天候に恵まれてと言うたんやないけ。他人の話をちゃんと聞けや。ばーかっ。

心の中で子どもっぽく毒づくも、心細さは募るばかり。雨の中、捨てられた子犬の如く、谷山氏はてんこ盛りの孤独と不安を感じているのである。

そのとき、目が合った。

口をぐわりと開けたゴリラと。

むろん、本物ではない。

今回、親子で走ろう三キロコースに長男、速人（はやと）くん（十一歳）と共にエントリーした極楽温泉町一分区一〇二の三三五の住人、磯井可南子（いそいかなこ）さん（三十八歳）着用のＴシャツにプリントされたものである。

可南子さんが、なぜ前面にローランドゴリラの柄が印刷されたTシャツを着ているのかは、今のところ、理由が判明していない。

ローランドゴリラが好きなのか、五百円均一セールで売っていたのか、はたまた、ゴリラに比べれば、あたしの顔は小さいわと自己満足したかったのか、まったくの不明である。

谷山氏はゴリラを好きでも嫌いでもなかったが、ゴリラの顔のところがちょうど可南子さんの胸のあたりになり、本当はゴリラと目が合ったのに、胸をちら見したと思われては遺憾であり心外だと、慌てて視線を逸らした。

で、目が合った。

ゴリラではなく、香山氏とである。

香山氏は口を窄め、こぶしを胸に置き、軽くかぶりを振った。これは別にゴリラのドラミングを真似ているわけではない。谷山氏にサインを送っているのだ。つまり、
チョウチョウ　オチツイテ。

自分の頭を指差し、続いて、胸をそれから口を指した。さらに指三本を立てる。

オモッテイルコトヲ　スナオニシャベレバイインデス。チョウチョウラシク　カッコツケナイデ。タダシ　サンプンデスヨ。

町長、落ち着いて。思っていることを、素直にしゃべればいいんです。町長らしく、かっこつけないで。ただし、三分ですよ。

わかった、香山くん。少し力が入り過ぎとったんやな。

さすが、町長と秘書としてずっとタッグを組んできた二人、アイコンタクトで意思が通じ合うのである。

谷山町長は軽く咳払(せきばら)いする。

「この極楽温泉町マラソン大会をわたしは、是非、成功させたいと思うとります。全国からたくさんの方々が参加してくださり、それはほんとうに感無量の思いではあるんですが……。それだけじゃのうて、参加してくださったみなさん全員に『ああ、極楽温泉町はええところだなあ』と思うてもらえて、初めて、大成功と言えるんじゃないかと考えとるんです。私事(わたくしごと)で恐縮なんですが、わたしはこの町に生まれてこの町で育ちました。そいで、ほんまにこの町が好きです。極楽温泉町はええとこです。山も川も田んぼも畑も、町並みも美しゅうて、人の心もあったかです。食べる物も美味しいし、原発もありません。なにより、良質の温泉が湧いておって、ゆっくりつかれば疲れもストレスもじんわりとけていきます。こんなええところは他にはないと、わたしは信じとります。極楽温泉町の魅力の全てとはいいませんが、ほんの一部、ほんの一端でもみなさんに知ってもらえたら、また、住民のみなさんには改めて気づいてもらえたら、ほんま嬉しいです。極楽温泉町の魅力を知ってもらうため、伝えるために、このマラソン大会を開催したと言(ゆ)うても過言ではありません。ランニングコースは、今日ゲストでお出でいただいとる五十嵐五月女先生から助言をいただき、極楽温泉町の美しい場所、見てもらいたい場所を結びながら設定しました。

そして、極楽温泉町が誇るのは風景だけじゃのうて、人です。何より誇れるんは、人なんです。今回もたくさんのボランティアスタッフが集まり、この大会を支えてくれとります。高校生もようけ参加してくれました。ありがたいことです。私利私欲を捨てて、行動する。口で言うのは容易うとも、いざ動くとなると、なかなかできるこっちゃありません。我が町のみなさんは、それを実践されとる。まことに頼もしい限りです。極楽温泉町の未来はだいじょうぶやなと、しみじみ嬉しゅうなりました。どうか、他所から来られたみなさん、わたしの故郷の極楽温泉町を好きになってください。町民のみなさん、ほんまにありがとうございます。これからもよろしくお願いいたします」

ひょこりと頭を下げる。

拍手が起こった。

磯井可南子さんなどは、ローランドゴリラプリントのTシャツをめくりあげ（下に銀色のキャミソールを着用。まさかとは思うが、これは、ゴリラの雄が成獣となった証に背中の毛が白くなるという、かのシルバーバックを意識しての着用だろうか。とすれば、可南子さんのゴリラ愛は相当なものだ）、裾で涙をぬぐった。

「町長、すばらしかったです」

香山氏が珍しく歯を覗かせて笑った。

「ほんまけ？　なんか小学生の挨拶みたいで、幼稚やなかったかのう」

「確かに稚拙なところは多々ありましたが、そこが却って自然で好感が持てたんですよ。

それに、町長の真っ直ぐな気持ちが伝わってきて、胸に迫りました。特に最後の好きになってくださいの科白(せりふ)が、実に感動的で……」

香山氏が眼鏡を押し上げる。

谷山町長は危うく叫びそうになった。香山氏の双眸(そうぼう)が眼鏡の奥で潤んでいるように見えたからだ。

こ、香山くんが涙ぐんでる？　まさか。え？　ほんまか？　そっ、そんなに、わしの挨拶、すごかったんかい。

「ちょっ、町長」

「こ、香山くん」

「ブエックション、クッショョション」

香山氏、クシャミの二連発。谷山氏、鼻水をもろ浴び。

「あ、失礼しました。どうも、風邪をひいたようで、さっきからクシャミが止まらなくて。クックックッション」

「……だいじょうぶかね。今日は踏ん張ってもらわんと困るんだが」

「ご心配なく。クシャミが出て、ちょっと涙目になるくらいですから。今日のために努力してきたわけですから、ちっとやそっとのことで引っ込んだりは、ブェブエックション」

身体(からだ)を屈(かが)め、香山氏の鼻水を巧みに避けた谷山氏の背後に、黒い影が近寄ってくる。

「いやぁ、町長。よい挨拶でしたなあ」

堂原剛史郎氏（昨日をもって四十三歳となる）が、見ようによっては柔らかな、別の見ようによっては小馬鹿にしたような笑顔で、立っていた。次期町長選で激突するだろうライバルである。もっとも、谷山氏も負けじと、柔らかいようでいて相手を小馬鹿にした笑みを浮かべる。もっとも、谷山氏の場合、ぎごちなくてちょっとへりくだっちゃってる風に見えてしまうところが、痛い。

笑顔合戦では勝ったと判断したのか、堂原氏が胸を張る。ひょろひょろ細っこいので、幾ら胸を張っても後ろによろめいたとしか思えないところが、痛い。

「目をつぶって聞いとったら、小学生が挨拶しとるみたいに聞こえましたで。ははは。いや、幼稚って意味やのうて、まあ確かに幼稚ではありましたが、純粋やなって心底思いましたで。いや、ほんまに谷山さんは純粋でよろしいなあ。けど、政治家は、もう少しアクっちゅうもんがいりましょう。どうも純粋、単純、幼稚と三拍子揃うと政治家としては如何なものかと……。なあ、議長、どうや」

堂原氏の右横に、頭頂部がやや薄くなりかけてはいるものの、全体としてはまだふさふさの髪を七三分けした人物がひょいと現れた。鷲鼻で耳が尖っているので、一見、猛禽類を連想させる。しかし二度見、三度見すると小狡そうな細い目や前にやや出っぱりぎみの口元から、〝あっ、この人、狐に似てるわ〟と感じる者は多い。

「おや、来根津さん。町議会議長と堂原さんは、いつも仲むつまじく結構なことですね」

香山氏が氷点下のかき氷の如き冷やかな声で言う。

そう、この来根津氏、極楽温泉町町議会の議員にして現議長であり、極楽温泉町土木組合の前会長であり、観光協会の現役会計長であり、極楽第一小学校の元ＰＴＡ会長であり、青少年健全育成委員会のかっての委員長であった。ＰＴＡ会長を除いては、いずれも極楽温泉町史上、最年少で○○長の座に就いた人物である。これには、堂原氏の陰の後押しがあったからこそとの風評がないこともない。

と、ここで、〝あれ？　もしかして、Ｘくんってこの人？〟と思ったあなた、正解です。

〝えー、まさかぁ。何の伏線もなくひょいと登場って、ありえんでしょう〟と指摘しようとしているあなた。ふふ、まだまだ未熟者だわねえ。ありえないことが起こるのが人生というものなんですよ。さらに〝それなら、最初っから実名出しとけばいいのに。Ｘくんにする意味がわかんない〟と呆れているあなた、意味がわかることばかりでこの世は成り立っているわけではないの。よぉく、心しておくことね。

「香山くんと町長こそ、息ぴったり、まさに竹馬の友やないか。馬といえば、町長はどことなくアルパカに似とりますね、ははは」

「来根津さん。竹馬の友とは共に竹馬に乗って遊んだ幼馴染を指して言います。親友という意味とは微妙に、いや、かなり違いますが。むろん、そのあたりはご存じでしょうね」

「む、むむむ」

「もう一つ、言わしていただきますと、来根津さんは竹馬の馬とアルパカをかけたおつもりなのでしょうが、アルパカは馬の仲間ではなく、ラクダ科に属します。ラマやビクーニャと同じですね。あっ、もちろん、来根津さんなら、この程度の豆知識ご存じに決まってますよね。いや、これは失礼をいたしました。ははは」

「う、むむむ」

来根津議長の顔が赤くなり、口元がへの字に歪む。

谷山町長はそっと香山氏の顔を見上げる。

香山くん、どないしたんじゃ。

胸内で首を傾げる。

堂原、来根津コンビのねちねち皮肉攻撃には、谷山氏自身も腹が立つし、うんざりもしている。大物政治家がバックについているのを鼻にかけ、陰に陽にこちらを見下してくる態度も癪に障る。時々、二人の鼻の穴にカナブン（鞘翅目コガネムシ科の甲虫）でも突っ込んでやりたくなるぐらいだ。そういう思いを口にすると、香山氏はたいてい「放っておきなさい」と言った。「ああいう手合いは無視するのが一番です。相手にしてもろくなことにはなりませんよ」と。冷静沈着にして頭脳怜悧な香山氏に諭されると、単純明快にして明朗会計が好きな谷山氏は、なるほどそうだなとあっさり納得してしまうのが常だった。

それなのに、今日の香山氏は来根津氏に対しかなり挑発的だ。ちょっと嫌味過ぎる。竹馬の友とアルパカの二連打攻撃をしたばかりか、高笑いまでしてみせた。

香山くんらしゅうないのう。

と、谷山氏は考える。

やっぱ、鼻風邪をひいとると、香山くんみてえな冷静な性質でも、いらいらするんかのう。

「ふふん。今日はいつにもまして、生意気やないか、香山くん」

来根津氏が睨みつける。

「そちらも、いつも通りに態度がでかいですね」

香山氏は冷やかに受け流す。

と、そのとき、堂原氏の後ろからぬっと現れたのは……。

「あっ、町長、紹介しましょう。わたしの息子の」

「ロッ、ローランドゴリラ」

「ゴッホ、ゴホゴホ。おいらはジャングルの王者、ゴリラだよ……って、違うがな。ゴリラに似とるけど人間ですがな。息子の力太郎です」

「そうそう、ゴリラとはあまりに失礼ですぞ、谷山町長。こちら、堂原さんのご長男、堂原力太郎くんです。今年二十一歳、小さいころから親御さんに似ない大兵で力持ち、でも頭はさっぱりで、ただいま、コネを頼り、金を積んで裏口すれすれで入学した某大学の格闘部に所属されとります」

「いや、来根津くん、そこまで言わんでも」との堂原氏の呟きが聞えなかったのか、無視したのか、来根津氏は滔々としゃべり続ける。

「因みに、堂原さんは奥さんとできちゃった婚で、弱冠二十二歳で力太郎君の父親になりました。そのときから二十年以上、浮気はせず、不倫もせず、観光協会の若い事務員や旅館の色っぽい女将さんにちょっかいを出すこともなく、奥さん一筋、家庭を大切に誠実に生きてこられたわけです」

「実に、りっぱな生涯でしたね」

香山氏が両手を合わせる。

「はい、真(まこと)に惜しい方を亡くしました」

釣られたのか、来根津氏も合掌する。

「おい、こら。おれは生きとるぞ。勝手に他人(ひと)を殺すな」

堂原氏が憮然(ぶぜん)とした表情になる。力太郎くんは胸を叩いて不快感を露(あらわ)にした。

「あ、どうも失礼を。つい、こほこほ」

来根津氏は空咳でごまかし、もう一度、香山氏を睨んだ。

「今回、このマラソン大会を盛り上げるべく、力太郎くんもフルマラソンの部にエントリーされました」

「もちろん、存じ上げております。ただ、マラソンは体力や腕力だけで勝てるほど甘いスポーツではありませんから。そのあたりを心して、走っていただきたいものですね」

「ご心配なく。力太郎くんは体力、腕力だけでなく……痴力、いや智慧(ちえ)の力で智力の方もばっちりで……えっと、ほんとうに、ばっちりで……もごもご」

「来根津くん、何でそこで口ごもっとるんじゃ」

「いやいや、ともかく。すばらしい走りを期待してもろうてええですよ。なあ、力太郎くん」

「うーっ、もちろん。おれ、賞金欲しい」

力太郎くんが言葉少なに答える。

「そういえば、香山くんの弟さんもエントリーされとりましたな。まさか……、いや、まさかねえ」

「何ですか、来根津さん。はっきりおっしゃってください」

「いや。町長秘書にして今大会の影の立役者と言われる香山くんの弟が、よもや優勝したりはしないでしょうな」

「そんなこと、やってみないとわからないですよ。スポーツの試合で勝敗の予測のつくものなんて、ないと思いますが」

来根津氏の尖った耳がひくひくと動いた。

「そうですかねえ。まあ一時、世間を騒がした角界の八百長疑惑もありますで、気を付けてください」

「わたしが八百長で弟を勝たせると？」

「いやいや、そこまでは幾ら何でも言うとりませんが。香山さん、少し考え過ぎなんやないですか。痛いところを衝かれたとか……まさかねえ、むっふふふ」

「そちらこそ他人の痛くもない腹を探るような真似はやめて、正々堂々と勝負していただきたいものですな。まっ、あまり期待はしておりませんが」

「それは、どういう意味ですかな、香山さん」

「さて、どういう意味でしょうか。よくわかっておられるはずですが、来根津さん」

来根津氏と香山氏が睨み合う。基本的に諍い事の嫌いな谷山氏は一歩下がり、基本的にごたごたが好きな堂原氏（堂原家の家訓の一つに、人が集えば金になる。人が争えばさらに金になる。その好機を逃すべからずという一節がある）は前のめりになる。

「賞金、欲しいぞ。欲しいぞ。うっほっほ。おれが勝つぞ。賞金はおれのもんだぞ、うっほっほ」

力太郎くんはどんどこどんと胸を叩いた。


「いよいよだな」

久喜が鉢巻きをくっと締め直す。

「ああ、いよいよだ」

健吾も鉢巻きの緩みを点検する。それから、ぐるりと辺りを見回した。

「それにしても、けっこうな人数や。極楽温泉町にこんなに人が集まるの久しぶりやで」

「いろんなコースがあるからな。うちの母ちゃんは、五キロお試しコースにエントリーしとる」

「おれの従兄弟は、十キロコースに出場するて言うてた。けっこう、盛り上がってんな。なんか、わくわくする。なっ、芳樹」

「え？」

健吾に肩を叩かれ、芳樹は顔を上げた。それまで、目を閉じて俯いていたのだ。

「え？　って、おまえ、おれらの話、聞いてなかったんかよ」

「あ……うん、ごめん。つい……」

「そんなに緊張しとるんか？　だいじょうぶかよ、おい」

「いや、緊張しているわけじゃないんだ。ただ、イメージを」

「イメージ？」

健吾の背中を久喜が軽く叩く。

「一位でゴールするイメージだよな、芳樹」

「うん」

「見えたか」

「はっきり」

嘘ではなかった。

ゴールはスタート地点と同じ、この運動公園のスタジアムだ。陸上部に入りたてのころ、何度かトラックを走った覚えがある。

その場所に先頭で帰ってくる。

歓声、拍手。白いテープが揺れる。揺れながら近づいてくる。いや、近づいているのは芳樹自身だ。

あと十メートル、五メートル、三メートル……。

両手を広げ、胸でテープを切る。歓声と拍手が一際、高く、激しくなる。広げた両手をそのまま空へと突き出す。

うん、鮮やかだ。鮮やかに見える。

だいじょうぶだ。やれる、おれは、おれたちはやれる。

「やろうぜ」

健吾が手を突き出す。

「作戦通り。いいな」

そこに久喜が、手を重ねる。その上に芳樹が自分の手を差し出したとき、ごっほごっほと笑い声が聞こえた。

「おやぁ、おまえら三人、まだつるんどるんか」

「あっ」

と、健吾が叫び眉を顰めた。

「……馬鹿リキ丸」

馬鹿リキ丸こと、堂原力太郎がにやにやと笑いながら指をバキボキと鳴らした。それから、太い腕を誇示するように肩をぐるりと回した。明らかな威嚇(いかく)行為だった。

「へへっ、相も変わらず、弱っちいのが三人つるんで騒いどるわけか。なんぼ群れても無駄じゃろうに。おまえら進歩がないのう」

「そっちは、だいぶ退化したみたいやけどな」

「なに？　犬山、なんか言うたか」

「別にぃ……。えっと、久喜、この変なおっさん、誰だったっけな？」

「さあ。ローランドゴリラに似とるけど、ゴリラやないよな。一応、言葉しゃべっとるし」

「そんなんゴリラに失礼やないか。ゴリラの知能、そうとう高いらしいぞ」

「ああ、ほんまやな。ゴリラが気を悪くするでな」

　久喜がぺろりと舌を出す。

「はぁ、坂上、その言い方はなんや」

　力太郎の顔がみるみる紅潮した。ゴリラというより日本猿の顔色だ。久喜の胸元を鷲掴（わしづか）みにする。そのとたん、久喜の右手がすばやく動いた。スポーツウェアのポケットから黒い塊を取り出す。

「これでも、食ってろ」

　力太郎の口に押し込む。

　ぐえっとくぐもった声を上げ、力太郎がよろめく。口の端から水かきのついた足が覗いた。

水かきのある足。アヒルでも、ビーバーでも、ましてカモノハシの物でもない。蛙だ。

「うえっうえっ、ぺっ」

力太郎が吐き捨てる。ゴム製の玩具の蛙が、地面に転がった。

「坂上、てめえ」

「本物でないだけ、ありがたいと思え。ばーか」

「くっ……てめえ、殺す」

力太郎の顔色がますます朱を濃くする。目尻がつり上がり、鼻の穴が膨らみ、ぎりぎりと歯軋りの音が響く。

その形相の怖ろしさに、芳樹はあやうく悲鳴をあげそうになった。もう少し、力太郎の顔面怖ろし度が上昇すれば、卒倒していたかもしれない。

しかし、久喜は平気だった。先ほどの力太郎に負けないにやにや笑いを浮かべただけでなく、あっかんべーまでして見せたのである。

「へへん、殺せるもんならやってみろ。ばーか、かーば、カノジョいない歴二十一年のくせにー」

力太郎はくわっと目を剝く。怒りのために、顔色はもはや赤とか朱を通りこし、どす黒くさえなっていた。

ばーか、かーばまでは耐えられても、カノジョいない歴二十一年のくせにーは耐えられなかった。今まで告った相手、実に四十七人、次の女性に振られれば、赤穂浪士の数より失恋回数が多いという屈辱を味わうことになる。

　女にもてない。カノジョができない。

　ここが力太郎の最大の泣きどころであった。久喜は容赦なく、その恥部を突いてきたのだ。

「よっ、もてない男の代表、キング、スーパースター、堂原力太郎さーん。きっと、一生もてないよ」

「うっぐぐ。こっ、この野郎。殺す、ぜったいに殺す」

　力太郎がこぶしを握ったとき、爽やかなアナウンスの声がグラウンドに響き渡った。

「フルマラソンに出場予定の選手の皆さんは、北ゲート前に集合してください。繰り返します、フルマラソンに出場予定の選手の皆さんは、速やかに北ゲート前に集合をお願いいたします」

　この爽やかな声の主は誰あろう、かのおばあちゃん孝行にして物言いが丁寧な、池澤家の三女、三智子さんその人であったのだ。三智子さんの地味ではあるが清楚(せいそ)な佇まいと人柄には意外とファンが多く、ここで、敢(あ)えて声だけでも出演をしていただくことに急遽(きゅうきょ)、決まったのである。

　設定上は、三智子さんは学生時代アナウンス部に所属し報道キャスターかお天気お姉さんを目指し就職活動を行ったが、夢叶(かな)わず、故郷に帰り町役場職員の仕事に就いたということになっている。

その三智子さんの声を聞くや、力太郎の表情がふにゃりと崩れた。実は力太郎、三智子さんに片想(かたおも)い中なのだ。しかも、かなり本気で。

今回、第一回極楽温泉町マラソン大会に参加したのは、賞金に目が眩(くら)んだからだ。父親の剛史郎氏が提示したかなりの額の小遣いにも目が眩んだ。そして、もう一つ、三智子さんの前で四十二・一九五キロを走り抜き、一位でテープを切る。そんなええかっこうができたら、勇姿を見せつけられたら、あるいは……、という下心に目が眩んだからでもある。

「ふん。まあ、ええわ。ここでぶん殴って出場停止にでもなったら、あほらしいでのう」

鼻から息を吐き出し、力太郎はこぶしを納めた。

「坂上、てめえ、このままじゃすまさんからな。よう覚えとけえよ」

捨て台詞(ぜりふ)を残し、力太郎が去っていく。

ほっ。芳樹は、思わず安堵(あんど)の息を漏らしてしまった。

「ふふ、馬鹿リキ丸潰し作戦、まずは順調な滑り出しやな」

久喜がにやっと笑った。不敵でありながら、楽しげな笑みだ。しかし、芳樹は笑い返すどころではなかった。

「順調って……。あの調子やと、レース中に何をされるかわからんぞ、久喜、おまえ、かなり用心しとかんとやばいんでねえか」

「まかせとけって。これで、あいつ、おれをマジに潰そうとしてくるがや。作戦通り、馬鹿リキ丸んことはおれが引き受けるで」

「そうそう。周りのことはおれと久喜に任せて、芳樹はともかくゴールまで走れ」

「う、うん。でも、おれ……できたら、三人ともフルを走り通せたらって思うとるけど」

ちっちっち。健吾が舌を鳴らす。

「まだ、そんな甘いこと言うとんのか。おれと久喜にはフルを走り通せる可能性があんましない。そこへいくと、芳樹ならほぼ八割、九割はいける。おまえがチームＦを代表してゴールするんは当たり前の役やぞ。わかってんな」

「チームＦを代表して、か」

「そうや。頼むで、芳樹」

健吾のこぶしが、とんと胸を突いた。

「さっ始まるぞ。行こうぜ」

久喜が短く口笛を吹く。

芳樹、健吾、久喜。チームＦの三人は北ゲートに足を向けた。

「スターターの大役を仰せつかった五十嵐五月女でございます。極楽温泉町のみなさん、今日、フルマラソンにエントリーなさったみなさん、改めましてよろしくお願いします。みなさん。マラソンの楽しさ、おもしろさを存分に味わってきてくださいね。走ることは恋愛より楽しくて、おもしろいかもしれませんよ。あら、やだ。こんなこと言うから、わたし、まだお嫁にいけないのかしら」

壇上で五十嵐五月女が妖艶に微笑む。明らかに女優の笑みだった。あまりおもしろくない冗談に、か細い笑い声がひょろりとあがった。

いささか滑ったと察した女優五十嵐五月女は、妖艶な笑顔のまま右腕を真っ直ぐに空へと伸ばした。テレビカメラがその動きを追い、無数のフラッシュが焚かれる。

「行きますわよ。三、二、一」

パァーンッ。

乾いた音が秋の空に響く。

始まった。

行くぞ。必ず、走り抜いてみせる。

芳樹は55のゼッケンに手をやり、軽く息を吐き出した。

走る。走るぞ。

フルマラソンに挑める数少ない機会だ。無駄にはしない。

芳樹は視線を真っ直ぐ前に向ける。

四十二・一九五キロ先のゴールテープを見据える。

「チームF、発進」

久喜の声が聞こえた。

その三●スタート、そしてゴールへ

極楽温泉町マラソン大会、そのコースは後に、〝起伏に富んだ芸術的なまでの美しさ〟と称えられることになる。

実際、走ってみてサイコー。

マラソンライフ、満喫できた。

いろんなコースを走ってきたけど、ここNo.1っす。

惚れちゃいそう、極楽温泉町。

等々、役場のホームページには称賛の声が寄せられ、個人のSNSでもかなりの数、とりあげられ、評判となった。ただ……あまり、大きな声では言えないが、

五十嵐五月女、むっちゃきれいやったわぁ。

うん、女神が舞い降りたかと思った。

スタイル抜群やし、色気あるし。それでもって、一流のマラソンライナーだったんやから、驚き。すっごい。

マラソンランナーな。ライナーなら快速列車になっちゃうよ。まあ、カノジョ、ライナーなみに速いけど。

などという、ちょっとやらせっぽいやりとりが随所に見受けられたのも事実である（この――部分、女優五十嵐五月女の所属するムーンライトプロダクションから削除の圧力が

かかるやもしれない。ムーンライトプロは業界最大手であり、芸能界のみならず演劇界、出版界、政界、財界、伝統芸能を支える会、砂漠の緑化を進める会、全国ビーズ刺繍愛好会等々に隠然たる影響力を持つと言われている。しかし、筆者としては、削除要求を断固拒否する決意である。権力の前に屈服して、表現の自由が守られようか！）。

スタートおよびゴール地点となる極楽温泉スタジアム、略して、極スタを出るとすぐに緩やかな上り坂になり、そこを上り切るとたん急な下り坂が現れる。そのまま二キロあまりを下ると、道は平坦なものへと変わるのだ。この道の両側は田んぼが続き、田んぼの向こうには小川が流れ、さらに向こうには手入れの行き届いた山が見える。山裾の雑木林は、ほんのりと色づき始めていた。

坂を下った先に延びるこの道筋には近年、あまり見られなくなった里山の風景が色濃く残っているのである。

ランナーたちにとってしばしのほっとスポットといえようか（ホットスポットにかけているんだよ）。

ここに至るまでに、約千五十人を数える出場選手たち（主催者側、発表による）の一群は、かなりばらけ、はや棄権する者も現れる始末である。

フルマラソンコースだけで千五十人という参加人数は、香山氏をして「これまた、嬉しい誤算ってやつか」と呟かせるほどの盛況ぶりだった。破格の賞金（噂に反して優勝賞金は男性の部、女性の部それぞれ五十万と発表されていた。谷山町長の五百万はかなり細分化して使われたようだ）に釣られたとしても、注目に値する人数である。が、曲がりくねった急勾配の坂を下り切ったとき、先頭集団は三十人に満たないものとなっていた。

三十（に満たない）人の中には、むろん、チームＦの面々がいた。堂原力太郎くんがいた。驚いたことに、かの佳代子さんら農協婦人部の面々もいたのである。実は、極楽温泉町農協婦人部は人材の宝庫で極楽温泉町特産トマトとオクラ栽培の達人もいれば、レース編みで個展を開けるほどの者も、ママさんコーラス大会でソロパートを担当する者もおり、念力を使える者までメンバーであった。とすれば、中学、高校と陸上部に属し、中距離走者として県大会に出場、みごと準優勝となった田岡奈美さん（三十歳。私立乙女学園卒）がメンバーの一員であっても不思議ではない。田岡という苗字に反応された方もおられようが、そう、奈美さんは、農協婦人部広報課副部長にして腰痛持ちで下ネタトークの女王と呼ばれる田岡鈴江さん（五十七歳）の長男、太一さん（三十一歳）の嫁である。

「奈美、農協婦人部広報課のために頑張るんぞ」

「はい、お義母さん、任せてくんさい」

「賞金が手に入ったら、みんなで焼肉パーティや。特上ロース＆カルビの食べ放題やで。絶対に一位をゲットしてや」

「はい、お義母さん、任せてくんさい」

「おまえは、ほんまに頼もしい嫁やねえ。太一なんかには、もったいないでな」

「あら、お義母さん。そげなこと、うふっ」

という、実に微笑ましい嫁姑の会話を交わし、奈美さんはレースに臨んだのである。

姑の信頼と、農協婦人部広報課焼肉パーティの重みを背負って奈美さんは走る。

あたしは負けない。何があっても、一位でゴールするのよ。特上ロース&カルビ肉をみんなで食べるのよ。ついでに、特上タン塩もいただくわ。

順調な走りを続けながら、奈美さんは胸内で何度も繰り返すのであった。


うーん、これは、さすがの強者ぞろいじゃな。

健吾は周りを見回し、田岡奈美さんと同じように胸の中で呟いた。

スタートからまだ五キロちょっとを走ったに過ぎないが、集団は完全にばらけ、俯瞰すれば細長い紐状になっていることを確認できるだろう。

空を見上げる。

極スタを出発したときは雲に覆われていた空は、やっぱり曇りのままで心なしか灰色が濃くなったようだ。秋とは思えない、湿った重い風が吹いてくる。

雨、降るかな。

雨だとすれば、ストライドの広い芳樹にとって条件はかなり悪くなる。

ちらりと久喜を見やる。

目が合って、久喜がうなずいた。同じようなことを考えていたのだろう。久喜はうなずいた顎をひょいと前にしゃくった。

芳樹の背中がリズミカルに動いている。何の危うさも感じさせない、小気味好いほど安定した動きだ。

健吾　うん、芳樹のやつ絶好調だな。

久喜　だろ。問題ないって。

幼馴染とはありがたいもので、目だけでこれくらいのやりとりはできる。町長・秘書コンビを上回る抜群のアイコンタクトである。

健吾　この調子なら、ゆうゆうトップでゴールかも。

久喜　そこまで甘くないやろ。けっこう、みんな走り込んどるぞ。

確かに久喜の言う通りだ。芳樹の走りに勝るとも劣らないほど、先頭集団の走りは乱れがない。

二十キロ地点付近で、この集団がどんな形になっているか。そこらあたりから、勝負の行く末が見えてくるのかもしれない。

ともかく、今は自分のペースで走ることだ。そうすれば、二十キロまではついていくことができる。

風が強くなるようなら、芳樹の前に出ようと健吾はもう一度、空を見上げた。風除け（かぜよ）になって、芳樹の体力維持を図る。これは、三人で練った〝勝利のための方程式作戦〟の一つだった。

「えー、なんかおれ、そういうの嫌なんやけど」

「嫌とか好きとかの問題じゃねえの。チームFが勝つための作戦なんやから。ほんま、何べん言うたらわかるんじゃ」

「けど……」

「おまえ一人が勝つんじゃねえ。チームFが勝つんじゃ。わかっとるだろ」

「あ、うん」

芳樹と何度かそんな会話をした。

ほんと、いいやつなんだよな。

しみじみ思う。

芳樹とは長い長い付き合いだが、嫌な部分を見せられたことはほとんどない。こんなに純でだいじょうぶかよと心配になること、歯痒(はがゆ)くなることは何度かあったが。

長距離走者としての身体能力が優れていることもある。が、それだけじゃない。それだけじゃなく、ゴールテープを切るのは芳樹が一番、相応(ふさわ)しい。

芳樹がいたから、チームFができた。走ることができた。三人一緒に、何かを為(な)すことができた。コーチ五十嵐五月女の特訓に堪えることができた。自分の前に延びる道が袋小路ではないと実感できた。

芳樹のおかげだ。だからこそ、テープを切ってもらいたい。

健吾はそう考えていた。おそらく、久喜も。

開会式直後の久喜と芳樹の掛け合いを思い出す。

「賞金、思ったより少なかったな」

「三人で沖縄旅行ができればええがな」

「そうそう、夢の沖縄旅行が目の前だ」

「でも、久喜はツーリングしたいんやろ。そこまでは無理やで。レンタカーでバイク借りるか」

「いや、ツーリングは止め。自分の足にする」

「は？」

「沖縄の海岸線をひたすら走るんや。きっと気持ちええぞ」

「ふーん、なるほど。確かにな」

「三人でひたすら走ろうや」

「うん。ええな。わくわくしてきた」

芳樹は肩を揺すり、笑った。ほんとうにわくわくしている子どもそのものの笑顔だった。

ゴールに走り込んだ瞬間、芳樹はきっとこの笑みを浮かべるだろう。おれはもしかしたら途中リタイアかもしれないし、よれよれになってのゴールかもしれない。でも、最高だ。

最高の中の最高だ。

健吾がこぶしを握ったとき、「きゃあっ」と歓声が上がった。

沿道で旗が振られている。

極楽温泉街に繋(つな)がる主要道路ながら、時間帯によっては車も人もまったく通らず、横切るのは狐狸(こり)の類か牛蛙しかいないという道筋が、今日はやけに派手派手しい。ランナーたちを応援する幟(のぼり)や旗がひるがえっている。沿道にぎっしりの人が、それぞれに声援を送っていた。

『農協婦人部』の幟の下からは、

「奈美ちゃーん、がんばれーっ」

「焼肉、頼むでぇぇぇぇ」

「あんたこそ婦人部の金星やわぁ」

という声々の中に、「健吾ちゃーん、走ってる顔もかわいい」「きゃあ、負けんといでや。しっかり走ってーっ」「がんばってー」の声援（？）も交ざっている。

無視することにした。

同級生からおばちゃんに至るまで、女子の応援というのはどうも、苦手だ。背中がむずむずする。

前を向いたままにこりともせず、健吾は『農協婦人部』の幟の横を通過した。だから、通過した直後、婦人部のA子さんとN江さんの間で、「もう、健吾ちゃん、ほんまかわいいわ」「うちがついとるから、がんばってねー、健吾ちゃん」「ちょっと、笑わせんでよ。あんたがついとって何の足しになるの。まだ、ご飯粒の方がましやわ」「うわっ、むかつく。なんよ、健吾ちゃんがうちを見たからって妬(や)いとるの」「よう言うこと。健吾ちゃんが見たのは、うちやで。ちらっと見て、笑（わろ）うたやないの」「あんたの顔がよっぽどおかしかったんやろ」「まっ、人の顔のことがいえるご面相なん」……という、険悪な衝突があったことはつゆ知らない。知らなくて、いいけどね。

　コースは大きく右に回り、トンボリ湖のほとりを一周し、極楽温泉街に入ることになる。

「みなさーん、がんばってくださーい」

　ここで、女優五十嵐五月女が登場する。

　深紅のタンクトップに漆黒のジョギングパンツという出で立ちだ。いずれもストレッチ素材なので抜群のプロポーションが露になっていた。

「もうすぐ給水場ですよ。そこで、必ず水分を補給してください」

　先頭集団に並走しながら、女優五十嵐五月女がにこやかにアドバイスする。テレビカメラがその姿を捉え、後ろのトンボリ湖畔の風景を映し出す。

　湖畔は雑木林で囲まれているが、今、紅葉がその名の通りに紅（あか）く染まろうとしていた。水面に紅色の影が映り込む。これで碧空（あおぞら）であれば文句なしの絶景となる場所だった。

　給水場が見えてきた。

　ボランティアスタッフが大きく手を振っている。

　よし、ここだ。

　芳樹は目印のついたボトルを摑んだ。そのとき、ふっと気配を感じた。殺気と言うと大袈裟だが、尖って突き刺さるような気配だった。とっさに身を捩じる。

ドンッ。

衝撃がきた。誰かがぶつかってきたのだ。転ぶほどではなかったが、よろめいた。

「あっ」

指の先からボトルが転がり落ちる。

「あっ、ごめん。焦ったもんで」

力太郎が笑いながら、謝った。自分はちゃんと、ボトルを手にしている。

「じゃあね。お先に。うひっひひひ」

鼻から一息吐いて、力太郎が追い越して行く。

ボトルを拾う暇はない。しかし、ここで水分を補給しておかないと、後が辛くなる。絶景に騙されてしまうが、トンボリ湖の外周は小さなアップダウンが続き、極楽温泉街へと入る直前でかなりの上り坂となるのだ。ちょうど二十キロ地点になる。普段は自転車で上り下りしている坂だが二十キロを走った後では相当きついだろう。前半戦最後の正念場ともいえる。ここできちんと水分やミネラルを取っておかないとまずい。

「これを」

目の前に転がり落ちたはずのボトルが差し出された。

愛くるしい眼元の色白の少女が祈るように芳樹を見詰めている。

「芳樹さん、負けないで」

「きみは、まさかあのときの」

「はい。あのとき、あなたに命を助けていただいた亀でございます。恩返しに竜宮城にご案内したかったのですが、今、ちょうど千年に一度の建て替え工事中でして、ごめんなさい。亀のわたしがマラソンの応援をするのも気が引けますが、心からご健闘を祈っております」

「ありがとう。玉手箱をもらうよりも嬉しいよ」

「芳樹さん」

「お亀さん」

などという展開になるわけもなく（少女は極楽高校一年Ａ組の真田琴音さんだ）、芳樹は目礼だけで真田さんからボトルを受け取ると走り出した。走りながら、中身を喉に流し込む。レース用五十嵐五月女特製ドリンクはややすっぱくはあるものの、無色無臭の液体で飲みやすい。

「芳樹、だいじょうぶか」

健吾がすっと傍に寄ってくる。

「どーってことない」

「ったく、汚い手を使いやがって。おまえが避けたからえかったけど、でなかったら、もろ体当たりされとったな」

「まあな。うん、久喜は？」

「仕掛けとる」

「え、仕掛け？」

数メートル前を行く力太郎に向かって、久喜がぺろりと舌を出したのが見えた。何か言ったのか、力太郎の眦がつり上がる。

久喜はにやっと笑うと、唐突にスピードをあげた。ぐんぐん、前に出て行く。

「ぐわっ、こんちくしょう。舐めんな」

力太郎は一声吼えると、久喜を追って猛然とダッシュした。それにつられて、数人がペースをあげた。

「うーん、ここまで筋書き通りになると、いささか拍子抜けやな」

健吾が肩を竦めた。

やや息が荒いが、へばっている様子はない。ほんの数カ月前まで、グラウンドを二、三周しただけでしゃがみ込んでいたなんて想像できない。それは久喜も同じだ。芳樹自身も……。

変われるんだな、おれたち。

さっき、力太郎にぶつかられた衝撃の何倍もの強さで、想いが胸を揺さぶった。

変われるんだ、どんな風にも変わっていける。変わらぬままでいられる。

将来が見えないことが不安だった。怖くもあった。けれど、違った。見えないことは希望でもあるのだ。自分が、自分たちがどう変わっていけるのか、どう変わらずにいられるのか、予測がつかない。だから、おもしろい。だから、望みを未来に繋げられる。これからも、度々自分を持て余すだろう。自分を重いと感じるだろう。落胆、失望、自己嫌悪、たくさんの飛礫に見舞われる。爽やかに堂々となんて生きられない。しかし、今は走る。ともかく、走る。

痛いほどはっきりと、そう信じられた。

力が身体の奥底から噴き出し、全身を巡る。

その力が芳樹自身を支える。

「行こう、健吾」

「おうっ」

駆け出す。

ぽつっ。雨滴が額に当たった。

気にならなかった。

風が強くなる。

健吾が前を塞いだ。壁になってくれるのだ。

申し訳ないとはもう口にしない。

走る。最後まで走り切る。高々と手を挙げてゴールする。

それだけだ。

「あっ」

香山和樹は腰を浮かせた。

和樹は大会本部の奥まった一室で、中継画面を見ていた。そこによろめく芳樹の姿が映ったのだ。

「まったく、能のない妨害工作ですな」

後ろから低い呟きが聞こえる。

「まあ、堂原さんの考えそうなことだ。前を行くやつは力尽くで潰せとでも力太郎くんに伝えとるんでしょう。特に香山家関係者には厳しいんじゃないですかな。しかし、まあ、あからさま過ぎますな。こういう手段しか思いつかんのが堂原さんの限界なんや」

呟きがため息に変わる。

和樹は身体を捩(ね)じり、背後の人物を見やった。

「来根津さん、かなり手厳しいですね」

極楽温泉町町議会現議長、極楽温泉町土木組合前会長(以下略)そして、かつてはＸくんと呼ばれた(誰が呼んだのだ)キツネ顔の男、来根津氏は今度ははっきりとため息をついた。

「手厳しくもなりますわいな。堂原さん、次の選挙で町長の座を射止めたら、力太郎くんを秘書として雇用して、ゆくゆくは町議会に送り込む腹積もりなんじゃから」

「ほう。それは初耳だ。なるほど、何期か議員を務めさせてから、自分の次の町長にする……。堂原家で極楽温泉町を牛耳るつもりなんですね」

「さすが香山くん、鋭いと褒めたいところだが、まあ、よほど鈍くない限り読めますわな」

三度目のため息。和樹は身体を来根津に向けた。ずっと捩っていると脇腹を痛めると危惧したのだ。

「堂原さんは町政を完全に私物化しようとしているわけですね」

「そう……。町長職は堂原家の世襲制にしてもええなとはっきり言うたからなあ。酔っぱらってはおったが、酔っぱらっておったからこそ本音が出たと、わたしは感じました」

「それで、あなたは堂原さんに見切りをつけた」

声音をやや低くする。来根津は、微かにうなずいた。

「堂原さんには何かと世話になったで、裏切るんは心苦しくもあるけど、あの人に任せたら極楽温泉町は、わやになりますが。本気で町民のために働く気など、髪の毛の先ほどもないんやから」

「賢明な判断だと思いますよ、来根津さん」

来根津はうつむき加減だった顔を上げ、視線を空に漂わせた。

「故郷を大事に思うとるんは、あんたらだけやないってことですわな、香山くん。けど、わたしからすれば、谷山さんかて堂原さんよりちょっとマシなだけにしか見えんねえ。腹黒くはないけれど、どうにも頼りないというか……。純なだけじゃ、政治家なんぞ務まりませんからな」

「けれど、純な部分がなければ政治家は務まりません。それに、谷山さん、ああ見えてもなかなか鋭いところがあるんですよ」

来根津が目を細める。

「というと?」

「開会式でのあなたとわたしの小芝居です」

「ああ、わざといがみ合ってみせたやつ。え……谷山さん、あれを見抜いとりましたんか? 我ながら完璧な演技やと思うとったのに」

「見抜くというより、感じたようです。『さっきの香山くん、らしくなかったのう』なんてさらっと言われましたから」

「ほう、あの谷山さんがね」

「谷山さんなら、私利私欲や頑迷な想いなんかで政治を動かしたりしませんよ。町民の町民による町民のための政治。そこに近づけるはずです」

「それ、ただの買い被りやないですかね」

「違います。谷山さんは、この国には稀有な本物の政治家ですよ。わたしは、彼に全てを懸けているんです」

来根津はモニターに目を向け、四度目のため息を吐き出した。

「このマラソン大会、テレビ番組になるんですな」

「ええ、一時間の特番として放映されます。極楽温泉町の美しい自然や町並みをさりげなくアピールする番組にしてみせますよ。高校生ランナーやボランティアを通して、極楽高校の存在も、これはかなり強くアピールします。統廃合を噂される高校にどれだけ豊かな若い人材が揃っているかを示す。これも、大きなテーマの一つですから」

「谷山さんのバックアップだけやのうて、極楽温泉町の宣伝のためでもあったわけですの」

「ええ、むろんそうです。これから、いろんな企画に挑戦しますよ。文化、スポーツ、経済も福祉の分野も、小さな町からどんどん発信していくんです。縮こまってはいられませんからね」

「発信ね……。その第一歩が今回の大会ですか」

「ええ。これからの手伝い、来根津さんにもお願いしますよ」

「香山くん」

「はい」

「こういう展開で言うのも何だが、次期観光協会会長の席……」

「ええ、堂原さんが町長選に立候補となれば、空席となります。そこに座るのは、あなたしかいませんよ、来根津さん」

「それが、協力の見返りっちゅうわけか」

「いいえ、違います」

和樹はきっぱりとかぶりを振った。

それは、違う。

「あなたが、会長ポストに相応しいからですよ」

「……というと」

「来根津さんなりに、この町を大切に思っている。その想いがなければ会長ポストは務まりません。他にどんな能力があったとしてもね」

「大切にか……なるほど」

「頼みましたよ。来根津さん」

「やらせてもらいましょう。むろん、選挙の折にもね」

来根津と和樹は視線を絡ませ、その視線を申し合わせたように画面へと移した。

来根津はひたすら走る若いランナーに胸を打たれた。

和樹は沿道の群集の中に愛妻の姿を発見した。

「こういう真摯さを、いつの間にか忘れとりましたな、香山くん」

「そうですね、ニャンニャン」

「は、ニャンニャン？」

「え？　あ、いや、中国北部の民間信仰では女性神は娘娘（ニャンニャン）と呼ばれているとかで、はは、めでたい話です」

「はあ……」

来根津が眉を寄せる。

「あと一時間もすれば最初のランナーがゴールしますよ。極楽温泉町マラソン大会の記念すべき第一号優勝者。果たして誰なのか、楽しみですね」

和樹は眼鏡を押し上げ、屈託のない笑みを来根津に向けた。

久喜はその場に倒れ込みそうな身体を必死で支えていた。心臓が激しく鼓動を刻み、汗が噴き出る。

もう、走れない。歩くことさえ困難だった。

走れなくても構わない。やるべきことは、やった。

数歩前で喘いでいる力太郎に目をやり、にやりと笑う……つもりだったが、息が苦しくて顔がひきつってしまう。

「久喜」

呼ばれた。

目の前を芳樹と健吾が駆け抜ける。

芳樹は親指を立て、健吾は眼だけで伝えてきた。

カンペキだぞ、久喜。

後は頼む。

久喜も眼差しだけで返事をする。

そのとき、力太郎が唸(うな)った。

「うおっ」とも「うほっ」とも聞こえる唸りを発し、また、駆け始めたのだ。

くそっ、ほんまにゴリラ並みの体力やないか。

唇を噛み、足に力を込める。しかし、底の抜けたバケツのように、力は流れ落ちていくばかりだ。

芳樹、健吾、頼む、頼むぞ。

その場にしゃがみ込み、久喜は天を仰いだ。

極楽温泉街を抜け、天竺川を渡ると再びアップダウンを繰り返すコースとなる。この山道を越えれば、ゴールの極スタが遥か先にだが望める。見えた。

雑木と田畑に囲まれた極スタを、芳樹の眼は確かにとらえた。後、十キロ弱。ここでラストスパートをかける。

「ぐっほっ、ぐっほっ」

奇妙な声を上げて力太郎がやってくる。芳樹を見つけると、歯をむき出した。笑ったのだろうか。威嚇したのだろうか。

怖くはなかった。

力太郎の息遣いや乱れた走りからすれば、ここまでが精一杯だろう。芳樹は視線を前に戻し、走ることに集中しようとした。

「ごっほ、ぐっほ、くそ、走らせるか」

力太郎が背を丸めぶつかってくる。

「危ない」

健吾が飛び出し、力太郎をブロックする。二人は、もつれ合って道べりの草むらに倒れ込んだ。

「健吾」

助け起こそうとする芳樹に向かい、健吾がかぶりを振る。汗が幾筋も幾筋も頰を伝っていた。

「いいから……行け……行けったら……」

「けど、怪我(けが)してないのか」

「だいじょうぶ……、早く……行け」

虫を追い払うように手を振る。その横で、力太郎がうつぶせに倒れている。

「わかった。ゴールで待ってる」

健吾に背を向け極スタへと走り出す。耳元を風が通り過ぎた。

「うう、くそ……」

健吾の傍らで、力太郎がもがく。起き上がろうとしているのだ。ぽたぽたと汗がしずくとなって落ちていく。

へえ、意外に根性あるんだ。見直したぜ。

そう言おうとしたけれど、声が出ない。

「いが……こんじょ……みなお……」

と、意味不明、解読不可能な言葉になる。

「あた……ま……けて……かよ」

力太郎の返答も暗号文の如きものだった。おそらく、

「当たり前だ。負けてたまるかよ」

だろうと、健吾は当たりを付ける。よもや、

「頭の毛って本物かよ（鬘(かつら)じゃないの）」ではあるまい。

「う、くそっ……」

力太郎はまだあがいている。

「いけざわの……みちこさん……おれ……ちの……かくに……すんで……けど……」

池澤の三智子さんて俺の家(うち)の近くに住んでいるけど、

「あっさ……した……いさぎ……いおと……すきなん……だって」

あっさりした潔い男が好きなんだって。

力太郎の動きが止まる。ぴくりとも動かない。しばらくして、寝息が聞こえ始めた。

作戦成功。芳樹、全てを託したぞ。

苦しいけど、爽やかだ。

健吾は仰向(あおむ)けになり目を閉じた。

眼裏(まなうら)に、テープを切る芳樹の姿がはっきりと浮かんだ。

〝やばいな〟

コーチ五十嵐五月女は唇を噛んだ。ゴリラのごとき大男にからまれ、芳樹のペースが乱れたのだ。これは、後からじんわりと効いてくるかもしれない。

「がんばれ」

呟いていた。本気の呟きだ。

がんばれ、負けるな。走ることに、自分に、負けるな。

あんたたちはあたしの生徒なんだからね。忘れんじゃないよ。

こぶしを握る。

女優、辞めようか。

決意ではない。まだ、迷っている。しかし、疼く。この夏のおかげで、この極楽温泉町のおかげで、あの三人のおかげで、胸の内が疼き続けている。あたしは、マラソンから離れられない。

マラソンから離れず、指導者としてあの子を世界一のランナーに育ててみたい。

芳樹の背中を見詰めながら、五十嵐五月女はさらに強く指を握り込んだ。

止んでいた雨がまた強くなる。

足が異様に重い。

さっきペースを乱したのが祟っているようだ。足の重さに比例して、呼吸が乱れてくる。

くそっ、ここまできて。

唇を嚙む。

重い、苦しい、辛い、疲れた。

がくんとペースダウンした芳樹を一人、また一人とランナーたちが追い抜いていく。

悔しい、でも、足が重い。重石をつけられたようだ。

ショートカットの女性ランナーが芳樹の横に並び、すぐに追い越していった。焼肉と書かれた鉢巻きを締めている。

田岡奈美だ。

うっ、くそっ。

そのとき、幟が目に入った。

『チームF、Ｆｉｇｈｔ』という幟が。

クラスメイトたちがいる。陸上部の先輩がいる。担任の教師もいる。父が母が祖母が義姉がいる。それぞれが芳樹の名を呼んでいる。

「芳樹、ここが踏ん張りどころじゃい。しっかりせんかい」

女優、いや、コーチ五十嵐五月女が並走しながら、はっぱをかけてきた。

うわ、みんな、いるんだ。

前を見る。
田岡奈美の、他のランナーたちの背中を見る。
走れ、走れ。
一本の矢のように走れ。
ここからが、これからがチームＦの見せ場だ。
足の重石が少しだけ軽くなった。
芳樹は走る。
ゴールまであと三・七キロ。
芳樹は、チームＦはただ走る。

本書は二〇一五年八月に小社より単行本として刊行されました。

ハルキ文庫

チーム F（エフ）について

著者　あさのあつこ

2017年7月18日第一刷発行

発行者　角川春樹

発行所　株式会社角川春樹事務所
〒102-0074 東京都千代田区九段南2-1-30 イタリア文化会館

電話　03（3263）5247（編集）
03（3263）5881（営業）

印刷・製本　中央精版印刷株式会社

フォーマット・デザイン　芦澤泰偉
表紙イラストレーション　門坂 流

ISBN978-4-7584-4102-5 C0193 ©2017 Atsuko Asano Printed in Japan
http://www.kadokawaharuki.co.jp/［営業］
fanmail@kadokawaharuki.co.jp［編集］　ご意見・ご感想をお寄せください。